어쨌든 경제
어쨌든 부동산

송원배 칼럼집

어쨌든 경제 어쨌든 부동산

인쇄 | 2023년 3월 07일
발행 | 2023년 3월 12일

글쓴이 | 송원배
펴낸이 | 장호병
펴낸곳 | 북랜드
　　　　06252 서울 강남구 강남대로 320, 황화빌딩 1108호
　　　　대표전화 (02)732-4574, (053)252-9114
　　　　팩시밀리 (02)734-4574, (053)252-9334
　　　　등 록 일 | 1999년 11월 11일
　　　　등록번호 | 제13-615호
　　　　홈페이지 | www.bookland.co.kr
　　　　이-메 일 | bookland@hanmail.net

책임편집 | 김인옥
교　　　열 | 서정랑 배성숙 전은경

ISBN 979-11-92613-41-3　03810
ISBN 979-11-92613-42-0　05810 (e-book)

값 18,000원

어쨌든 경제
어쨌든 부동산

송원배 칼럼집

북랜드

부동산 인문주의자의 꽃자리

이호경 대영에코건설(주) 대표이사

대구·경북지역의 대표적인 분양마케팅 전문회사 대영레데코(주) 송원배 대표는 한편으로는 시인詩人입니다. 그를 잘 아는 사람들은 '송원배' 하면 떠오르는 시가 있습니다. 바로 구상 시인의 「꽃자리」입니다. 각종 모임에서 그가 트레이드 마크처럼 낭송하기 때문입니다. 말이 '꽃자리' 이지 시를 듣다 보면 불가의 화두처럼 우리 머리를 꽝! 하고 내려치는 게 있습니다.

> 반갑고 고맙고 기쁘다/ 앉은 자리가 꽃자리니라/ 네가 시방 가시 방석처럼 여기는/ 너의 앉은 그 자리가/ 바로 꽃자리니라
> - 구상의 「꽃자리」 중에서

최근 부동산 경기가 얼어붙고 건설업계가 극심한 어려움에 처하면서, 여기에 종사하는 많은 사람들의 현장은 실제로 '가시방석'과 같습니다. 물론, 한때는 이 가시방석이 '꽃방석'이었으며 또 '돈방석'으로 여겨지기 도 했었지요. 그만큼 부동산은 살아있는 '생물' 그 자체입니다.

송원배 대표는 이 살아있는 생물 '부동산'과 함께 살아온 사람입니다. 그는 부동산은 펄펄 뛰는 생물이기에 우리는 부동산 없이 살아갈 수 없

고, 그와 함께하는 현장이 가시방석이라고 하더라도 그 아픔을 오롯이 느끼며 내일을 준비해야 한다고 말하고 있습니다.

또한, 이 책에 실린 칼럼과 방송 이야기에서 그는 부동산정책을 수립할 때 얼마나 신중하고 철저해야 하는지를 말하고 있습니다.

불황과 호황은 항상 순환하는 법입니다. 그런 의미에서 이 불황의 시대에 출간되는 송원배 대표의 책은 참으로 뜻깊다고 할 것입니다. 어려울수록 우리는 '지금 이 상황'을 고민하고, 분석하여 기록해야 합니다. 새롭게 변화할 시대에 대비하기 위해서는 우리가 앉아 있는 이 자리가 어떤 자리인지 용기 있게 돌아봐야 합니다.

판화 작가 이철수는 사과가 떨어지는 것은 만유인력(萬有引力) 때문이 아니라 '때가 되었기 때문'(이철수 판화가의 '가을사과')이라고 했습니다. 송원배 대표의 이번 책도 바로 '때'가 되었기 때문이라고 생각합니다. 이 책은 부동산 현장을 직접 누비면서도 따뜻한 눈으로 사람들의 행복을 먼저 생각하는 시인의 마음이 익어 거둔 결실입니다. 저자의 그 노고에 감사드리며, 현장의 많은 분, 그리고 부동산과 함께 살아가는 일반인에게도 많은 도움이 될 것을 확신합니다.

친절한 경제 전문가의 편안한 상담

백명지 KBS 아나운서

팬데믹이라는 비정상적인 패닉의 상황 속에서 2021년 9월, 라디오 프로그램 코너를 기획하면서 우리의 화두는 역시 먹고사는 문제, '어쨌든 경제, 어쨌든 부동산'이라는 결론에 도달했다. 그리고 우리 제작진은 그 기획에 딱 들어맞는 해법을 제시할 송원배 교수님을 찾아내고야 만다.

송 교수는 비정상적인 시장에서 불안과 초조함을 숨길 수 없는 평범한 서민들을 친절한 눈웃음과 사근사근한 말투로 안심시키며 조근조근 설명한다. 그렇게 이 책은 우리가 꼭 알아야 하는 부동산정책, 시장의 흐름을 커피 한잔하며 천천히 상담해 주듯 편안하게 술술 읽어준다.

문재인 정부가 들어서면서 아파트 가격은 무섭게 오르고 정부는 부동산정책을 26번이나 내놓았지만 펄펄 끓어오르는 시장을 잡기에는 역부족으로 보였다. 그 광풍에 올라타지 못한 서민들은 본인의 의지와 관계없이 하루 아침에 벼락거지로 내몰렸고 진보, 보수 10년 집권 사이클을 보기 좋게 깨버리고 정권마저 갈아 치우고 만다.

방송국 앞 부동산에서도 10억, 20억 숫자를 쉽게 만나게 되고 강남의 아파트는 40~50억씩 한다니 이번 생에선 내 집 갖기가 쉽지 않겠다는 허탈감과, 나는 그동안 대체 뭘 했나 자괴감까지 느끼게 되는 지경이 되었다. 우리나라 국민 대부분이 유독 내 집 마련에 대한 애착이 강한 데다 부동산이 자산의 80% 이상을 차지하는 특수한 경제 구조 때문인지 이렇게 집값에 따라 울고 웃게 하는 부동산-특히, 아파트-은 우리에겐 愛憎의 대상이다.

　'다시 듣기'가 없어서 아쉬워했던 많은 청취자들에게 이 책은 친절한 전문가와의 편안한 상담이 될 것이다. 그리고 마지막 페이지를 닫을 때쯤 마침내, 부동산에 관한 한, 모두에게 흔들리지 않는 자신감과 안목을 심어주게 될 것이다.

들어가는 말

•1•

나의 고향 마을 경북 성주군 초전면 고산리는 보석 같은 유년의 추억으로 가득한 곳이다. 내가 다닌 초전초등학교까지는 면소재지에서 4km 떨어졌는데도 버스가 다니지 않아 1시간씩 걸어 다녔다. 전기도 들어오지 않던 초등학교 1학년 때, 벽지 위 풀칠 된 달력에서만 보던 박정희 대통령이 서거했다. 등굣길 군인 아저씨들이 구보하는 모습을 자주 보았는데 구령에 발맞춰 '초전박살!' '초전박살!'이라는 구호를 힘차게 외쳤다. 군인 아저씨들이 우리 학교 운동장을 돌면서 왜 우리 초전을 박살 내겠다는 건지 어린 나는 궁금하면서도 무서웠다.

1986년 아시안 게임을 치르고 1988년 올림픽을 앞두고 있을 때다. 시골 학교에서는 수학여행 가기에 앞서 도시의 수세식 화장실 사용법을 설명했지만, 막상 설악산 단체 숙소의 화장실은 모두 재래식이어서 푸근한 웃음이 나왔다.

시골집 언덕에서 바라보면 초전에서 김천으로 오가는 완행버스가 지나가면서 뿌옇게 흙먼지가 일어나는 게 다 보였는데, 어느 날부터인가 아스팔트로 포장되어 연꼬리처럼 흩날리던 흙먼지가 보이지 않자 왠지 아쉽기도 했다. 이 무렵, 학교에서는 가끔 코스모스와 잔디 씨를 편지봉투에 받아서 제출하라는 숙제가 나왔다. 숙제를 핑계로 나는 하늘하늘한 코스모스 속을 오래오래 걷기도 했다.

아버지는 대구에 땅을 두 번이나 샀다. 시골에서는 대구 부동산 상황을 잘 몰라서 대구에 사는 이모부랑 함께 투자했다. 어린 나이에 아버지를 따라갔는데 파밭이 있었고, 주변에는 단독주택들이 들어서고 있었다. 지금 생각해보면, 경제가 급성장하던 때였던 것 같다. 성당못은 공원으로 개발되어 인산인해를 이루었고 아버지가 투자하신 파밭도 앞으로 멋진 주거지가 될 것이라 했는데, 나중엔 도시 계획상 도로와 공원으로 수용됐다. 지금도 두류공원에 가면 아버지의 파밭이 마음속 파꽃을 피우고 있다.

성주에서 대구로 나오는 완행버스에는 담배를 피우는 아저씨들이 많았다. 껌을 짝짝거리며 입을 크게 벌리는 버스 안내양 누나는 차 문이 열리고 닫힐 때마다 연신 오라이~ 오라이~를 외치며 문을 툭툭 두드린다. 그 모습이 언제나 프로다웠다. 다사 고개를 넘어 푸른 보리밭이 펼쳐지면 대실과 죽곡이지만 여전히 시골 분위기다. 그러다가 검은 물줄기 흐르는 금호강을 만나게 되는데 코를 찌르는 냄새에 버스 창문을 닫아야 했다. 대구의 첫 관문은 그렇게 비릿한 냄새로 시작되었다. 오른쪽에는 계명대학교 건립공사가 한창 진행 중이었고, 왼쪽에는 공동무덤들이 차지하고 있었다. 성서는 촌락 수준으로 소·돼지를 키우는 축사들이 들어서 있어 아직은 대구라는 실감이 나지 않았다. 군부대 50사단을 지나 죽전네거리까지 넘어오면 그때야 비로소 도시에 왔구나~ 싶었다.

대학교에 다니는 누나를 따라 시내 동아쇼핑에 갔다. 초전과 성주의 오일장하고는 비교가 안 될 정도로 물건이 고급스럽다. 누나는 특별히 사준 것도 없지만, 여기는 시골 장터처럼 물건값을 깎아주지는 않는다고 했다. 아이 쇼핑만 실컷 하고 옥상에 올라서면 사람을 무서워하지 않고 친근하게 곁으로 다가앉는 도시 비둘기가 낯설었다. 옥상에서 바라본 대구 풍경은 시골 장터보다 더 소란스럽고 더 분잡했다.

포항제철과 한국전력의 국민주 공모가 시작되었다. 아버지는 부동산 못지않게 주식도 돈이 된다며 공모주에 뛰어들었다. 1988년 포항제철과 1989년 한국전력이 주식시장에 상장되었다. 아버지는 그때 재미를 본 경험으로 증권주 건설주 등 이것저것 투자하셨다. 소액이었기에 큰 수익을 남기지는 못했지만, 시골에서도 투자에 대한 아버지의 도전은 내게 잊히지 않는 모습이다.

•2•

1990년 2월 성주에서 고등학교를 졸업하고 대구로 나왔다. 남산동 중부소방서 뒤편 전봇대에 붙어 있는 '도지방 임대'라는 종이 전단을 보고 보증금 450만 원에 공인중개사 없이 주인과 직접 거래했다. 계약서를 작성해 달라고 하니까 주인 할머니는 나에게 16절 종이를 내밀며 계약서를 직접 쓰라고 했다. 한 번도 써본 적 없었지만, 각자의 이름과 보증금액을 적고 지장을 찍었다. 생애 첫 계약서였다.

주인 할머니는 혼자 사셨고, 세 든 사람은 다섯 가구 정도 되는 듯했다. 이사하던 날 먼저 살던 사람이 커피를 한 잔 주는데, 서울우유 빈 통 윗부분을 가위로 잘라낸 반듯한 사각 커피잔이었다.

연탄보일러를 처음 사용해서 불을 잘 붙이지 못해 자주 꺼트렸지만, 대개는 저녁에 친구를 만나 귀가가 늦어져서 연탄불은 자주 꺼졌다. 그럴 때면 인심 좋은 옆집에서 연탄불을 빌려오기 일쑤였다. 늦은 밤과 새벽에는 '석가탄' '번개탄'을 외치는 찰진 목소리가 봉창으로 들려왔다.

새벽에는 딸랑딸랑 종소리와 함께 저 멀리서부터 청소차의 힘찬 노래가 울려 퍼진다. "새벽종이 울렸네, 새 아침이 밝았네, 너도나도 일어나 새마을을 가꾸세, 살~기 좋은 내 마을, 우리 힘으로 가꾸세" 추리닝 차림에 맨 얼굴로 연탄재와 쓰레기를 청소차에 힘껏 던져 올리며 새벽을 걷어 올렸다.

당시 대학에 진학하지 못한 나는 건설업 관련 일을 했다. 노태우 대통령 취임 후 주택난을 해소하겠다며 200만 호 건설을 목표로 내걸어, 전국에는 아파트 열풍이 불었다. 원자재가 부족해 바닷모래로 아파트를 지어서 부실공사가 될 거라는 유언비어까지 나돌았다.

대구도 이 무렵 많은 택지지구가 들어섰다. 칠곡, 지산, 범물, 월성, 성서, 상인, 대곡, 시지, 용산, 장기 등 80년대 후반부터 90년대까지 대구는 동서남북 어디서나 아파트 숲을 이루어 나갔다.

•3•

시골 학교에서는 전교생이 학년별로 1~2년에 한 번 정도 단체로 영화를 봤다. 이른바 '문화교실'이다. 그 무렵 영화는 대부분 홍콩의 액션 영화였고 이소룡이 자주 나왔다. 대구에 살면서 처음 본 영화는 큰형이 수성교 인근 수성극장에서 보여준 좀 에로틱한 영화였고 자는 척 실눈 뜨고 다 봤다. 이후, 집 앞인 계명극장, 미도극장, 주말에는 시내에 있는 한일극장, 만경관, 중앙극장, 송죽극장에도 다녔다. 동네 만화방 대신 비디오 대여점이 동네 골목마다 들어서, 주말이면 인기작들은 예약을 해야 했다. 만화에서 시네마 시대가 시작되었다.

첫 달 월급으로 37만 원을 받았다. 엄청 부자가 된 기분이었다. 퇴근 후 시장에서 동태 한 마리를 샀다. 집 앞 슈퍼에서 콩나물도 300원어치 샀다. 슈퍼아주머니는 시루에서 콩나물을 뽑아 손으로 착착 추려서 검은 비닐봉지에 담아주셨다. 두부판에 놓인 두부도 한 모 사서 동탯국을 맛있게 끓였다. 가까운 거리는 걸어 다니고 열심히 저축하여 1994년 가을, 450만 원을 주고 중고차를 샀다. 마이카 시대가 온 것이다.

주말이면 세숫대야에 주방세제 퐁퐁으로 거품을 내어 보드라운 솜으로 세차를 했다. 기름을 채울 때면 주유소에서 항상 '만땅(가득)'이라고 외쳤다. 9천 원이면 가득 채우고 엔진 세정제 추가해서 1만 원이면 차와 함께 행복도 '만땅'이 되었다. 혼자 바닷가 해변을 찾아 시를 읽다가 오기도 했던 마이카 시대는 고요한 만땅 행복 시절이었다.

김영삼 정부는 지방도 세계화 추세에 편승해야 한다며 '세방화'라는 구호를 내걸었고, 농민들도 해외로 관광여행을 다녔다. 1997년 연말 즈음, 국가보유 외환이 바닥나면서 대한민국은 IMF의 국제금융을 지원받게 됐다. 정부와 기업은 구조조정을 단행했다. 국채보상운동 때처럼 나라를 구한다는 마음으로 전 국민이 돌 반지, 장신구, 금 등을 들고 나가 팔았고, 국민이 금을 팔아 나랏빚을 갚는다는 뉴스가 연일 나왔다. 나에게는 들고 나갈 금붙이가 없었다.

주택 200만 호 건설의 막바지에 외환위기가 닥치며 건설사들은 부도가 나고 집값은 하락했다. 아파트 청약 당첨이 중산층으로 가는 발판이 되었는데 청약이 무용지물이 되었다. 집 살 사람이 없자 건설사는 전세 임대를 했는데 명곡지구에 전세 들어간 지인의 집을 방문했는데 새 집이 좋아 보였다. 내게 집은 아직도 멀리 있었다.

• 4 •

1998년 큰형은 성서 이곡동에 24평 아파트를 6,800만 원에 샀다. 따뜻하고 편안했다. 형님 집에 얹혀살던 나는, 처음 하는 아파트 생활이었지만 익숙하게 적응하는가 싶었다. 그러다 어느 날은 102동이 아닌 103동 현관문까지 열고 거실까지 들어섰는데 형 집이 아니었다. 뒷동 아주머니도 아무 일 아니란 듯 헛웃음을 지어서 조금은 덜 민망했다.

1999년 친구가 달서구 용산동에 입주를 앞둔 아파트를 분양가보다 800만 원 웃돈을 주고 사려고 하는데 괜찮냐고 물어왔다. 학교 교수님에게 배운 대로 앞으로 주택은 투자의 개념보다는 주거의 개념으로 봐야 하는데 웃돈 800만 원은 너무 비싸지 않냐고 조언했지만, 친구는 그 집을 계약했다. 학교에서 배운 이론과 현실의 상황은 사뭇 달랐다.

공인중개사 시험 응시생이 인산인해를 이뤘다. 그 당시 공인중개사는 2년에 한 번 시험을 치렀는데 IMF 이후 처음 맞는 1999년 공인중개사 학원은 수강생이 얼마나 많은지 뒷줄에 앉으면 앞 칠판의 글자가 안 보일 지경이었다. 주간반 야간반으로 나누고 학원도 우후죽순 생겨났다.

'03년 부동산 경기가 호황을 이루고 주택가격이 상승하면서 공인중개사 취득 열풍은 더 거세졌다. 학원에서는 강사를 구하기조차 힘들었다. 예전 다니던 학원 원장님이 내게 강사 제의를 해왔다. 하지만 나는 "지금 하는 있는 일이 너무 재미있다."고 하면서 거절했다. 그럼 야간반 강의라도 해보지 않겠냐고 다시 제의해왔지만, "우리 일은 늘 야근이라 밤에도 할 시간이 안 된다." 하면서 또 거절했다. 함께 공인중개사를 취득한 형들은 "쥐꼬리 만한 월급 받으며 아직도 직장생활을 하고 있냐?"며 안타까워했다. 공인중개사 개업하면 1년에 5천만 원, 많게는 1억도 번다며 중개사 사무소를 주선해주기도 했지만 일에 대한 즐거움과 고집이 지금의 나를 있게 만들었다.

'02년 월드컵이 개최되었다. 우리 대구도 거리 응원으로 떠들썩했다. 아직 첫돌도 지나지 않은 아들을 가슴에 띠를 채워 안고 거리로 나갔다. "대한민국! 짝짝짝 짝짝~" 온 국민이 월드컵으로 들떠 있을 때 아버지는, 큰아들과 둘째 아들의 집은 있는데 셋째인 나에게도 2천만 원 보태줄 테니 집을 알아보라고 했다.

살고 있던 2층 단독주택이 햇살이 너무 좋은 데다, 1층에 사는 주인 부부과도 늘 다정하게 인사를 나누는데 굳이 아파트를 사야 할 필요성을 느끼지는 못했다. 그렇지만 여기저기 분양하거나 입주를 앞둔 아파트를 찾아봤더니, 분양가격에 상당한 프리미엄이 형성되어 있었다. 이왕이면 새 아파트가 좋을 듯했다. 대단지, 학교, 공원, 남향, 무엇보다 알맞은 가격…. 공부하면서 배운 대로 제2의 IMF가 오더라도 위기에 강한 아파트를 찾아보자 싶었다. 북구 칠곡의 화성센트럴파크 24평이 눈에 쏙 들어왔다. 분양가격 8천 170만 원, 위 모든 기준을 충족하는 듯했다. 주변에서는 이왕이면 33평을 분양받으라고 성화였다. 그렇지만 24평만 해도 집이 넓고 좋았고, 33평은 분수에 맞지 않는다고 생각했다. 입주를 앞두고 세대 청소는 주말에 직접했다. 거실은 원목 마루였지만 방 3곳은 종이 장판이었기에 잘하려고 니스를 두껍게 발라 한 철 내내 이불에 니스 냄새가 진하게 배었지만 내 집 마련의 기쁨이 더 컸다.

대구의 아파트 가격이 '02년부터 '05년까지 이해할 수 없을 정도로 상승했다. 초기 프리미엄 수백만 원 하던 것이 수천만 원이 되고 입주 때가 되면 억대까지 오를 정도였다. 노무현 정부는 부동산가격을 잡겠다며 부동산 규제를 총동원했지만, 규제하는 지역, 규제하는 정책마다 반대 급부로 가격은 더 치솟았다.

'00년 초반 평당 300~400만 원 하던 분양가격은 '05년 수성구 범어동 주상복합아파트가 평당 1,400만 원까지 치솟았다. 산이 높으면 골이 깊다고 '06년부터 시작된 미분양과 분양침체는 '11년까지 계속됐다. 전세분양, 할인분양을 이어가면서 건설사와 투자자들에게 또다시 고통을 안겨주었다. 그 골의 깊이는 생각보다 오랜 시간이었다.

•5•

북구 칠곡에 산 지도 어느덧 7년, 큰애가 초등학교 고학년이 된다. 칠곡에 살아본 사람은 모두, 그곳이 살기 좋은 곳임을 안다. 교통도 크게 불편하지 않고, 운암지와 함지산 그 밖에도 공원 조성이 잘되어 있고 학교나 학원도 바로 옆이다. 그런데도 더 나은 환경에서 자녀를 키우고 싶은 욕심은 있다. 마침 달서구 성당동 래미안·이편한세상 아파트가 전세분양 이후 할인분양을 하고 있었다. 최초 분양가격은 33평이 2억 4,500만 원이었으나, 할인해서 2억 원 이하로 내려갔다. 왠지 이 아파트를 잡아야 할 것 같은 느낌이었다.

이사 날짜를 잡아두고 나의 인터뷰 내용이 신문에 난 기사를 들고 집으로 갔다. 아이들에게 기사를 전하며 '대구 경북부동산 분석학회 송원배 이사는?' 읽어 내려가는데 아들이 "아빠, 우리가 이사 가는 것도 신문에 나와요?"라며 물어서 가족 모두 한바탕 웃었다.

아버지의 직업을 속일 수 없는지 차를 타면 아이들은 아파트 브랜드 이름을 누가 많이 아는지 시합을 한다 그리고 한번은 '내'라는 아파트는 어느 건설사에서 짓는 거냐고 묻는다. 아들과 딸은 'LH'를 '내'라고 본 것이다. 지금도 길을 가다가 보게 되는 'LH'는 '내'로 입력되어 있는 추억의 즐거운 로고이다.

칠곡도 살기 좋았지만, 막상 이곳으로 이사 오니 가끔은 지하철 2호선 죽전역을 이용할 수도 있고, 술 한잔하는 저녁이면 대리운전도 걱정 없었다. 3,000세대가 넘는 대단지에 조경 시설이 무척 마음에 들었으며 아이들은 단지 내 실개천에서 뛰어놀았다.

'08년 세계금융위기에 국내 경제도 침체하며 부동산 경기부양책이 나왔지만, 효과를 보지 못했다. 더군다나 대구는 불 꺼진 아파트, 건설사의 무덤이라는 오명까지 쓰고도 회복의 기미가 보이지 않았다.

달서구 성당동으로 이사 온 지 3년이 되어갔다. 큰애가 이제는 중학교 진학을 앞두고 있다. 2013년 매입가에 1억 원 웃돈을 얹어 부동산에 매물을 올렸는데, 전혀 팔릴 것 같지 않았지만, 최고 시세로 매매계약이 되었다. 준비 없이 살던 집이 팔려버려 어디로 가야 하나 망설여졌다. 북구, 달서구의 기존 아파트는 가격회복을 하고 미분양 물건이 대부분 소진되고 있었다.

그런데 뜻밖에도 수성구 범어동에 35%나 할인하는 40평형대 아파트 단지가 눈에 들어왔다. 범어네거리 초역세권, 이 정도면 6개월 이내 분양가를 회복할 수 있겠다는 자신이 생겼다. 경제력은 33평 수준이지만, 할인분양하고 있으니 40평형대에 욕심을 냈다.

너무 괜찮은 선택에 주변에도 권유하여 십여 명의 지인들이 계약을 체결하여 추후 경제적인 이득을 취하였다. 아직도 살고 있거나 보유하고 있는 지인도 여럿이다. 고맙다는 인사로 소고기도 여러 번 얻어먹었다. 그러나 우리 가족은 주상복합아파트가 오히려 생활에 불편했고 아이들은 아토피가 심해졌다. 집보다는 가족 건강이 우선이라 2년 만에 팔고 수성구민운동장 바로 옆 낡고 오래된 5층 아파트로 이사했다. 공인중개사 소장님은 그렇게 넓고 좋은 집에서 살다가 엘리베이터도 없는 이곳에 어떻게 살려고 하느냐며 의아해했다.

이사한 집은 차 소리가 전혀 들리지 않았고, 저녁이면 희미한 가로등 불빛이 오히려 시골 정취를 느끼게 해주었다. 5층까지 타박타박 오르는 계단은 나를 뒤돌아보게 했다.

통돌이 세탁기를 쓰다가 견본주택 전시품인 드럼세탁기를 저렴하게 구매했다. 아들 친구까지 불러 계단식 아파트 5층까지 들어 올렸는데 세탁실로 통하는 문이 작아서 들어가지 않았다. 아뿔싸! 세탁기 놓을 위치는 확인했으나 설마 문에서 끼일 줄이야. 다시 내려 시골집 창고에 고이 보관했다. 통돌이 세탁기처럼 가끔은 이렇게 아귀 맞지 않는 날들도 있었다.

이후 상당한 기간을 무주택으로 아이들 학교 배정에 따라 2년씩 월세며 전세로 있다가 지금의 수성구 시지에 안착했다. 범어동에서 6년 세월 동안 회색빛 도시의 한 귀퉁이에 쭈그려 있다가, 시지에서 탁 트인 월드컵 경기장을 바라보며 시원한 아침을 맞는 기분은 항상 새롭다.

문재인 정부 내내 역대 최대로 부동산가격이 급등했다. 부동산대책을 26번 냈지만, 어느 것 하나 해결되지 않은 채 부동산정책은 실패로 돌아갔다. 부동산이 급등할 때마다 취임 이전 수준으로 부동산가격을 안정시키겠다며 국민에게 약속했다. 주택공급을 늘리기보다는 다주택자들이 보유한 300만 호가 있는데, 이들이 보유한 물량이 시장에 나온다면 시장은 이내 안정될 수 있다는 논리였다.

이후 많은 사람들이 탄식했다. 그때 그 말을 듣지 않았어야 했는데. 그때 기다리지 말고 샀더라면, 그때 팔지 않았더라면…. 아파트 공급은 충분하다고 늘 발표했지만, 어느 날은 공급실패를 인정하고 국토부 장관은 '아파트가 빵이라면 밤을 새워서라도 만들겠다.'고 했다. 아파트를 빵처럼 틀에 넣어 찍어낼 수는 없다는 것을 국민은 모두 아는데 정부만 몰랐던 것이다. 저녁이 있는 삶은 더 멀어진 느낌이다.

●6●

지나온 IMF 외환위기와 세계금융위기가 누군가에는 기회가 되었다. 그 시절의 나는 별로 잃을 게 없는 존재였다. 그저 시대가 주는 기회를 적절히 선택하고 나름대로 열심히 살아왔다.

지금의 위기는 그때와는 또 다르다. 그 당시 기업이 어렵고, 국가 경제가 어려웠다면 지금은 고물가 고금리 위기로 서민이나 중산층이 모두 고통을 감내해야 하는 상황에 부닥쳐있다. 그러나 우리는 늘 진화해

왔다. 오늘의 위기도 시간이 지나고 보면 새로운 국면을 맞게 될 것을 안다.

어쨌든 한 사람의 인생에서도 이렇게 많은 변화의 과정이 있었다. 하물며 경제와 부동산의 변화과정은 얼마나 더 변화무쌍하겠는가. 그러나 그 변화가 바로 개인의 진화였고 사회의 진화였다. 부동산은 살아있는 생명체처럼 성장과 진화를 거듭하면서 우리들의 삶에서 떼어낼 수 없는 영역으로 자리 잡았다.

자고 나면 키가 크고, 또 자고 나면 키가 크는 생명체처럼 부동산가격이 절정으로 치닫던 '20년 12월 매일신문사로부터 부동산 경제칼럼을 제의받았다. 매일신문에 기재한 내용과 그해 9월 대구 KBS 라디오 프로그램 생생매거진 오늘의 '어쨌든 경제' 코너에 방영되었던 방송원고를 시대순으로 묶었다. 경제 사정이 많이 바뀌어 지금은 다시 부동산가격 하락기에 접어들었다. 격세지감이다. 지나온 부동산정책과 시장의 흐름을 되짚어 보면서, 앞으로의 시장 변화를 예측하는 데 이책이 작으나마 도움이 되기를 바라는 마음이다.

차 례

살아있는경제를 찾아서
'신문 칼럼' 이야기

생방송 라디오
'어쨌든 경제' 이야기

쓸모 있는 에필로그

살아있는 경제를 찾아서
'신문 칼럼' 이야기

부동산가격 하락,
버틸 힘이 있다면 버텨라

부동산가격은 언제 오르며, 또 언제 내리는가? 많은 전문가들이 예측하지만 정확히 맞추기는 쉽지 않다. 오랜 조정기간 동안 마음고생이 심했던 사람들은 '오르면 팔아야지' 마음먹는다. 하지만 집값이 급격한 상승세를 타기 시작하면 슬그머니 욕심이 고개를 든다. '거품이다', '과열이다' 주의를 당부하지만 팔려고 하면 또 오르고, 팔려고 하면 또 오르는 시장에서 '내일은 더 오를 것'이라는 자가당착에 빠진다. 위험은 보이지 않고 엄청난 시세차익을 누린 성공사례만 보인다.

반대로, 부동산 하락기에 접어들면 초기에는 수긍하기를 거부한다. 하락하지 않을 논리들로 중무장하여 입지, 학군, 교통을 강조하며 가격비교표까지 동원해서 상대적 경쟁력이 있음을 힘주어 말한다. 하지만 대세 하락기에 접어들면 순식간에 앞이 보이지 않는 깜깜한 절벽이다. 가격을 낮추어 매물을 내놓지만 문의조차 없다. 감당할 수 없는 절망 속에 부동산은 바닥을 다진다.

부동산시장은 일정한 안정세를 유지하기 쉽지 않다. 과거 IMF 시절

부동산가격 폭락의 이유가 단지 외환위기 때문이었을까? 사실은 공급 부족으로 인해 집값 폭등을 경험하며 시작된 주택건설 200만 호 건설, 그 막바지에 이르러 270만 호가 건설되며 대량 공급에 따른 미분양의 위험이 내재해 있었기 때문이다.

3년의 조정 기간을 거치는 동안 정부는 모든 부동산 규제를 해제하며 부동산경기 활성화를 도모했고, 그 결과 '01년부터 반전하기 시작해 '05년까지 상승세를 이어갔다.

시장은 빠르게 과열됐으며, 부동산가격 폭등은 또다시 공급과잉을 초래했다. 부동산시장 과열을 방지하고자 참여정부는 다시 모든 부동산 규제를 동원했다. 그렇지만 과열을 잠재우지 못하고 '08년 세계금융위기와 함께 엄청난 가격폭락과 침체의 늪에 빠졌다. 대구는 전국 최대 미분양으로 '전세분양', '할인분양'을 하며 '불 꺼진 아파트', '건설사의 무덤'이라는 오명까지 얻었다.

금융위기 이후 앞으로 다시는 부동산시장에 투자나 투기가 발붙이기 힘들 것이라고 많은 사람이 예단했다. 그러나 얼마 지나지 않아 금리 인하, 취득세, 양도소득세 감면 등 투자확대를 위한 부동산 규제 완화 조치로 '11년부터 가격이 서서히 상승하기 시작해 '21년까지 10년간 상승세를 이어왔다. 한 번 정도 쉬어갈 수 있는 부동산 조정 시점에 금리가 인하되면서 부동산시장은 다시 급등했고 공급시장은 규모를 확대하며 위험도 함께 키워갔다.

결과적으로 중간에 금리 인하를 하지 않았다면 부동산은 시장 자율에 맞게 조정기를 거치며 급등과 급락이 아닌 안정 기조를 유지했을 수 있었다. 초저금리 기조가 이어지는 가운데 정부의 부동산 안정대책을 비웃기라도 하듯 실수요자, 투자자 가릴 것 없이 시세차익을 얻기 위해 부동산시장에 뛰어들었다. 오죽하면 '벼락 거지', '영끌족'이라는 신조어가 생겨났을까.

오늘날 부동산시장의 위기는 외환위기도 세계금융위기도 아닌 고금리 위험이다. 초저금리의 단맛에 취해 있는 가운데 갑작스러운 금리상승은 부동산시장에 거래절벽을 불러오고, 가격하락으로 이어지는 악순환을 되풀이하게 한다. 부동산 연구기관마다 '23년 부동산가격은 더 내려갈 것으로 전망한다.

연구기관에서 발표한 것처럼 실제로 더 떨어질 확률이 높다. 한국은행의 기준금리는 올해 상반기까지 인상될 것으로 보이고, 이에 따라 정부는 부동산 규제 완화 정책들을 모두 쏟아낼 것이기 때문이다.

과거 IMF와 세계금융 위기의 경험으로 볼 때 전前 정부의 부동산 규제가 모두 해제된 이후 새롭게 부동산경기 활성화 대책이 강구될 것이며 더 떨어질 수 없는 바닥을 다진 후 시장은 다시 기지개를 켤 것이다.

문제는 '그때까지 버틸 수 있느냐'다. 부동산가격은 긴 호흡으로 보면 언제나 우상향하는 그래프를 보인다. 하지만 막연히 기다려서는 안 될 것이다. 부동산의 물건별 특성에 따라 2~3년 안에 반등하는 물건이 있는가 하면 더 긴 시간을 요구하는 물건도 있기 때문이다. 반등 시점이 길어지면 향후 가격이 오른다 하더라도 금융비용 부담에 모든 이익이 매몰될 것이다.

그럼에도 불구하고 버틸 힘이 있다면 버텨라! 하지만 시련과 절망의 시간을 견딜 수 없다면 가능한 한 빨리 과감히 포기하라. 쉬운 결정은 없다. 어느 것을 선택하든 생채기는 남는다. 오늘을 희생해서 더 나은 내일을 꿈꿀 수 있다면 어느 선택이든 바른 길이 될 것이다.

[화성산업X매일신문 2022 부동산토크쇼] 올 하반기 전망 "먹구름"

매일신문 권성훈 기자

"올 하반기 부동산 전망도 흐림 또는 먹구름입니다. 각자 여건에 맞는 틈새 재테크 전략을 신중하게 검토해 실행해야 합니다."

매일신문(TV)매일신문과 화성산업(화성파크드림 TV)이 지난해에 이어 올해 다시 기획한 부동산토크쇼에서 전문가들은 올 하반기 부동산 시장을 어둡게 전망했다.

송월배 대구경북부동산분석회 이사는 "인정적인 공급에 비해 수요가 불안정하기 때문에 그 어느 때보다 신중해야 한다"며 "3~5년 후를 내다보는 장기적인 관점이 투자가 필요한 시점"이라고 분석했다.

내 집 마련도 이모저모 잘 살펴 구입하는 것이 필요하다. 차정애 급선부동산 총괄대표(공인중개사)는 "새 정부에서 규제 완화 정책에도 불구하고 "지자 본인 이 실제를 벗어나지 못하고 있다"며 "대주택시장 경제와과 꼭 살고 싶은 곳을 잘 찾아서 투자한다면 의외로 좋은 매물을 찾을 수도 있다"고 강조했다.

이어 안재경 성문회계법인 공인회계사는 "새 정부에서 발표한 구체적인 정책들을 잘 살펴야 한다"며 "이들 매입수록 발품을 많이 팔고, 여러 전문가들을 만나 세금 관계를 정확하게 파악한 후 한 푼이라도 나가는 돈을 아껴야 한다"고 조언했다.

재건축 시장도 그리 밝지만은 않다. 김범진 화성산업 정비산업파트 대리는 "대구 곳곳에서 하반기 도시정비사업(재건축 분양도 활발하게 진행될

예정이지만, 주변 주거 여건 및 아파트 브랜드 등을 꼼꼼히 따질 뿐 아니라 어떤 혜택이 있는지도 살펴야 한다"고 주의를 당부했다.

올해 기획한 이 부동산 토크쇼는 총 4부작으로 구성됐으며 (1편)'대구 부동산 전망'은 5일(금) TV매일신문과 화성파크드림TV 유튜브 채널을 통해 방영된다. 이어 (2편)'부동산 절세 꿀팁', (3편)'내 집 마련의 기술' 등이 차례로 선보인다.

한편 TV매일신문 '미네와 아수'는 지난해에는 김민정 아나운서와 권성훈 앵커가 진행했으나 올해는 정소하 프리랜서 아나운서가 아수와 함께 열정적인 진행을 도왔다.

매일신문과 화성산업 공동기획 '부동산 토크쇼' 원쪽부터 안재경 회계사, 송월배 대구경북부동산분석회이사, 정소하 아나운서, 권성훈 앵커, 차정애 소장, 김범진 대리, 화성파크드림TV 제공

"3~5년 후 내다보며 장기적 관점에서 투자" 권유
구매자가 각자 경제적 여건 및 주거여건 고려해 투자해야

URL : http://news.imaeil.com/page/view/20220731153621 26563

부동산 거래절벽,
규제 완화에 답이 있다

2022. 10. 26.
매일신문 부동산 특집 기고문

조정대상지역 해제 이후 아파트 거래량은 전국이 30% 감소할 때 대구는 아파트 매매 거래량 15% 증가, 분양권 거래량 53% 증가, 미분양 판매량은 6월에 비해 4배 증가

　지난 6월 말, 국토교통부 주거정책심의위에서는 전국의 112곳 가운데 11곳의 조정대상지역을 해제하였다. 대구는 전국에서 미분양이 가장 많고 시세가 전국 광역시 가운데 가장 크게 하락하고 있는 가운데 거래활성화를 위해 조정대상지역 해제를 수차례 건의했었고, 22년 6월에 수성구를 제외한 6개구, 1개 군이 해제되었다.

　조정대상지역 해제로 지역민들은 거래가 활성화될 것이라는 큰 기대를 하였으나, 나아졌다고 하기는 뭔가 미흡해 보였다. 급매 위주로 거래가 조금 되는듯했지만, 시장에는 여전히 매매를 원하는 물건이 넘쳐나고 있었다. 하지만 통계는 다른 이야기를 하고 있었다.

조정대상지역 해제 이후 7월과 8월의 아파트 매매 거래량이 발표되었다. 통계의 발표 결과는 놀라웠다. 7~8월 대구의 아파트 거래량은 6월에 비해 7%와 14%로 증가했다. 미분양 판매건수는 6월에 100여건이던 것이 7월에는 410여건, 8월에는 150건으로 나타났다. 분양권 거래량도 전국 평균대비 53%와 19% 증가하였다.

같은 시기, 전국의 아파트 매매 거래량은 6월에 비해 7월은 22% 감소했으며, 8월은 31% 감소하며 거래량 절벽을 보이고 있었다. 대구는 미분양 물량이 전국 최대이지만 미분양 판매량도 그만큼 많았던 것이다.

전국 아파트 매매 거래량이 절벽을 보일 때 조정대상지역 해제의 혜택을 누린 대구의 매매 거래량 증가는 시사하는 바가 매우 크다. 부동산 거래 활성화를 위해서는 거래를 억제하는 부동산 규제 완화가 답이라는 것을 입증하고 있다.

파는 사람은 팔 수 있게, 사는 사람은 살 수 있게, 시장의 자율성을 회복하는 것, 공급과 수요를 억제하는 부동산 규제를 완화한다면 시장의 거래 기능은 자연스럽게 회복할 것이다.

아직도 완화가 요구되는 부동산 관련 규제는 매우 많다. 그 내용을 살펴보면, 주택의 대출 건수 제한, 주택담보대출 인정비율 LTV가 70% 있음에도 차주의 일정 소득범위 내 대출을 적용하는 DSR 규제, 다주택자의 취득세 중과세, 거치기간 없이 원금과 이자를 동시에 상환하는 원리금균등상환방식에 따른 수요억제, 주택임대사업자를 장려하다가 오히려 억제하는 임대사업자 규제, 20·30세대나 취약계층이 고금리에 따른 위험을 헷지하고 싶어도 규제에 묶여 매매할 수 없는 분양권 전매 제한 등이다. 이러한 규제는 실수요자의 내 집 마련 기회도 어렵게 하고 경제적 여력이 있는 투자자의 유입 모두를 힘들게 하고 있다.

부동산은 내부환경의 영향도 받지만 외부환경의 영향을 더 많이 받는다. 과거 IMF 외환위기 때는 국가의 위기관리 능력을 상실하여 부동산이 급락했으며, 수십 년 동안 이어온 경제성장 속에서 충격도 컸다. 그렇지만 지금은 모든 산업과 경제가 새롭게 재편되며 기업의 경쟁력은 더욱 높아졌다.

'08년 세계금융위기는 미국의 서브프라임 모기지 부실이 위기를 불러왔다. 금융사들이 상환능력 없는 차주에게도 대출해주고 집값이 오를 것이라는 전제하에 무분별한 대출을 늘려 부실을 키운 탓이다. 대출은 일정 기간 자산 가격 하락을 불러왔지만, 오히려 시장을 더욱 건전하게 만드는 데 기여해 온 것도 사실이다.

지금 우리 부동산은 어떤 위기에 직면해 있는가? 집값 내리는 게 문제가 아니다. 많이 올랐으니까 내릴 수도 있지만 팔 수도, 살 수도 없는 게 문제다.

매도자는 싸게라도 팔고 싶지만 살 사람이 없다. 형편이 좋은 사람은 집을 비워두고 새집으로 이사 가기도 하지만 대다수의 국민들은 현재 살고 있는 집을 처분하거나 전세라도 놓지 않으면 새집에 들어갈 수 없는 상황이다. 매물이 쏟아지며 급매가 늘어나고 있다.

집이 필요한 사람도 사기 어렵다. 예전 같으면 대출이라도 많이 받을 수 있었지만 현재는 소득금액에 원리금상환비율을 따져 대출해주고 있으니 돈 줄이 꽉 막혀있다. '돈맥경화'현상이다. 정부는 금융을 틀어쥐고 대출해주지 않으므로 여전히 수요억제 정책을 고수하고 있다.

고금리가 세계적인 추세임을 감안할 때 우리나라도 고물가 속 높은 금리를 적용할 수밖에 없다는 것을 알고 있다. 고금리는 국가경제와 산업 및 가계경제가 침체되더라도 고물가를 잡기 위한 고육지책으로, 가계와 산업경제에 말할 수 없는 고통을 수반한다.

고물가, 고금리에 부동산 규제는 국민들에게 이중 삼중의 고통이다. 대구의 조정대상지역 해제는 거래활성화의 단초를 보여주었다. 대구의 사례를 타산지석 삼아 보다 과감한 부동산 규제완화 조치를 단행하여야 한다.

KBS NEWS 1

KBS NEWS 인터뷰 영상

2022-09-14
[KBS] 아파트값 하락세..."하향 안정" vs "경기 침체"

2022-12-21
[KBS] 넘치는 입주 물량...깡통전세·미입주 '연쇄반응'

2022-07-21
[KBS] 규제 완화에도 부동산 하락, 시민 부담 가중

2022-11-23
[KBS] 규제 완화에도..."가격 하락 지속 전망 우세"

2022-06-16
[KBS] 지역 부동산 침체...규제완화 필요성 논란

2022-10-26
[KBS] 레고랜드발 자금 경색, 지역 기업·부동산도 우려

추락하는 대구 주택시장,
청약위축지역 지정이 답이다

2022. 08. 23.
청약위축지역 지정 촉구 보도자료

매달 늘어나는 대구 아파트 미분양세대를 이대로 내버려 두다가는 지역경제를 위협할 수준이라는 우려를 낳고 있는 가운데, '청약위축지역 지정' 등 특단의 조치를 내려야 한다는 지역전문가들의 의견들이 쏟아지고 있다.

송원배 대구경북부동산분석학회 이사는 지역 언론에 '대구 청약위축지역 지정'을 골자로 하는 의견을 강력하게 피력하고 있다.

대구의 미분양 물량은 전국에서 1등이다. 올해 신규 분양한 단지 중 청약률 1대1을 채운 단지는 단 두 곳에 지나지 않으며, 나머지는 아주 저조한 청약률에 초기 계약률 또한, 참담한 실정이다. 여기에, 미분양으로 눈치 보기 하던 건설사들의 밀어내기 공급은 '23년에도 계속 이어질 전망이다.

'대경연구원'에서는 대구의 적정 입주 물량을 1만 2,500세대로 추산하는데 3년간(2022~2024) 입주물량은 7만 8,000세대로, 적정 입주물량 3만 7,500세대의 2배 이상 초과공급 상태이다. 이 수치에는 아파트의 대체재로 보는 주거용 오피스텔의 입주물량은 포함되지 않았는데, 이 물량까지 합산하면 더 심각해진다.

더군다나 지난해부터 팔려고 내놓은 기존주택 물량은 거래되지 않은 채 눈덩이처럼 불어나고 있다. 신축아파트에 입주하기 위해 나온 물건, 가격이 하락하기 전에 팔려고 내놓은 물건, 다주택자의 처분 물건까지…. 물량은 넘쳐나고 가격은 하락하고 있지만 거래는 절벽이다. 대구의 아파트 거래량이 '20년 월평균 4,280건이었던 것과 비교해보면 '22년은 월평균 920건으로 78% 감소하였다.

이대로 내버려 두면 거래절벽 속에 급매물이 속출하며 가격은 더욱 하락할 것이다. 물가상승에 금리인상까지 떠안게 되는 수요자는 구매를 서두를 이유가 없고 바닥을 알 수 없으니 더 기다리기만 할 뿐 매수하지 않을 것이다.

지역의 부동산 붕괴는 시간이 지나면 대구경제 손실로 확대되어 산업과 금융에 이르기까지 2차 피해가 우려되는 시점이다.

초과공급된 물량은 LH를 통해 정부에서 매입하고, 대구도시공사를 통해 대구시가 모두 매입, 비축하는 개념으로 신혼부부·청년에게 저렴하게 임대한다면 주택시장 안정으로 이어지겠지만 물량에서 실현 불가능하다.

그렇다면 지역사회에서의 공급과잉은 정말 해결책이 없는 걸까? 송원배 이사는 하루빨리 대구를 '청약위축지역'으로 지정해야 한다고 강조했다.

'청약위축지역'은 청약미달이 많이 발생하고 집값이 하락세인 곳을 대상으로 한다. 2017년 11월 주택법이 개정되면서 법적근거가 마련됐지만 지금까지 지정된 곳은 없다. 송 이사는 청약과열지역 지정은 요건을 갖추기가 무섭게 지정하면서 위축지역 지정은 요건을 충분히 갖추었음에도 불구하고 지정하지 않는 사실을 지적한다.

'청약위축지역'은 직전 6개월간 월평균 주택가격 상승률이 1% 이상 하락한 지역 가운데 주택거래량이 3개월 연속 전년 동기 대비 20% 이상 감소했거나 직전 3개월 평균 미분양 주택수가 전년 동기 대비 2배 이상 또는 시·도별 주택보급률 또는 자가주택 비율이 전국 평균 이상일 때 지정된다.

'청약위축지역'에서는 청약통장 가입 후 한 달이면 1순위 자격을 얻을 수 있으며 지역 우선청약요건이 사라져 전국 어느 지역에 거주하더라도 1순위로 청약할 수 있다.

다만, 위축지역 지정 시 제기되는 문제점은 외지 투자자가 돈 벌고 부유한 사람이 더욱 부유하게 된다는 가설이다. 부작용이 없을 수는 없겠지만, 정부에서 비축하면 괜찮고 민간에서 비축해 임대로 돌리면 큰 문제가 되는가?

투자자가 추후 팔게 되면 이익을 얻는다는 것인데 시장원리에 따라 손해도 볼 수 있는 것 아닌가? 수익 부분은 장기간 임대 시 양도소득세 감면율을 차등 적용한다면 합리적이 될 것이다.

이외에도 취득세 중과세 폐지, 아파트 임대사업자 등록제 부활, 대출원리금상환 유예제도 부활, 다주택자 대출건수 완화 등이 제안되고 있다.

첫째, 취득세 중과세 폐지는 거래세금을 낮춰야 거래가 활성화된다는 이론이다. 세금이 매매가격에 전가되면 오히려 가격상승의 빌미를 제공하고 거래는 감소하기 때문이다.

둘째, 아파트 임대사업자 등록제 부활이다.
'20년부터 신규 주택임대사업자를 금지하고 있는데 임대사업자가 매입한다고 여러 곳에 거주할 수는 없다. 정부가 확충하지 못하는 임대공급 시장을 대신할 수 있는 곳이 민간임대사업자 제도이다.

셋째, 대출원리금상환 유예제도를 부활시켜야 한다.
예전처럼 원금에 대해 1년 거치, 3년 거치기간을 두어 이자만 상환하다가 거치기간 이후부터 원금과 이자를 상환하는 방식이다. 집값이 2배, 3배 오른 상황에서 원리금 즉시 상환은 매수자에게 너무 큰 부담이다.

넷째, 다주택자의 대출건수 완화와 총부채원리금상환비율인 DSR 규제완화다. 신용대출도 아니고 확실한 담보를 제공하는데도 불구하고 대출건수를 제한하고, 소득이 있어야지만 집을 살 수 있게 하는 규제는 자유시장 체제와도 맞지 않다는 의견이다.

다섯째, 대구를 '청약위축지역'으로 지정하자.

위축지역으로 지정되면 1순위 청약자격이 대구거주자에서 전국단위로 확대되며 분양권 전매제한도 해제된다. 외지의 수요를 끌어와서 주택시장을 안정시키고 임대시장을 활성화하자.

초과 공급물량을 정부에서 비축할 수 없다면 민간에서 비축해 임대시장으로 전환하면 된다.

지금 주택을 구매할 수 있는 사람은 자금을 동원할 수 있는 부자들이지만 이들이 매입하면 다주택자가 된다. 지난 정부에서 현재에 이르기까지 다주택자는 우리 사회에서 투기의 대상이 되어왔다. 이제는 이들에게 활로를 열어줘야 한다는 게 전문가들의 의견이다.

전 국민이 주택을 100% 소유할 수 없는 만큼 민간이 비축하고 임대시장으로 전환하면 임대가격이 안정되면서 주택가격도 안정될 것이다.

비축물량이 많아지면 급격한 가격등락은 사라지게 되고, 미래세대는 40~50년 대출을 상환하면서까지 굳이 비싼 주택을 살 이유도 없을 것이다. 추락하는 대구의 경제를 막기 위해 주택시장 안정이 무엇보다 절실하다.

'부동산 전문가에게 물었다' 대구 아파트값 바닥은 언제?

대구일보 윤정혜 기자

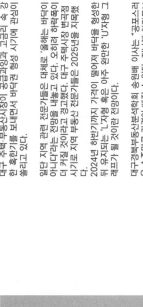

대구경북부동산분석회 송원배 이사

2025년 바닥 형성 후 U자형 혹은 완만한 U자형 그래프 예상

입주폭탄 올해 '가격 하락 본격화' 전망

대구 주택·부동산시장이 공급과잉과 그금리 속 강한 혹한기를 보내면서 바닥면 형성 시기에 관심이 쏠리고 있다.

일단 지역 관련 전문가들은 대체로 '올해는 바닥이 아니다'라는 전망을 내놓고 있다. 오히려 하락폭이 더 커질 것이라고 경고했다. 대구 주택시장 변곡점 시기로 지역 부동산 전문가들은 2025년을 지목했다.

2024년 하반기까지 가격이 떨어져 바닥을 형성한 뒤 유지되는 'L'자형 혹은 아주 완만한 'U'자형 그래프가 될 것이란 전망이다.

대구경북부동산분석회 송원배 이사는 "공포스러운 수준만큼 가격이 빠질 수 있다. 지난해 하락폭보다 올해 하락폭이 더 클 것이라며 '평균적으로 고점 대비 30%에서 가격 상승분이 큰 단지에서는 50%까지 하락하고 바닥을 확인한 후 유지될 수 있다"고 전망했다.

다만 송 이사는 거래를 자체가 많지 않아 실거래가 형성이 급매를 위주로 이뤄지고 있다고 부연했다.

이감은 전망은 다른 전문가 역시 마찬가지다. 부동산자산관리연구소 이진우 소장과 경북연구원의 조득환 연구위원 역시 비슷한 전망을 봤다.

이 소장은 "공급 우위 시장이 향후 2~3년간 지속돼 대구는 한번도 겪어보지 못할 만큼의 혹한기를 겪을 수 있다. 올해는 가격 조정이 본격화되는 시기"라고 하면서 "현재의 입주물량이 소화되는 2025년께 변곡점이 나타날 수 있다"고 예측했다.

그는 또 가격 하락폭은 매매보다 전세시장에서 더 크고, 지역적으로는 입주와 누적 미분양이 많은 수성구와 달서구에서 두드러지겠다고 설명했다.

대구 미분양은 지난해 12월말 기준 1만1천700호 전국에서 가장 많다.지역내에서는 수성구가 3천107호, 달서구 2천388호로 대구 물량의 절반 가까이 차지한다.

조득환 연구위원 역시 "내년까지는 부동산시장 정상화를 기대하기는 어려운 상황이며 올해는 금가격 하락폭이 더 깊어질 수 있다"고 봤한 뒤 "국내 경기가 부동산뿐 아니라 전반적으로 침체를 겪고 미국에서 추가 금리 인상 시그널도 나오고 있어 부동산 매매시장은 더 어려워질 것"이라고 설명했다.

그러면서 조 위원은 기존 주택을 매도하지 못해 발생하는 입주대란과 이에 따른 피해와 여파에 대해 지역 건설사들을 중심으로 지자체가 좀더 모니터링하고 대비책을 세워야 한다고 덧붙였다.

일각에서는 실수요자에게는 지금 같은 가격 하락기가 자가 매수의 기회가 될 수 있다고 조언했다. 건축원자재 인건비 상승 등의 요인으로 신축 아파트의 분양가는 앞으로도 꾸준히 오를 수 밖에 없는 구조라는 게 이유다.

송 이사는 "마이너스프리미엄으로 분양보다 더 저렴한 가격의 단지들이 있다. 실수요자라면 가격이 더 하락할 것이라는 공포를 극복하고 저가 매수의 기회로 삼아도 좋을 것"이라고 덧붙였다.

조정대상지역 해제 이어,
위축지역 지정해야

2022. 07. 05.
매일신문 경제칼럼

    수성구를 제외한 대구 전역이 조정대상지역에서 해제되었으며 수성구는 투기과열지구에서 해제되었다. 그러나 업계 관계자들은 시장에서의 효과는 제한적일 것으로 전망하고 있다. 이미 많은 입주물량과 대기 중인 신규물량, 분양가상승, 금리상승 등의 압박들을 모두 해소하기에 한계가 있다는 지적이다.

    대구 부동산시장의 실질적인 안정화를 위해서는 수성구를 포함한 대구시 전역 조정대상지역 해제에 이어 빠른 시일 내 '위축지역 지정'이 필요해 보인다.

    국토교통부는 6월말 주거정책심의위원회를 열고 전국의 조정대상지역 112곳 가운데 11개의 시·군·구를 조정대상지역에서 해제했다. 대구 7곳, 경산 1곳을 합쳐 대구·경북 8곳이 해제되었으며 101곳이 미해제지역으로 남았다.

대구로서는 환영할 일이지만 한편으로 얼마나 지역 부동산경기가 어려웠으면 이렇게 대폭 해제해 줬을까 싶다. 대구의 부동산 지표를 한번 살펴보면 그 이유가 보인다. 대구는 아파트 매매 거래량이 '20년 월평균 4,283건이던 것이 '22년 월 920건으로 내려앉았다.

거래절벽의 가장 큰 내적 원인은 입주물량 부담이다. 대구의 입주는 '22년 2만여 세대, '23년에는 3만 5천여 세대로 입주물량 압박이 심각하다. 지난 4년 동안 11만 세대가 공급되는 가운데 입주가 다가오며 빚투족, 영끌족에 다주택 투자자들의 물량이 쏟아지면서 전세 매매가격 하락을 견인하고 있다.

외적 요인은 조정대상지역의 규제정책이다. 2주택 이상 보유자의 추가대출 금지, 1주택자 처분 조건부 서약 및 실입주 확약서 제출, 양도소득세, 종부세, 취득세의 중과세 적용 등 각종 규제들이 입주물량 부담과 결합되면서 대구 아파트 거래절벽과 가격하락을 불러왔다.

신규 분양시장에서는 미분양이 증가하고 있다. 신규 공급물량이 '21년 상반기(1만 3,600세대) 대비, '22년 상반기는(4,500세대) 대폭 감소하였으나 미분양 세대수는 '21년 3월 153세대에서 '22년 5월 말 6,816세대로 증가했다. 미분양이 쌓이면서 분양권에 붙었던 프리미엄 거품이 빠지고 가격이 하락하며, 수요자는 매수 타이밍의 여유가 생겼다.

여기에, 7월부터 조정대상지역 해제를 기다린 건설사들의 신규 공급 물량이 봇물 터지듯 나올 전망이다. 건축자재비 상승으로 인한 분양가 상향도 불가피하겠지만 대구 부동산경기를 고려하지 않는 분양가격과 공급물량은 결국 미분양을 더 쌓이게 할 것이고 분양시장은 더 깊은 침체에 빠질 수 있다. 이대로라면 과거 '09년처럼 미분양이 2만 세대가 넘는 악몽이 재연되지 않을까 하는 우려도 제기되고 있다.

대구의 실거래가 지수는 수도권 포함 6대 광역시 중 가장 많이 하락하였으며 한국은행의 기준금리는 5차례 인상되어 대출금리가 4~6%까지 올라가고 있다. 현재 부담하는 금리도 높지만, 앞으로 얼마나 더 오를지 모를 불확실성이 더 두렵다.

대구의 부동산 침체를 극복하기 위해서는 당분간 신규공급이 중단되어야 할 것이다. 하지만 수년 동안 공들인 사업을 포기하거나 오래도록 연기할 수도 없다. 침체기에 접어든 규제지역이 이제야 해제되었을 뿐이다.

수성구의 조정대상지역도 시간문제이지 머지않아 해제될 것으로 보인다. 그러나 공급된 물량은 시간이 지나면 준공이 되고, 입주 때에는 기존주택을 처분하든가 새 아파트에 입주하든가 결정해야 하는 문제가 발생한다.

'22년부터 3년 동안 초과 공급물량으로 주택이 남아돌게 된다. 농산물은 초과재배로 가격이 하락하면 정부가 적정가격에 사들여 비축하고 안정화된 이후 서서히 공급물량을 늘려가며 가격 안정을 지원한다.

그렇다면 부동산 초과물량은 해결방법이 없을까? 대구 부동산시장의 안정화를 위해서는 외부 투자자에게 시장을 개방하는 것도 필요해 보인다.

우선 위축지역으로 지정되면 신규분양시장에서 1순위 거주 지역 제한이 없어지고 1순위 청약자격을 전국단위로 확대할 수 있다. 또한 위축지역으로 지정되면 광역시 전매제한 3년도 해제된다. 외부수요를 끌어와 미분양을 줄여나가고, 여력이 없는 수요자들의 조기 이탈 기회를 제공할 수 있다.

더불어, 대구에서는 전 정부에서 폐기한 아파트 임대사업자 등록제도를 부활시켜야 한다. 공급과잉으로 인한 문제점을 민간에서 비축한다는 개념으로 임대사업자 제도를 허용하는 것이 초과공급된 대구 주택시장을 안정화시키는 방안이 될 것이다.

부동산의 급격한 하락을 방지하는 길, 이제 위축지역 지정이 분명히 필요한 때이다.

▶ YouTube

화성파크드림TV
@parkdream1958
구독자 6.78천명

[2022년 화성산업X매일신문 부동산토크쇼]

부동산토크쇼 1부
2022년 상반기
대구 부동산 시장동향
15:23
2022-08-01
2022년 상반기 대구 부동산 시장동향

부동산토크쇼 2부
2022년 하반기
대구 부동산 전망
11:30
2022-08-12
2022년 하반기 대구 부동산 시장 예상

부동산토크쇼 3부
2022년
부동산 절세 꿀팁!
15:25
2022-08-24
부자되는 꿀팁!

부동산토크쇼 4부
2022년 내 집 마련,
지금이 기회인가? 아닌가?
14:41
2022-08-26
내 집 마련 타이밍!

부동산정책 합리적 의심에 대한 해결책을 제시하라

2022. 06. 07.
매일신문 경제칼럼

문재인 정부의 가장 큰 실책 중 하나는 규제 일색 부동산정책이었다. 현 정부는 일단 완화정책의 고삐를 풀었다. 하지만 전 정부와 같은 오류를 범하지 않기 위해서는 '부동산정책이 경제적 유인 구조에 어떻게 영향을 미칠지' 충분히 검토해야 한다.

'경제적 유인'이란 사람이 특정한 행동으로 처벌이나 보상과 같은 기대를 하며 행동하게 만드는 것을 의미한다. 합리적인 사람은 어떤 행동을 할 때 그 이득과 비용을 비교해서 의사결정을 하는 경제적 유인에 반응한다. 맨큐의 경제학에서 경제적 유인은 경제학 전체라고 해도 과언이 아니라고 하였다.

'경제적 유인'은 시장이 어떻게 움직이는지를 분석하는 데도 중요하다. 예를 들어, 제로금리 정책을 펴면 예금하기보다는 예금이나 적금을 해약하면서까지 투자가 늘어나고, 반대로 금리를 높이면 투자보다 예금이 늘어나는 것과 같은 것이다.

경제담당자들은 경제적 유인이 사람들의 행동에 영향을 미친다는 사실을 항상 기억해야 한다. 유의미한 정책은 사람들이 받는 혜택과 부담해야 할 비용구조를 바꾸어 행동을 변화시키기 때문이다.

지난 정부에서는 다주택자의 매물 출회를 유도하기 위해 양도소득세 중과세 제도를 도입하고, 장기보유특별공제를 배제하여 특정 시기까지 매도할 것을 주문하였다. 그러나 자고 나면 집값이 올라 사람들은 꼭 팔아야 할 이유를 찾지 못했다.

그러는 사이 양도세 중과세가 시행되었고, 주택 매도 시 양도차액의 최대 82.5%를 세금으로 납부해야 했다. 대출이자를 감안하면 팔아도 남는 게 없는 상황이 되었고, 다주택자들은 양도차익금을 모두 세금으로 낼 바에야 팔지 않겠다고 버텼다. 그들은 팔지 않음으로써 더 큰 이득을 취하였다. 유인구조에 사람들이 어떻게 반응할지 충분히 검토하지 않고 내놓은 섣부른 정책들은 이처럼 예상 밖의 부작용으로 나타나게 된다.

코로나19 상황에서 문재인 정부는 내수경기를 살리기 위해 역대 최저의 금리정책을 폈다. 사람들은 은행에 있는 돈을 빼내어 부동산에 투자했다. 부동산 수요는 증가하였으며 주택 공급업자는 완판 행진을 이어갔다. 부동산가격은 급등하였고, 공급자와 투자자 모두 막대한 수익을 거두었다. 그러나 20·30세대나 정부의 말만 믿고 기다렸던 다수는 한순간 벼락거지 신세로 전락하였다.

정부에서 발표한 26차례의 부동산대책들은 결과적으로 실패한 정책으로 결론나고 있다. 윤석열 정부는 이를 타산지석 삼아, 부동산정책에 반드시, 경제적 유인에 반응하는 사람들의 심리를 고려해야 할 것이다.

원희룡 국토부 장관은 취임 이후 제일 먼저 분양가상한제를 현실화하여 공급을 촉진하겠다고 한다. 원자재가격 상승으로 인한 건설원가 증가로 분양가격 인상은 불가피하다고 하였다. 그동안 건설사들은 분양가상한제로 인해 수익이 나지 않는 서울에 주택을 공급하기보다는 이윤이 보장되는 지방에 공급을 확대하였다. 서울 공급확대를 위해서 분양가상한제 가격을 현실화하게 되면 신규 분양가격은 급상승하며 주변의 집값도 덩달아 상승하는 부작용이 뒤따르게 된다.

또 하나는 다주택자의 양도세 중과를 완화하면서 보유세인 재산세와 종부세도 완화한다는 정책인데, 이는 분명한 엇박자로 보인다. 양도세 중과를 완화하고 보유세를 강화해야 다주택자가 매도하고자 할 것인데, 종부세를 완화하거나 폐지하면 다주택자는 앞으로 분양가격 상승에 따라 기존 집값도 오를 것으로 기대해 현재의 다주택 처분을 망설이게 될 것이다. 고가주택과 다주택자에게 중과하던 종부세를 완화하면, 팔아야 하는 경제유인책의 기대는 감소된다.

우리는 왜 집을 소유하려고 하는가. 거주목적이면 전월세를 이용해도 되지만 우리는 시간이 지나면 오르는 집값으로 경제적 이익을 취할 수 있다는 것을 알고 있다. 그렇다면 보유세를 대폭 올리게 되면 사람들의 구매욕은 떨어질까?

일시적으로 소유욕은 감소하여 사람들은 소유하기보다 전월세를 선호할 것이다. 그러나 임대인은 오른 세금을 임차인에게 전가시켜 월세가격 인상으로 이어지게 되고 결국은 매매가격을 상승시키게 된다.

사람들은 경험을 학습하며 새롭게 재해석하는 데 탁월하다. 그동안 우리나라의 부동산정책은 밀실정책과 탁상행정에 가까웠다. 윤석열 정부는 반드시 경제적 유인에 대한 사람들의 합리적 의심에 대안과 해결책을 제시해 주길 바란다.

중대재해법으로 고발한다,
자살률 세계1위 기업 대한민국

2022. 05. 10.
매일신문 경제칼럼

오늘도 일터에서 집으로 돌아가지 못한 노동자들이 있다는 뉴스를 접한다. 그들 모두 한 가정의 가장이거나, 소중한 자녀이다. 지난해 우리나라 한 해 사망자는 30만 명이 넘었다. 나와 직접적인 관련이 없는 무수한 죽음이지만 그중 누구 하나 헛되거나 소중하지 않은 이는 없다.

고용노동부 '20 통계에 의하면, 산업재해로 인한 사망자는 882명으로 건설업 458명, 제조업 201명, 서비스업 122명, 기타 101명이다. 구의역 스크린도어 사망사고, 태안화력발전소 사고, 이천물류센터 공사장 화재 등으로 안전한 작업환경 구축이 이뤄지지 않아 산업재해가 발생했다. 이러한 중대재해를 막기 위해 '중대재해 처벌 등에 관한 법률'이 '21년 국회를 통과해 '22년부터 시행되었다.

'중대재해 처벌 등에 관한 법률'은 경영책임자와 기업을 처벌하는 특례법으로 위험의 외주화로 인한 책임을 묻기 위해 사업자나 경영책임자가 제3자에게 도급, 용역, 위탁을 맡긴 경우에도 제3자의 사업장 및 그 이용자의 안전을 위한 조치를 취하도록 했다. 안전조치의무 위반으로 사망사고 발생 시 사업자나 경영책임자는 1년 이상의 징역 또는 10억 원 이하의 벌금에 처해지게 된다.

산업재해로 인한 사망자는 한 해 882명으로 전체 사망자 비율의 0.2% 수준이다. 언론에서는 안타까운 죽음에 이르게 한 사업자와 기업을 쉽게 비난한다. 정부는 하청업체에 소속된 근로자 사망에도 원청 사업자에게 책임을 끝까지 물어 생명 존중과 안전을 확보하여 한 사람의 목숨이라도 소중히 할 수 있는 안전한 나라를 만들겠다고 한다.

단 1명의 사망자도 생기지 않도록 하기 위해 사업자도 최선을 다할 것이다. 어떤 사업자도 노동자가 다치거나 죽어도 상관없다는 생각으로 현장을 관리하지는 않을 것이다. 산업재해 사고가 있을 수 있지만 적절한 법으로 책임을 져야 하는 것도 마땅하다.

국민의 생명을 지키기 위해 국가는 최선을 다하고 있는 듯하다. 그러나 다른 한편에서 우리 사회와 정부는 자살률 세계 1위를 방치하며 남의 나라 일인 듯 지켜만 보고 있지는 않은가? 산업재해보다 무려 15배 많은 사람이 죽어 나가고 있는데 정부의 자살방지와 대처방안에 대해 우리는 자세히 알지 못한다.

통계청에 따르면 '20년 사망자 중 질병 이외의 외부요인에 의한 사망은 2만 6천여 명으로 8.7%에 달한다. 질병 외적인 사망률은 자살, 운수 사고, 추락사고 순이다.

특히 자살률은 우리나라가 세계에서 가장 높다. OECD의 표준을 활용한 38개국의 10만 명당 자살률 평균은 10.9명이며, 한국은 23.5명으로 두 배 이상 높다. 연령별로는 10대, 20대, 30대 사망원인 1위가 자살이다. 40대, 50대의 사망원인은 암에 이어 2위다. 50대 이하의 자살률이 전체의 65%이며 이들은 한 가정의 아들, 딸이었으며 가장이었다.

한 해 동안 자살한 13,195명은 누구의 관심도 받지 못하고 학교와 직장에서 또는 경제적인 이유로 사회에서 외면당하고 다시는 학교와 사회로 복귀하지 못하였다.

또한 교통과 운수사고로 한 해 3,947명이 사망했으며 혼술과 스트레스 해소로 술 소비가 증가하며 5,155명이 사망했다. 코로나19로 인해 현재까지 23,400명 사망했다. 흡연으로 인한 사망자도 많다. 질병관리청과 서울대 연구팀의 발표에 따르면, 흡연으로 인한 직접 사망자는 58,000명으로 이로 인해 12조 원의 사회경제적 비용이 발생한다고 추산하였다.

자살은 개인의 선택으로 누구의 책임도 아니란 말인가? 정부는 자살하는 이들이 부끄러운가? 아니면 더 많은 사람이 자살할까 봐 두려운가? 자살을 중대재해법에 준하여 따져보자. 오죽했으면 스스로 목숨을

끊었을까. 청소년의 죽음을 방조하고 방임한 책임을 가족에게 묻고 제대로 된 교육환경 시스템을 갖추지 못한 책임은 선생님과 학교장, 교육감, 장관, 총리, 대통령을 처벌하여야 이러한 죽음을 막을 수 있을까?

우리는 그렇게 처벌할 수 없다는 것을 안다. 성적 위주의 미친 경쟁 사회 속에서 자아의 상실, 한 가장의 경제적 곤궁과 돌이킬 수 없는 질병으로 스스로 생명을 던진 그들을 대신 책임져줄 사람은 없다. 그들은 힘이 없고 세상과 싸울 용기가 없었다. 오로지 죽음으로 '20년 13,195명이 숫자로 남았다.

산업재해로 인한 사망 시 경영자와 기업에게 과중한 처벌에 힘을 남용하는 정부를 보며 국가는 국민을 위해 올바른 책임을 다하고 있는지 묻는다.

모든 죽음은 우리를 슬프게 한다. 되돌아보고 반성하게 한다. 죽음을 바라보는 시각도 공정해야 할 것이다. 죽음은 그 어떤 것으로도 차별할 수 없다. 자살률 세계 1위 나라, 대한민국! 방임하고 방조한 책임을 물어 국가를 중대재해법에 고발한다.

미친 경쟁사회, 생존을 위해 개혁해야 한다

2022. 04. 12.
매일신문 경제칼럼

새 대통령 취임을 한 달여 앞두고 있다. 대통령 선거를 치르는 동안 국민들은 각자의 입장에서 후보들의 정책을 비교하고 도덕성을 평가하며 현재를 설전하였다. 후보들은 오직 표를 얻기 위해 선심성 공약을 남발하며 미래가 아닌, 당장 표를 주는 세력에 지원을 아끼지 않았다.

그렇다면 대한민국의 미래는 있는가? 인구학적 관점에서 보면 대한민국의 미래는 소멸한다. 즉 미래의 대한민국은 없다. 1971년 출생아 수는 102만 명, 2021년은 26만 명이다. 지난해 태어난 아이들이 결혼해서 아이를 낳을 때쯤에는 10만 명이 태어날 수 있을까. 출생아 수에서 사망자 수를 뺀 자연증가는 1971년 78만 명 증가하였지만, 2021년 출생아 수보다 사망자 수가 많아 5만 7천 명 감소했다.

우리나라의 인구는 1970년 3,220만 명 이후 5,184만 명 정점을 찍고 2020년부터 자연감소에 들어서며 2년간 8만 7천명 감소했다. 경북의 2

개 군이 사라진 셈이다. 2070년 저위 추계에서는 현재보다 2,000만 명 감소한 총인구 3,150만 명을 예상하고 있다.

좀 더 자세히 들여다보면 현재 기대수명은 83세이지만 앞으로는 91세까지 늘어난다. 연령별 계층에서는 1970년 유소년 인구(0~14세)가 42%, 65세 이상 고령인구가 3%였으나, 현재의 유소년 인구는 12%, 고령인구는 15%, 2070년 유소년 인구는 7%, 고령인구는 46%가 된다. 고령인구는 25년 20%, 35년 30%, 40년 40%를 넘어설 전망이다.

생산연령인구에서 부양할 인구는 현재 39명이지만 30년 뒤에는 1백 명으로 증가한다. 현재는 OECD국가 중 총부양비가 가장 낮은 수준이지만 저출산 고령화사회가 되면서 총부양비가 가장 높은 수준이 될 것으로 예상하고 있다.

전체 인구의 연령별 분포 중 한가운데 있게 되는 나이를 '중위연령'이라 한다. 지금은 아직 어린 나이라고 치부하지만 1976년에는 20세가 중위연령으로 어른이라는 소리를 들었다. 20세보다 어린 연령이 그만큼 많았기 때문이다. 중위연령은 점차 높아져 1997년 30세가 되었으며, 2014년 40세, 2031년에는 50세가 중위연령이 되며 우리 사회는 점점 고령화 되어간다.

침몰하는 대한민국의 문제는 어디에서 찾을 수 있을까. 왜 이토록 저출산인가? 결혼연령이 1990년 24세이던 것이 현재는 31세로 늦어졌으며, 결혼하지 않겠다는 비혼족도 증가하고 있다. 또한 과거에는 결혼하면 자녀를 많이 낳아 산아제한 정책을 폈지만 지금은 출산장려책을 펴고 있음에도 아이를 낳지 않는다. 통계청의 한국사회실태조사에 따르면 10명 중 3명이 결혼 후 자녀가 필요 없다고 응답하였다.

결혼하지 않고 아이를 낳지 않는 암담한 한국 사회를 만들어낸 장본인은 누구인가? 미래가 없이 오늘에 득표팔이를 하는 정치인들의 정책 포퓰리즘과 이기적인 집단이익을 취하는 기성세대의 잘못이 오늘의 위기를 키웠다.

어린이집에서 읽고 글쓰기를 하면서부터 우리는 치열한 경쟁 사회에 진입한다. 그림책을 보고 놀이터에서 놀아야 할 아이들이 영어책과 씨름하며 성적을 내기 위해 학업에만 매달렸다. 대학에 진학해서도 취업을 위해 어학 공부와 스펙을 쌓으려 유학까지 강행한다. 졸업 후 어렵게 취업하지만 직장에서의 적응은 지금까지의 경쟁과는 또 다른 상황이다. 힘들게 이 자리까지 왔다. 이십수 년을 오로지 공부와 경쟁으로 살아왔지만 한국의 직장에서 승진과 부를 쌓는 일은 만만치 않다. 결혼과 출산, 육아는 이러한 생존경쟁에서 다분히 불리한 요소로 인지된다.

인구감소로 대학이 문을 닫고 있다. 학생이 없어지면 선생님도 필요치 않다. 많은 직장과 직업이 사라지며 우리 사회는 한 번도 경험하지 않은 새로운 역사에 직면할 것이다.

지금도 젊은 세대는 학벌과 성적을 내세워 취직을 위해 몸서리치며 산다. 귀족노조와 고임금 저노동의 기득권층에서는 더 큰 혜택을 누리고자 기를 쓴다. 정규직과 계약직의 차별은 지속되고 있으며, 우리나라 인구의 52%가 모여 있는 서울 수도권은 점점 비대해져 가지만 지방은 인력과 자산, 자본이 모두 열세다.

양파껍질을 아무리 얇게 벗겨내어도 거기에는 항상 양면이 존재한다. 사회 취약계층을 위한다는 좋은 정책에도 그늘은 있다. 우리사회가 추구하는 공정성과 형평성은 오히려 사회갈등과 경쟁구도를 심화시키고 있다. 침몰하는 한국의 미래를 위해 대립과 갈등을 조장하는 공정·형평은 지나가는 개에게나 던져주고 지금은 대한민국의 생존을 위해 오로지 개혁해야만 한다.

▶ YouTube

[2021년 화성산업X매일신문 부동산토크쇼]

매일신문
@maeilnews
구독자 16.3만명

화성산업과 매일신문이 함께하는 부동산 토크쇼

부동산 시장, 과연!
위기인가, 기회인가? (1-1편)
16:29

2021-06-08
집값 계속 떨까? 주춤할까? 전문가가 본 부동산 시장

화성산업과 매일신문이 함께하는 부동산 토크쇼

부동산 시장, 과연!
위기인가, 기회인가? (1-2편)
15:33

2021-06-15
최근 부동산 트렌드 "실거주 목적보다 재테크에 치중"

화성산업과 매일신문이 함께하는 부동산 토크쇼

내 집
마련이기회!
2편
22:32

2021-06-15
전문가가 들려주는 '내 집 마련의 기회!'

화성산업과 매일신문이 함께하는 부동산 토크쇼

알면 돈이 되는!
부동산 톡톡정보
3편
17:49

2021-06-18
부동산 섬세하게 아는 것이 힘!

화성산업과 매일신문이 함께하는 부동산 토크쇼

미래를 내다보는
앞으로의
부동산 전망
4편
19:37

2021-06-23
올 하반기 부동산 전망 "약보합세, 더 떨어지진 않을 것"

대통령 당선인에게 묻습니다

2022. 03. 15.
매일신문 경제칼럼

이른 아침 집을 나선다. 출근하는 직장인, 등교하는 학생, 도서관으로 향하는 취준생…. 모두는 하루를 열심히 살아내고 저녁이면 집으로 돌아온다. 하루 이틀…. 일 년 십 년…. 우리는 평생을 먹고살기 위해 부지런히 일한다.

이렇게 평생을 열심히 살아도 스스로 내 집 한 칸 마련하기는 쉽지 않다. 지난 5년, 문재인 정부는 '집값 안정'을 26차례 외쳤지만 집값은 2배 이상 상승했으며 내 집을 마련하는 기간도 2배 더 늘어났다.

대통령 당선인이 결정되던 새벽, 현 정부의 잘못된 부동산정책을 심판하는 국민들을 보면서 차기 정부는 과연 잘 해낼 수 있을까? 두려운 마음이 엄습했다.

우리는 무엇을 믿고 당선인에게 표를 주었는가. 그저 현 정부의 반대편에 표를 주었는가? 아니면 공급 확대와 부동산 규제완화정책이라는 부동산 공약을 믿었는가? 어느 쪽이든 안전지대는 아닌 듯하다.

5년 전, 우리는 문재인 대통령의 공약인 '저녁이 있는 삶'을 꿈꾸었고 '서민의 주거안정과 실수요자를 보호하는 부동산정책'을 통해 안정된 삶을 기대했다. 그러나 실상은 어떠했는가. 26차례의 부동산대책이 나오는 동안 국민들의 삶은 더욱 피폐해져 갔고, 대책이 나올 때마다 '이번에는 확실하게 다르다'는 헛된 정책구호들에 한숨지었다. 결국 오르는 집값과 늘어난 세금부담은 가계를 짓누르고 청년들의 희망을 묻었다.

이번에는 다를까? '공급을 확대하고 세금부담을 완화하며 청년과 서민을 위한 정책을 확대해서 주거안정을 실현하겠다는 공약'이다. 이전과 비슷한 공약이 있을 뿐 공약을 신뢰할 수 있는 근거는 찾아볼 수 없다.

새 정부의 부동산정책 실행에서는 온통 지뢰밭이 예상된다. 부동산은 수많은 사람들의 이해관계가 얽히고설켜 있다. 특히 주택은 거주목적 이전에 자산을 키우는 재테크 수단으로 변질되었고 가장 확실한 투자자산으로 인식되기에 이르렀다.

이러한 상황에 서울 수도권의 재건축 용적률 및 초과이익 환수제 완화는 해당 아파트의 가격상승을 부채질하고, 공급확대를 위한 멸실로 발생되는 이주수요는 인근지역의 전세 매매가격 상승으로 이어지는 부작용을 초래하게 될 것이다.

발 빠른 유튜버에 따르면 선거 다음 날 아침부터 서울수도권 부동산 분위기가 달라지고 있다고 한다. 매물이 줄어들고 1기 신도시의 집값이 들썩거린단다. 공공택지보상과 역세권개발이 막대한 토지보상비를 유발하며 보상비는 인근 지역의 부동산 연쇄상승으로 이어지는 것을 우리는 이미 경험하지 않았는가.

또한 6월 1일은 재산세, 종부세 부과기준일이다. 지난 12월 종부세로 세금폭탄을 맞고 6월 이전 매매를 계획하던 법인과 다주택자는 일단 매물을 거두어들이고 새 정부의 정책 완화를 기다릴 것이다.

서울 수도권 공급 확대 정책이 실효를 거두려면 임기 후반기는 되어야 입주가 시작될 것이고, 그전에 다주택자의 매물이 공급으로 출현되지 않는다면 재건축 이슈와 규제 완화는 부동산 가격 상승으로 이어질 수 있다.

민간의 공급 확대를 위해서는 분양가상한제, 고분양가심사를 해제하여야 하는데, 이 또한 분양가상승의 신호탄이 될 것이다. 부동산정책은 정부에서 아무리 좋은 의도를 가지고 진행한다고 하더라도 이익을 추구하는 시장에서 정반대의 결과로 나타날 수 있다.

윤석열 대통령 당선인에게 묻습니다.
전 국민이 염원하는 부동산시장을 안정시킬 수 있겠습니까?
섣부른 대책에 환심 받는 정책은 제발 내지 않기를 바랍니다.

국민은 지금보다 미래세대를 걱정하고 있다. 과거의 정책 실패 사례를 보더라도 부동산 문제는 결코 하루아침에 해결할 수 있는 과제가 아님에도 한 번에 모든 것을 이루어 내려는 정치인들의 잘못된 습성에서 나온 좋지 못한 결과물이었다.

새 정부에 바란다. '주택청'을 신설하여 독립된 기관으로 대한민국의 새로운 주거 패러다임을 보여주시기를! 청년은 미래를 준비하고 신혼부부가 행복한 보금자리에서 출산을 계획하며 서민들은 열심히 노력하면 내 집 마련의 꿈을 이룰 수 있는 대한민국! 부동산 세금을 납부하더라도 자존감이 높아지는 대한민국!

임기 내 모든 것을 이루겠다는 욕심보다 국민 희망을 담는 정책을 제대로 준비하고 계획해서 더 나은 주거복지국가로 나아가는 큰길을 닦아주기를 당부한다.

[대구 부동산시장 전망] 송원배 대구경북부동산분석학회 이사

매일신문 김윤기 기자

인플레이션 압박이 상당히 강하다. 최근의 주요국 금리 인상도 인플레이션 압력이 단초가 됐다. 현금 가치가 떨어지는 상황에서 실물자산에 투자해야 하는데 부동산만큼 인플레이션을 잘 방어할 수 있는 상품도 찾아보기도 힘들다"고 설명했다.

추가적인 가격 상승 혹은 하락 재료로는 3월 대통령 선거와 6월 지방선거 등 선거를 꼽았다. 부동산 관련 중요한 정부 변화를 가져올 수 있어서다.

주택구입을 고려하는 실수요자에게는 입주물량이 최대치에 입박한 시점이 매수 적기가 될 것으로 봤다. 송 이사는 "기존 주택 매입의 시점은 입주물량이 목지점에 다다르는 2023년 전후가 최적기로 보인다. 아울러 위치나 가격이 매력적인 신규 분양시장에서의 청약제도 활용 역시 최상의 '내 집 마련' 방안이라고 조언한다"고 강조했다.

2022년 '집값'의 향방에 대해 송원배 대구경북부동산분석학회 이사는 "상승과 하락 모두 설득력이 있어 보이지만, 대구로 한정해 보면 공급 초과 현상으로 올해간의 조정은 불가피해 보인다"고 했다.

송 이사는 "2022년 부동산 시장이 오를 것이라고 예측하는 사람보다는 내릴 것이라고 전망하는 사람들이 부쩍 늘고 있다"고 지적했다. 그는 우선 수요 공급시장의 균형이 깨지고 있다는 점을 강조했다.

송 이사는 "지난 3~4년 간 공급됐던 물량들이 입주를 앞두고 부동산 시장에 큰 부담으로 작용하고 있다. 입주 물량도 많아졌지만 신규 공급도 여전히 지속될 것으로 보인다. 재건축재개발단지와 대구시의 중심상업지역 용적률 완화를 제한 조례 시행으로 당겨진 인허가 물량 입박이 상당하다"고 설명했다.

정부의 한층 강화된 대출규제, 특히 'DSR(총부채 원리금상환비율)' 2단계 적용으로 거래 시장이 위축된 상황에서 수요 감소세도 실수요자나 투자자 모두 대출규제로 인해 자금조달이 쉽지 않은 점 역시 언급했다.

송 이사는 '금리 상승' 변수 또한 강력하다고 지적했다. 오늘날 부동산 대세 상승을 이끈 주요인이 저금리를 바탕으로 한 유동성이었는데 금리가 인상되면 단순히 매수자의 금융비용이 늘어나는 것을 넘어서 대체 투자수단이 늘어나는 정도 고려해야 한다는 것이다.

반면 인플레이션 상황으로 지금 유입 요소로 지적했다. 송 이사는 "세계적으로

[집값 인터뷰] "목지점 은 입주물량, 실수요자 매수 적기"
무주택자 입주물량 최대치 임박시점 노려야
위치 및 가격 좋은 신규분양 시장은 '언제도 기회'

오직 서울만을 위한 부동산 정책인가

2022. 02. 15.
매일신문 경제칼럼

"내 배 부르면 종에게 밥 짓지 말라고 한다."는 속담이 있다. 내 배가 차면 아랫사람 배고픔을 모른다는 얘기다. 좋은 처지에 있는 사람은 남의 딱한 처지나 형편을 전혀 배려하지 않음을 뜻한다.

최근 몇 년간 대구는 인구 규모 대비 전국에서 신규아파트 공급이 가장 많았다. 그 여파로 미분양이 최근 가장 많이 늘었고, 대출 규제로 매물이 쌓여가며 가격하락으로 이어지고 있다.

대구시와 지역 정치권 인사들이 대구지역의 조정대상지역 해제를 여러차례 국토부에 요청하였으나 '21년 12월 말 국토교통부 주거정책심의위는 현행대로 유지하기로 결정했다. 여전히 금리가 낮고 시중의 풍부한 유동성을 감안하면 규제 강도가 낮아질 경우 국지적 시장 불안이 재연될 수 있다는 이유다.

현 정부의 부동산정책들은 지나치게 서울 편향적이다. 정부는 양도소득세 1세대 1주택 비과세가 되는 고가주택의 기준을 지난 12월 사회적 합의도 없이 9억 원에서 12억 원으로 상향시켰다. 서울의 주택가격 평균이 12억 원에 이른다는 이유다. 지방의 경우 12억 원 넘는 주택이 얼마나 될까?

대출관련 DSR 정책은 원금과 이자를 상환하는 범위를 연소득의 40%로 제한하고 있다. 이 또한 대기업이 몰려있는 서울 수도권과 지방의 임금 차이를 고려하지 않은 일방적인 서울 중심 정책이다. 좋은 일자리가 부족한 지방의 저소득자는 대출금도 그만큼 줄어든다. HUG의 신규분양가격 기준은 대구가 서울 다음으로 가장 높은데 대출 없이 어떻게 집을 사란 말인가.

청약제도에서도 신혼부부나 생애 최초 특별공급 대상자들의 소득기준을 상향시키고, 소득이 높은 신혼부부나 생애 최초 청약자를 위해 30%의 물량에 대해서는 아예 소득기준을 없애버렸다.

양도소득세 고가주택 12억 원 상향, 신혼부부나 생애 최초자의 일부 소득기준 폐지, 대출 관련 DSR 강화, 종합부동산세 9억 원에서 11억 원으로 상향조치 등 모두가 서울 수도권을 배려하는 정책적인 기준이다.

양도소득세 중과세 또한 마찬가지다. 지방의 이삼억 원 하는 3주택자는 서울수도권의 이삼십억 원 하는 1주택자보다 자산가액이 현저하게 낮은데도 다주택자라는 이유로 중과세와 불이익을 받아야만 한다.

대통령 후보들의 부동산정책 공약도 그렇다. 모든 후보가 서울 수도권에 대폭적인 공급 확대를 공약한다. 또한 종부세 납부대상자들이 몰려있는 서울의 유권자들에게 감세 공약을 하고 있다. 공급과 입주가 넘쳐나 부동산시장 뿐 아니라 경제 자체가 불안정해지는 지방을 고려하는 정책은 어느 후보의 공약에서도 찾아볼 수 없다.

서울과 지방 대구는 다르다. 서울은 공급이 부족하고 대구는 공급초과다. 당연히 부동산정책도 달라져야 한다. 우리 지역 대구·경북에 필요한 부동산정책을 준비하자.

첫째, 빠른 시일 내에 조정대상지역을 해제해야 한다. LTV 비율을 기존대로 회복시키고 집을 사고자 하는 수요자의 권리를 보장해 주어야 한다.

둘째, 아파트 미분양이 발생되어 요건을 갖춘 곳에 미분양관리지역을 조기에 지정해야 한다. 대구 동구 등 이미 미분양관리지역 지정 요건을 갖춘 곳은 적기 지정으로 신규공급 물량을 억제해 미분양의 적절한 관리가 필요하다.

셋째, 대출관련 DSR 적용의 예외규정을 신설해야 한다. 대통령 후보자들은 DSR로 인해 소득이 낮은 청년들에게 규제지역임에도 대출 LTV 비율 80~90%를 공약으로 내세우고 있다. 미분양관리지역 또한 예외적으로 DSR 대출규제를 완화하여 실수요자에게 매수 기회를 열어주어야 한다.

넷째, 임대차 3법의 하나인 임대갱신청구권을 보완해야 한다. 코로나 19 팬데믹 상황에서 물가상승과 인플레이션을 고려하면 임대차 3법은 임대유통시장의 선순환을 막고 있다. 계약 시 2년, 4년 확정형이 필요하다.

다섯째, 규제지역의 지정과 해제권리를 광역단체장에게 이관해야 한다. 정부는 규제지역 지정 및 해제의 요건과 지침만 명확하게 마련하고 시행은 지역에 일임하는 것이 보다 합리적일 것이다. 지역을 잘 아는 지자체가 핀셋규제를 제대로 할 수 있다.

대통령 후보들에게 소리 높여 외친다. 국민은 지방에도 있다! 서울 수도권의 유권자에게만 표를 구할 것이 아니라, 대구경북의 부동산 연착륙을 위한 지역민의 소리에도 귀 기울여 줄 것을 당부한다.

□ 부동산 정책 변화

구분		'22년 정책	'23년 개정
부동산	특별공급 분양가	분양가 9억 원 초과는 특별공급 불가	분양가 관계없이 가능
	1주택 청약 당첨자	1주택자는 입주 가능일 (6개월)2년 내 기존 주택 처분	당첨되어도 기존 주택 (1주택) 보유 가능
	무순위 청약	무주택자만 가능	유주택자도 가능(거주지 제한 無)
	전매 제한	수도권 최대 10년 / 비수도권 최대 4년	수도권 최대 3년 /공공택지 1년/ 비수도권 6월
	HUP 중도금 보증	분양가 12억 원 이하	분양가 관계없이 가능
	실거주 의무	수도권 분양가상한제 주택 최대 5년	폐지
세제	취득세 중과 완화	3주택(조정대상2주택) → 8% 4주택(조정대상3주택) → 12% 법인 12%	3주택(조정대상2주택) → 4% 4주택(조정대상3주택) → 6% 법인 6%
	단기 양도세 - 분양권 / 주택/입주권	1년 미만 → 70% / 1년 이상 → 60%	1년 미만 → 45% / 1년 이상 → 폐지
	종합부동산세 기본공제금액 상향	다주택자 6억원 / 1주택자 11억원	다주택자 9억원 / 1주택자 12억원
	증여세 이월과세	5년 이내 양도할 때	10년 이내 양도할 때
	세부담 상한 조정	2주택 150% / 3주택 300%	150% 단일화
	다주택자 대출규제 상향	0%	30%

	상품	우대형 안심	보금자리론	적격대출	특례보금자리론
금융	주택가격	6억원	6억원	9억원	9억원
	대출한도	3.6억원	3.6억원	5억원	5억원
	소득한도	1억원	7천만원	없음	없음
	금리	3.8~4.0%	4.25 ~4.55%	4.55 ~6.91%	일반형 4.15~4.45% 우대금리 3.25~3.55%

부동산 전망,
대통령 후보자에게 물어보세요

2022. 01. 11.
매일신문 경제칼럼

부동산시장 전망은 과거와 같이 수요와 공급만으로 판단하기 어렵다. 지난 십수 년 동안 많은 주택을 공급하였음에도 여전히 전국적으로는 공급 부족에 시달리고 있다. 수요 측면에서 부동산가격은 가파르게 상승하였고, 가계소득은 별반 증가하지 않았다. 국민 다수는 주택을 취득하는 데 혈안이 되어 있고, 20·30세대는 빚을 내서라도 주택 구입을 주저하지 않게 되었다.

현 정부는 부동산시장 안정화를 위해 스물다섯 번의 정책을 발표하였는데 과연 안정화되었는지 되묻고 싶다. 사정이 이러하니 차기 정부를 이끌어갈 대통령 후보들은 모두 부동산시장의 정책 변화를 내세우고 있다.

'그린벨트를 해제하거나 군 공항을 이전해서 공급을 확대하겠다.', '다주택자의 양도소득세 중과세를 한시적으로 완화하겠다.', '생애 최초 주택구입자에게 취득세를 감면하겠다.' 등등…. 현 정부에서 할 수 없다면 대통령에 당선되어서 공약을 꼭 이행하겠다고 한다.

그래서 다주택자는 지금 집을 팔 수가 없다. '정책이 바뀌면 수억 원의 양도세를 절약할 수 있는데 지금 집을 팔아야 할까?' 생애 최초로 주택을 마련하려는 사람은 '기다리면 취득세를 감면받을 수 있는데 집 사기를 기다려야 하지 않을까?' 종합부동산세가 부담돼 집을 팔까 고민했던 사람은 대통령 후보자가 '공시가격 반영을 완화하며 세금을 줄여줄 것이니 계속 보유하세요.'라고 공약하는데 버텨봐야 하지 않을까? 이렇듯 부동산정책과 후보들의 공약은 시장의 혼란만 가중시키고 있다.

지금 양당의 대통령후보 부동산정책을 보면 표를 의식한 정책이 난무한다. 당장은 변경할 수 없지만 대통령이 되면 다 바꾸겠다고 한다. 상황이 이러하니 올해 부동산 전망은 대통령 후보자에게 물어봐야 하지 않을까?

차기 정부는 앞으로 또 어떤 부동산정책을 내놓을까? '국민이 원하면 무엇이든 다 합니다. 세금도 완화해 드립니다. 공급 확대 방안 모두 준비되었습니다.' 이러한 공약들을 과연 믿을 수 있을까?

현 정부의 스물다섯 차례 부동산대책이 실패로 이어지는 동안 청년들이 주거불안에 떨고 영끌해서 투자하는 동안 무얼 하고 있다가 지금에야 그렇게 자신하는지 알 수 없다.

대구의 주택시장 어떻게 변화될 것인지는 정치가 아니라 경제 논리에 입각해 냉정하게 바라보아야 한다. 2022년 부동산시장 전망은 '오를 것이다'라고 예측하는 사람보다 '내릴 것이다'라고 전망하는 사람들이 늘어나고 있다. 주택가격이 내릴 것이라고 전망하는 이유는,

첫째는 수요 공급시장의 균형이 무너지고 있다. 지난 3~4년간 공급했던 물량들이 입주를 앞두고 있고 이와 더불어 올해도 지속되는 공급 과잉은 부동산시장 전반에 부담으로 작용하고 있다.

둘째는 미분양 증가다. 입주물량이 많아지는 가운데 재건축 재개발단지와 상업지역 용적률 제한으로 일시에 쏟아지는 신규 공급물량 또한 당분간은 지속될 것으로 보이며 이는 미분양이 증가할 수 있다는 것을 의미한다.

셋째는 금리상승이다. 오늘날 부동산 대세 상승을 이끈 주요인이 저금리를 바탕으로 한 유동성 자금이었다. 금리가 인상되면 부동산가격 상승에 제동이 걸리며 부동산으로 쏠렸던 유동성 자금의 이탈은 주택수요 감소로 나타날 것이다.

넷째는 대출 규제로 인한 수요 감소세이다. '22년 한층 강화된 대출규제와 DSR 2단계 적용으로 거래 시장을 위축시키면서 실수요자나 투자자 모두 거래절벽이 예상된다. 원하는 시기에 거래가 되지 않으면 부동산가격 조정은 불가피해진다.

그래도 부동산가격이 오를 것이라고 전망하는 이유를 든다면,

첫째, 3월 대통령 선거와 6월 지방선거로 부동산시장의 정책적 변화 즉 정책 완화를 기대할 수 있기 때문이다. 세금과 대출 규제만 완화하더라도 부동산시장은 큰 변화가 예상된다.

둘째, 물가상승과 인플레이션 압박이다. 최근의 금리 인상도 인플레이션 때문이라면 실물자산에 투자해야 하는데 부동산만큼 인플레이션을 방어할 수 있는 상품을 찾아보기 힘들다. 지구촌이 물가상승과 인플레이션 추세인데 부동산에서 발을 뺄 이유가 없다는 것이다.

셋째, 서울의 절대적인 공급량 부족이다. 수요 억제책만으로 규제하기에 분명 한계가 있으며 공급 부족으로 사전청약을 받고 있다. 그렇지만 청약 후 빨라도 실입주까지 5년 이상 지나야 살 수 있는 희망고문은 계속 이어질 것으로 보인다.

올해의 부동산가격 전망은 '오른다', '내린다'의 양쪽 주장이 모두 설득력 있어 보인다. 부동산정책은 언제나 시장의 자율과 경제논리에 입각해서 수립되어야 한다. 인기 영합주의나 한쪽으로 치우친 부동산정책은 불신만 초래할 뿐 시장 안정화에 기여하지 못한다. '22년 부동산시장 예측을 대통령 당선자나 선거결과에 따라 달라질 것이라는 전망 없는 전망을 기대해 본다.

2022 대구 부동산시장 전망 "3월 이후 입주물량 몰려…가격 조정 불가피"

영남일보 박주희 기자

송원배 대구경북부동산분석학회 이사는 올해 대구 부동산시장의 경우 入주물량 증가 스공급물량 암박 스금리 인상 스매출 규제 강화 등으로 시장에 하방 리스크가 확대될 것이라고 진단했다. 그러면서도 다른 한편으로 부동산시장이 쉽게 위축되지 않을 것이라고 단언하는 변수도 상존하고 있다고 덧붙였다.

송 이사가 꼽은 변수는 세 가지였다. 첫째, 대통령선거와 지방선거로 부동산시장이 유연한 정책적 변화를 기대할 수 있다는 것. 둘째, 전 세계가 인플레이션 암박을 받으면서 실물자산에 투자가 늘어날 가능성이 높은데 부동산만큼 인플레이션을 받아들일 수 있는 상품도 찾아보기 힘들다는 것. 셋째, 서울을 비롯한 수도권 상황이 절대적인 공급량 부족으로 수요억제책만으로 규제하기에 분명 한계가 있다는 것.

이를 바탕으로 송 이사는 올해 대구 부동산시장 전망에 대해 "부동산 가격이 오른다 내린다는 주장이 모두 설득력 있어 보이지만, 대구시장을 한정해서 보면 공급초과 현상으로 인해 얼마 간의 조정을 불가피해 보인다"고 결론 내렸다.

송 이사는 지난해 대구 부동산시장의 거래절벽에 대해서는 "이는 전국적인 현상으로 집을 살 수 없게 만드는 지나친 매출 규제와 2020년 임대차 3법 이후 지나치게 급등한 주택가격에 대한 매도·매수의 이질적인 가격 영향 때문"이라고 분석했다. 또한 두 가격괴리와 조정매성자매으로 수요를 억제하고 있는 양세이대의 대기 인양물량의 등도 시장을 침체시키는 원인으로 작용했다고 봤다.

그는 "최근 분양가격이 다소 상승하면서 수요자의 외면을 받으며 청약시장에 이상기류가 나타나고 있는데, 앞으로 신규공급 아파트 분양가격은 미분양 발생의 절대적인 변수로 작용할 가능성이 높다"면서 "대구 상당지역에 미분양 발생이 예상되고 미분양 관리지역 지정도 도래할 것"이라고 전망했다.

그러면서 "실수요자의 주택 구입 시점은 기존 주택 구입의 경우 주택 물량이 최대치에 임박했을 때가 최적기로 보이지만, 신규 분양시장에서는 언제나 위치와 분양가격을 참조해 특별공급이나 가점제를 활용한 청약제도가 최상의 내 집 마련 방법일 것으로 보인다"고 조언했다.

대구경북부동산분석학회 송원배 이사

금리인상·매출규제 등 리스크
분양가가 미분양 절대 변수로
특별공급 등 활용 내집 마련을
선거 영향 정책변화 기대감도

부동산 세금,
너무하지 않습니까

2021. 12. 14.
매일신문 경제칼럼

한 국가가 유지되기 위해서는 돈이 필요하다. 국가의 재원은 국민과 기업으로부터 거두어들이는 세수가 절대적이다. 최근 부동산 관련 세금으로 인해 온 나라가 술렁인다. 국가의 유지와 발전을 위해 필요한 만큼, 합리적으로, 공평하게 세금을 부과하는 일은 불가능한 것일까?

집에 관한 세금은 다양하다. 먼저, 집을 살 때 취득세가 부과된다. 취득세는 취득가액의 1~12%까지 부과하는데 일종의 거래세다. 취득세는 부동산 거래 시마다 매번 부과하므로, 참여정부 당시 취득세가 집값 상승의 주요인이라 판단하여 과거 5%이던 취등록세율을 인하했다. 하지만 현 정부는 최대 12%까지 높여서 부과하고 있다.

집을 보유하게 되면 보유세인 재산세와 종부세를 부과하는데 과세대상 기준일은 매년 6월 1일 기준 소유자에게 부과된다. 주택의 재산세 납부일은 7월과 9월에 각 50%씩 부과된다. 지난해 집값이 많이 올랐기에 정부는 과표기준이 되는 공시가격을 전국평균 19% 상향시켰다. 일부는 30% 이상 올랐지만 정부는 공시가격이 시세의 69% 수준이라며 시세 대비 여전히 낮은 수준이라고 한다. 집값이 많이 오른 데다 공시가격마저 대폭 상승하고 보니 부담이 되었는지 특례세율을 만들어 1주택자의 재산세를 '21~'23년까지 한시적으로 인하했다.

12월에는 6월 1일 기준 소유자에게 종합부동산세가 부과되어 현재 납부 중이다. 납부대상자는 전년에 비해 28만 명 증가한 94만 7천 명이 되었지만 정부는 전 국민의 98%는 납부대상자가 아니라고 한다. 그러나 주택을 소유한 4가구 중 1가구는 다주택가구이며 도 단위의 시·군·구의 주택을 제외하고 도시주택 보유자 기준으로 한다면 종부세 대상자의 비율은 훨씬 증가할 것이다.

종부세액도 전년도 1조 8천억 원에서 5조 7천억 원으로 3배 증가했다. 가장 큰 원인은 종부세율을 강화하는 조정대상지역을 대폭 확대 지정하여 세율이 중과 적용된 것이다. 그 외에도 집값 상승에 따른 공시가격 상승, 기본세율 인상까지 더해지면서 전년도 부담액의 300%까지만 상한 적용을 하고 있다. 재산세 못지않게 종부세 대상자가 늘어나고 세부담이 높아지면서 불만이 터져 나오자 이번에는 1주택자의 종부세 납세대상 기준을 공시가격 9억 원에서 11억 원으로 완화하며 납세대상자를 줄여주는 정책을 내놓았다.

주택을 보유하다가 매매하게 되면 양도소득세가 부과된다. 양도소득세는 양도차액에 대해 내는 세금이지만, 차액이 크면 클수록 높은 세율이 부과되는 누진세를 적용하고 있어 6~45%까지 부과된다.

요즘 집값이 올랐다 하면 수억 원인데, 예를 들어 8천8백만 원~1억 5천만 원의 차액 발생시 35%의 세율이 적용되지만 조정대상지역의 2주택, 3주택자에게는 중과되어 55~65%의 세금이 부과된다.

또한 1주택자라도 비과세를 적용받기 위해서는 매매가격이 9억 원 이하여야 한다. 9억 원 초과 금액에 대해서는 양도세를 납부해야 한다. 과거 고가주택은 6억 원 이상이었지만 '08년 9억 원으로 완화하였으며 최근 양도세 비과세 기준을 12억 원까지 다시 완화했다. 서울의 주택 평균 매매가격이 11억 원을 상회한다고 하지만 비과세 기준을 12억 원으로 완화하면 서울 수도권의 주택가격은 비과세 구간만큼 상향되는 시장가격이 형성될 것이다.

부동산의 소유권이 변경되는 경우는 매매 이외에도 증여, 상속이 있는데 최근 증여가 빠르게 증가하고 있다. 증여의 급증요인은 부동산가격 상승과 양도소득세의 중과세에서 찾을 수 있다. 다주택자가 주택을 팔아서 양도세 중과세율을 납부하기보다는 자녀에게 증여하겠다는 것이 시장에서 증명되었다.

이외에도 증여세, 상속세, 인지세, 교육세, 등록세, 도시계획세, 주택임대소득세, 부가가치세, 지방소득세 등 거래나 보유에 수반되어 부가 되는 세액이 다수이며 부동산 자산 가격상승은 공시가격에 반영되어 건강보험료, 국민연금 등 국가가 부과하는 60여 가지 조세 행정조치의 기준이 된다.

그럼에도 불구하고 정부는 올 초 공시가격을 19% 상향하고 재산세 특례세율을 한시적으로 도입하여 최대 50% 감면시켰다. 종부세 세율을 올리고 납세대상자 기준을 9억 원에서 11억 원으로 완화하여 납세대상자와 세액을 줄여주었으며 최근에는 집값이 많이 올랐다며 양도소득세 1주택자 비과세 기준금액을 9억 원에서 12억 원으로 변경하였다.

최근 여당에서는 국토보유세를 부과하겠다고 발표하였으나 이내 취소하고 다주택자의 양도세 완화 기준정책을 들고 나와서는 슬그머니 꼬리를 내렸다가 또다시 완화정책이다. 국가가 국민에게 주는 정책 메시지가 명확하지 않다. 높은 세율을 부과할 것이니 팔라고 했다가 이내 너무 올려 미안하다며 번번이 정책을 변경한다. 주택정책은 수요와 공급 중심으로 장기적이며 지속적인 정책을 펼쳐 나가야 한다. 세금과 대출 강화는 부동산가격과 거래를 단기에 제압할 수 있는 수단일 뿐 오래 지속할 수 없음을 알아야 한다.

대구 동구 미분양 증가,
이대로 괜찮은가

2021. 11. 15.
매일신문 경제칼럼

전국적으로 미분양아파트는 감소추세이며 역대 최저를 보이는 가운데, 전국의 준공 전 미분양아파트 물량 33%가 집중된 대구, 그중에서도 72%의 미분양이 몰려있는 동구의 조정대상지역 해제 여부에 업계와 시민의 관심이 커지고 있다.

대구 동구의 미분양 증가는 해당 지역만의 문제가 아니다. 대구 시내권 전체의 청약률이 예전과 다르게 낮아지거나 청약 미달사태를 빚는 등 부동산 규제와 맞물리면서 부동산의 거래 시장에 심리적으로 큰 부담을 주고 있다.

대구 동구 지역의 미분양은 지난 4월부터 775호, 1,052호, 848호, 747호, 1,637호, 1,506호로 9월까지 6개월 이상 미분양이 이어지고 있지만 주택도시보증공사는 무슨 이유에서인지 손을 놓고 있다.

'20년 서구가 미분양 500세대 초과한 기간이 1개월에 지나지 않았음에도 2월부터 5월까지 미분양관리지역으로 지정하였으며 같은 해 동구 또한 1개월 한 번 초과하였다고 10~11월까지 미분양관리지역으로 지정된 것과 상이하다.

미분양관리지역 선정요건은 미분양 주택수가 500세대 이상인 시·군·구 중 미분양 증가, 미분양 해소 저조, 미분양 우려, 모니터링 요건 중 1개 이상 충족하면 된다.

미분양관리지역으로 지정되면 사업주는 토지매입 단계부터 HUG의 예비심사를 받아야 하며 토지를 매입한 사업자는 사전심사 결과에 따라 해당 지역에 미분양이 예상된다면 HUG는 분양보증을 거절하거나 유보할 수 있다. 미분양으로 주택시장이 악화하는 것을 예방하고 건전한 부동산시장을 유지하기 위함이다.

그런데 모든 요건을 다 갖춘 대구 동구가 전국 대비 높은 미분양 비율을 나타내고 있음에도 불구하고 예전과 달리 왜 이렇게 방치하고 있는지 궁금하다.

미분양관리지역으로 지정하여 공급량을 조절하여 안정을 추구해야 하지만 동구는 조정대상지역이며 고분양가관리지역으로 상이한 두 법을 동시에 적용할 수는 없다. 조정대상지역 해제 후 미분양관리지역을 지정하여야 하는데 HUG로서는 부담스러운 일이다. 대구시는 국토부에 2차례 건의를 하였다고 하지만 12월 주거정책 심의위의 결정을 기다리기만 할 뿐 마땅한 대안은 없어 보인다. 이럴 때일수록 지역 정치권이 시민의 손과 발이 되어 조정대상지역 해제를 위한 국토부 항의 방문이라도 한다면 지역에 힘이 되지 않을까.

지금의 미분양은 전국적인 문제가 아니며 대구시, 특히 동구에 집중되었다는 것은 수치가 말해주고 있다. '16년부터 '19년까지 전국에 약 5만 5천 호의 미분양을 보이다가, '20년 12월 1만 9천 호, '21년 9월 1만 3,842호로 전국의 미분양은 눈에 띄게 줄어들고 있는 가운데 최근 2년간 집값은 가파르게 상승하였다. 공급이 부족하다는 서울 수도권의 미분양은 불과 1,413호, 지방은 1만 2,429호로, 지방이 수도권의 10여 배에 달한다.

대구의 미분양은 2,093세대, 준공 후 미분양은 121세대로, 전국 미분양의 15%, 준공 전 미분양 5,197호 중 무려 33%의 미분양이 대구에 있다.

이 가운데 준공 전 미분양은 5,879호, 준공 후 미분양은 7,963호이다. 준공 후 미분양 주택은 과거 악성 미분양으로 인식되었지만 지금은 그때와 사뭇 다른 양상이다.

부산시는 미분양 962호 가운데 748호, 경기도는 918호 중 511호가 준공 후 미분양이다. 경기가 어려웠던 시절 건설사는 입주 후 미분양세대를 전월세로 임대했다.

그래서 지금은 분양할 수 없다. 준공 후 미분양으로 분류되어 있을 뿐 미분양으로 볼 수 없는 것이다.

대구는 '18년부터 매년 분양물량이 증가했다. 현재까지 10만 세대 이상 분양하였으며 약 9만 세대가 입주를 앞두고 있다. '23년 입주가 도래되는 물량은 과거 '97년과 '08년의 역대급 이상이다.

우리 신체는 작은 곳 상처 하나에도 제 기능을 발휘하지 못하고 고통을 호소한다. 대구 동구의 수개월째 이어진 미분양 사태는 그대로 방치해두면 대구 전역에 미치는 영향도 점점 커질 수밖에 없다.

과거 우리는 입주대란과 미분양 사태를 해결하기 위해 무수히 머리를 맞대었지만 마땅한 해결책을 내지 못했다. 시간이 해결했지만 결국 누구는 경제적인 피해를 보며 눈물을 머금고 팔아야 했고 건설사는 회사 문을 닫는 지경까지 이르지 않았는가.

정부에서는 금년부터 공급 확대 정책을 지속적으로 발표하고 있고, 내년 대선을 앞두고 대통령 후보들도 공공주도 및 민간주도의 공급 확대 얘기만 하고 있다. 지금 대구는 지난 수년간 도시정비법에 따른 재건축, 재개발로 공급이 증가하였고 민간의 주택 사업도 활발하게 진행되어 더 이상의 공급 확대 정책보다는 지역 부동산의 안정책이 보다 절실해 보이는 시점이다.

□ 대구 미분양 아파트 변화 ('07.1~22.12)

[출처 : 대구시청 / 단위 : 세대수]

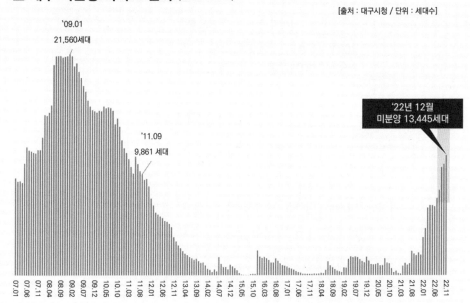

'09.01
21,560세대

'11.09
9,861 세대

'22년 12월
미분양 13,445세대

07.01 07.06 07.11 08.04 08.09 09.02 09.07 09.12 10.05 10.10 11.03 11.08 12.01 12.06 12.11 13.04 13.09 14.02 14.07 14.12 15.05 15.10 16.03 16.08 17.01 17.06 17.11 18.04 18.09 19.02 19.07 19.12 20.05 20.10 21.03 21.08 22.01 22.06 22.11

□ 대구시 사업승인 현황

- 現 사업승인 118,137세대 中 착공 76,337세대, 미착공 41,800세대

(※ 출처 : 대구시 / 단위 : 세대수 / 기준: 2022.12)

구분	동구	서구	북구	중구	수성구	남구	달서구	달성군	합계
사업승인	19,255	17,832	17,666	17,022	15,375	12,705	12,352	5,930	118,137
착공	14,450	10,210	9,309	10,818	10,109	10,204	7,284	3,953	76,337
미착공	4,805	7,622	8,357	6,204	5,266	2,501	5,068	1,977	41,800

어느 詩人의 부동산 재테크

2021. 10. 17.
매일신문 경제칼럼

비정규직이어서 연애도 포기했다는 이십 대, 집 마련이 어려워서 결혼도 못 하겠다는 삼십 대, 우리의 교육제도에서 아이를 못 기르겠다며 아이 낳기를 포기한 사십 대….

행복을 갈구하면서 현실의 경제적 핑계로 행복한 삶을 포기하려 한다. 그냥 포기해버리면 행복한 삶을 살게 될까.

행복은 누구와 비교하거나 경제력으로 평가할 수 있는 척도가 아닌데도 말이다.

안도현 시인의 「재테크」라는 시다.

(중략)

한 평 남짓 애벌레를 키우기로 작심했던 것

또 스무 날이 지나 애벌레가 나비가 되면 나는 한 평 얼갈이배추밭의 주

인이자 나비의 주인이 되는 것

그리하여 나비는 머지않아 배추밭 둘레의 허공을 다 차지할 것이고

나비가 날아가는 곳까지가, 나비가 울타리를 치고 돌아오는

그 안쪽까지가

모두 내 소유가 되는 것

완주에 작업실을 둔 시인은 작업실 담장 밑, 한 평 남짓한 땅에 재미 삼아 얼갈이배추 씨앗을 뿌렸고 드디어 잎사귀가 자라났다. 마침 애벌레들이 얼갈이 배춧잎을 갉아먹기 시작하자 동네 어르신들은 '약을 안 하냐'며 핀잔을 줬다. 그래도 시인은 애벌레를 키우는 것도 '농사'라고 우기며 약을 치지 않았다. 결국 애벌레들은 나비가 되어 훨훨 날아다니게 됐다. 시인은 한 평 남짓 땅에 얼갈이배추를 키운 것이 아니라 '나비'를 키운 셈이다. 시인은 이 상황을 시로 적고 제목을 「재테크」라 붙였다.

시인의 재테크는 참으로 대단하다. 배추밭의 주인이자 나비를 키워낸 주인으로서 나비가 날아갈 그 허공은 누구의 소유일까. 이런 욕심이나 호기는 얼마든지 부려도 좋지 않을까. 나비가 날아가는 곳, 울타리의 경계도 담장도 없는 허공을 소유할 수 있는 특별함이 있지 않은가.

결국 시인은 한 평 땅에 당장 먹거나 시장에 팔 수 있는 얼갈이배추가 아니라 '나비'로 상징되는 '꿈'을 키운 것이다. 꿈은 사람을 행복하게 만든다. 나비를 돈으로 환산할 수는 없지만 행복으로 계산하면 제법 가치가 있어 보인다. 행복은 때로 많은 돈으로도 살 수 없는 것이란 걸 생각한다면 시인의 '재테크'는 괜찮은 수익을 낸 셈이다.

언제부턴가 우리 사회는 재테크를 권하는 세상으로 변하고 있다. 경제력이 그 사람의 능력이라고 평가하려 한다. 공부를 열심히 하는 것도, 좋은 대학에 진학하고자 하는 것도, 좋은 직장에 취직을 원하는 것도, 결국은 돈을 벌고자 하는 노력일 것이다.

20·30세대들이 사회와 직장에서 경험과 경륜을 쌓을 시간에 재테크 열풍에 빠져 있으며 뉴스는 주식, 가상화폐, 부동산 투자 등 무엇이라도 하지 않으면 행복이라는 열차에서 낙오할 것 같은 조바심으로 가득하다.

물론 돈이 많으면 우리의 삶은 편리할 것이다. 당연히 재테크도 삶을 풍요롭게 하는 기술이다. 유태인들은 어려서부터 경제 공부와 재테크에 대한 지식을 쌓는다고 하니 제대로만 사용한다면 우리에게 행복을 가져다 줄 수도 있을 것이다. 하지만 언제나 편리함과 풍요가 행복을 가져오진 않는다.

이즈음에 '우리는 무엇을 위하여 살고 있는가?' 생각해볼 일이다. 어릴 때는 부모님의 기뻐하는 모습을 보며 공부를 열심히 하거나 말 잘 듣는 착한 아이가 되기도 하고, 때로는 사랑을 얻기 위해 무모하게 용기를 내기도 했다. 하지만 지금, 어른이 된 후 우리는 모든 것을 뒤로한 채 돈과 성공을 향해 달려가고 있지 않은가.

오늘도 불확실한 미래를 사는 데 돈만큼 중요한 게 없다고 우리 사회는 왜곡된 행복관을 보여주고 있다. 그러나 더불어 공존해야 하는 시대적 책임을 도외시해서는 안 된다. 우리 사회는 삶의 가치를 재해석하고 나눔의 문화를 권장하면서 미래로 나아가야 한다.

자기를 위해 돈을 썼을 때는 아주 잠깐 행복하지만 타인을 위하는 일에 돈을 썼을 때는 그 행복감이 훨씬 더 크고 오래간다는 것을 사람들은 잘 알고 있다. 돈이 아니더라도 가치 있는 일을 했을 때 더 행복하며 함께 상생하는 방법을 찾았을 때 더 큰 성과의 시너지가 발생한다는 것도 안다. 이웃에게 배추를 나누었더니 맛있는 음식이 한 대접 돌아오고 김밥 한 줄 맛보라고 나누었더니 야채가 한 바구니 돌아오고 이렇게 나누다 보면 귀한 사람을 얻게 되는 것. 세상은 점점 사람 사는 인정으로 넘치게 되고, 좋은 이웃을 얻는 것은 인생의 큰 행복이다.

매번 발표되는 부동산정책을 보면 국민들이 원하는 진정한 행복이 무엇인지 깊이 이해하지 못하는 건 아닌지, 공존하는 법, 상생할 수 있는 방법을 깊이 고민하지 않고 옆사람들이 약을 치라고 하면 언젠가 아름다운 나비로 자랄 애벌레를 죽이기 위하여 그저 약만 치고 있는 것은 아닌지, 시인의 재테크를 보며 반문해본다.

[시 쓰는 경제인]
"송원배" 대영레데코㈜ 대표이사

" 시는 사람의 마음을 읽는 작업, 인문학적 감성은
세상 모든 마케팅의 기초 "

[대표작]

詩공간 동인

- 2020년 『가을 전어와 춤추다』
- 2021년 『스타다방』
- 2022년 『톡, 하실래요』

시골집 마당 회양목 위
목장갑 꽃 환하게 피었다

한 번 쓰고 버리는 목장갑

하얗게 빨아 널어놓으니
회양목 가지에 다섯 손가락 꽃잎 활짝 피었다

집게손가락 뚫린 구멍엔
먼저 닿은 새봄이
따뜻한 잇몸을 드러내고

빈집 지키는 목장갑 곁에
아카시아 꿀벌 윙윙거리는데

봄 캐러 마실 나간 엄마
언제 오실까

- 목장갑 피다. 송원배

가계대출 제한,
누구를 위한 변명인가

2021. 09. 07.
매일신문 경제칼럼

    가계대출 급증에 따라 일부 시중은행의 신규대출 전면 금지, 전세대출 취급 중단이라는 보도가 잇따르면서 이사를 앞둔 국민의 불안감이 커지고 있다. 정부는 단순히 가계대출 증가를 막으려고 하는 것인지, 아니면 가계대출 증가 요인 중 하나인 부동산가격을 잡으려고 하는 것인지 알 수 없지만 부작용과 역차별에 대한 부분도 고려되어야 할 것이다.

    현 정부 들어서 주택가격이 2배 상승한 가운데 가계대출은 1,800조 원이 되었다. 10년 전과 비교하면 900조 원 증가했고, 문 대통령 재임 4년 동안 446조 원의 가계대출 증가를 보였다. 초저금리를 실현하여 역대 정부 중 최단기간에 빚을 늘려 소비를 촉진했다. 오늘날 가계대출 증가는 주택가격 급등으로 인한 주거비용 대출과 코로나19로 인한 생업 자금 대출이 주를 이룬다.

    주택 소비가 현저하게 증가하고 있으며 20·30세대도 부의 증식을 위하여 일반대출과 부족한 부분은 마이너스 통장까지 개설하는 등 가능한 모든 대출수단을 동원하고 있다. 또한 '20년 8월 임대차 3법 이후 전세금이 폭등하면서 오르는 차액만큼 대출로 충당하다 보니 시중은행의 전세자금 대출이 증가할 수밖에 없다. 농협과 우리은행에서 대출을 중단하였는데 막는다고 막아지겠는가. 형편이 어려운 임차인들을 금리가 더 높은 제2, 제3의 금융사로 몰아낼 뿐이다. 코로나19로 인한 자영업자의 생계자금 대출도 마찬가지다. 줄이고 싶어도 줄일 수가 없으니 세 가지 모두 실수요 대출이라 감소효과는 높지 않을 듯하다.

가계대출 급증으로 인한 대출 규제는 훨씬 이전부터 시작됐다. 부동산 과열지역에는 LTV(주택담보대출비율) 70%이던 것을 40%로 인하시켜 대출비율을 대폭 축소했고, 9억 초과인 고가주택은 초과금액의 LTV 20%로 제한하고 15억 원 이상 주택은 대출을 전면 금지했다.

금년 7월부터는 DSR(총부채상환비율)을 도입하여 주택담보대출 원리금뿐만 아니라 신용대출, 자동차 할부금, 학자금 대출, 카드론 등 모든 대출의 원금과 이자를 더한 원리금 상환액으로 대출 상환능력을 심사하고 있다. 연 소득은 그대로인데 금융부채가 커지기 때문에 한도가 대폭 축소되거나 현재 대출을 이용 중이라면 아예 대출을 거절당할 수도 있다.

정부는 금융리스크를 줄이기 위해 변동금리 위주의 대출상품에서 고정금리 대출을 늘렸다. 또 예전에는 이자만 납부하다가 만기 시 원리금을 일시상환하거나, 몇 년 거치 몇 년 상환식의 대출방식이 있었지만, 지금 가계대출은 원금과 이자를 함께 상환해야 하므로 차주의 부담은 몇 배 더 증가했다.

정부는 대출을 억제하기 위해 많은 수단을 동원했지만 10년 동안 이어진 저금리 기조에서 대출 급증을 막을 수 없다는 판단에 한국은행 기준금리를 인상했다. 이어 대출 취급이 많은 금융사들이 자발적으로 대출을 중단하여 리스크 관리에 들어서며 금융시장이 불안해지고 있다.

대출 중단, 어디까지인가? 가계에 주택담보대출을 줄이거나 이용할 수 없다면 무주택자는 내 집 마련을 포기해야 하는가. 돈을 모으는 속도보다 몇 배나 더 빠르게 상승하는 전세금은 대출 없이 임차인이 감당할 수 있는가. 대출이 제대로 필요한 사람이 누구인지, 정부는 깊이 생각해 보아야 한다.

대출이 자유로울 때 주택 구입 자산에 대출을 발생시켜 레버리지를 이용하여 막대한 시세차익을 얻은 사람도 있다. 그렇다면 지금의 대출 규제는 그때 집을 사지 못하고 지금 집을 사려는 20·30세대에게 엄청난 불평등이 발생한다. DSR을 적용하면 40·50대의 장년층에게는 유리할 수 있지만, 소득이 낮거나 대출 이용이 많은 20·30세대에게는 불리하다.

금리가 0.25% 인상됐다. 2억 대출에 연 50만 원의 추가이자 부담이 발생한다. 중산층에서는 그렇게 부담스럽지 않을 수 있겠지만 청년세대와 서민가계에는 부담이 될 수밖에 없다. 게다가 앞으로 대출금리는 더 인상될 전망이다.

금융리스크 발생 시 고소득자와 담보할 자산이 많은 사람은 우량고객이 될 것이며 소득이 낮거나 자산규모가 없다면 비우량 고객으로 리스크가 높아질 것이다. 자본주의 경제시장 체제에 맡겨둔다면 20·30세대와 서민들은 리스크 높은 고객으로 분류되어 금융사에서는 대출을 꺼리거나 오히려 기존 대출을 상환하라는 독촉을 받을 수도 있겠다.

우리는 개혁과 부동산시장 안정화를 원했지만 뜻대로 되지 않았다. 금융리스크 관리차원의 금리인상과 대출억제는 리스크 관리의 긍정적인 요소도 있겠지만, 서민들의 비용부담 증가와 소비위축은 불가피한 상황에 놓이는 만큼 세심한 금융대책이 더욱 절실해 보인다.

□ 연도별 가계대출 규모

■ 전국

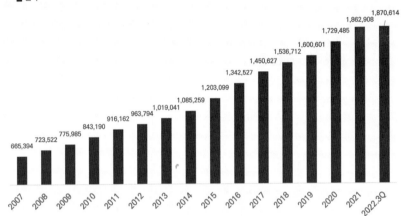

연도	금액
2007	665,394
2008	723,522
2009	775,985
2010	843,190
2011	916,162
2012	963,794
2013	1,019,041
2014	1,085,259
2015	1,203,099
2016	1,342,527
2017	1,450,627
2018	1,536,712
2019	1,600,601
2020	1,729,485
2021	1,862,908
2022.3Q	1,870,614

□ 소비자 물가 및 기준금리 변동

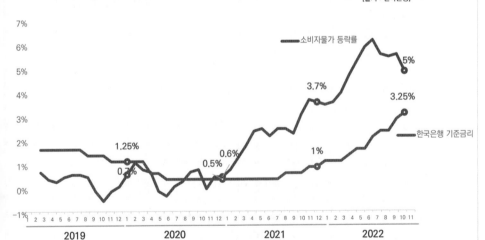

정부는 아파트 공급의 수요예측
제대로 하고 있나

2021. 08. 17.
매일신문 경제칼럼

우리는 왜 모두 부동산에 열광하는가? 빚을 내다 못해 젊은이들이 왜 영끌로 집을 사는가?

시작은 주택난이다. 땅은 좁고 인구는 많으니 주택은 턱없이 부족하고 주택난이 사회적 이슈가 되었다. 인구가 폭발적으로 증가하면서 사람들은 도시로 몰려들었고 정부는 대규모 택지개발로 아파트 공급을 늘렸다. 하지만 넘치는 수요에 비해 공급은 부족했고 아파트 당첨은 하루아침에 신분을 중산층으로 도약하게 했다.

일단 아파트 청약을 통해 내 집 마련을 하고 나면 주거와 삶이 안정되고 수년이 지나면 아파트가격은 어김없이 올랐다. 집이 돈을 벌어주니 더 좋은 동네, 더 넓은 평형을 찾아서 이사하고 이사할 때마다 집값은 상승하니 아파트는 더할 나위 없는 재테크 상품이 되었다.

아파트 문화는 생활수준과 동시에 삶의 만족도도 높였다. 신도시에 공급되는 아파트에는 학교와 공원 등 각종 편의시설이 들어서고 잘 놓인 도로망과 교통망까지 갖춰지면서 구 시가지에 비해 쾌적하고 살기 좋은 동네로 탈바꿈했다. 편리하고 깨끗한 주거문화를 찾아 단독주택에서 아파트로의 이전은 급속히 진행됐다.

오르는 집값은 가계대출을 일으킬 수밖에 없었다. 대출은 빚이다. 고금리 대출이자 부담이 두려웠던 서민들은 내 집 마련을 미루고 알뜰히 저축했지만, 집값 상승은 저축의 속도보다 훨씬 더 빨랐고 그때 사지 않은 걸 후회했다.

저금리 기조가 수년째 이어지고 시중에 넘치는 유동성은 아파트 수요를 촉진했으며 더 이상 대출이자가 두렵지 않게 됐다. 집값 상승으로 이자를 납부하고 세금을 부담하더라도 수익이 차고 넘쳤다. 그렇게 모든 실수요자는 동시에 투자자가 되어갔다.

현 정부의 부동산 기조는 공급은 충분했다고 했지만, 최근 들어서야 수요예측 실패를 인정하고 공급 부족으로 선회했다. 지금도 정부가 충분한 수요예측을 하고 공급을 계획하고 있는지 의문이다. 정부에서 놓치고 있는 수요예측에 대해 몇 가지 살펴보자.

최근 분양한 대구 북구의 아파트에서는 30대 계약자 비율이 무려 57%에 이르고 있다. 몇 년 전 30대의 계약률이 40%를 넘어가면서 놀

라왔는데 이제는 과반을 훌쩍 넘어서고 있다. 연령대별 가구의 주택 소유율은 30대 미만 10.6%, 30대 41.3%, 40대 59.1%, 50대 63.4%, 60대 68.2%이다. 연령대별 주택 소유현황 비율에서 이삼십 대의 주택소비 촉진은 지금보다 훨씬 가속화될 수도 있다.

두 번째는 1인 가구의 주택 소유율이다. 가구원 수별 주택 소유율은 1인 가구 29.2%, 2인 가구 62.8%, 3인 가구 69.1%, 4인 가구 73.4%이다. 우리 사회의 1인 가구 증가는 예상보다 빠르게 진행되어 전체가구의 31%이다. 최근 고소득 전문직들이 1인 가구에 합세하면서 원룸, 오피스텔이 아닌 아파트 주거형태가 늘어나고 있다. 이들의 주거소비 증가도 눈여겨보아야 할 대목이다.

세 번째는 주거수준 상향에 대한 욕구 팽창이다. 단독주택의 불편한 주차문제와 사생활 침해, 오래된 아파트의 불편한 층간 소음, 녹슨 배관과 누수 등 과거에는 참고 살아왔지만, 더 이상의 주거 불편을 감내할 수 없기 때문이다.

대구의 현재 주택 수는 80만호이다. 주택의 내구연한을 50년으로 잡으면 1년에 평균 1만 6천 세대를 거주에 부적합하거나 공실에 따른 멸실주택으로 간주해도 무방할 것이다. 때문에 대구는 최근 3년간 8~9만 호를 공급하고도 미분양은 1천 세대 남짓이다.

아파트 주거문화는 우리나라만의 특색에 맞게 진화되어 왔다. 최근에는 아파트의 주거 편리성에 더해 인공지능이 도입되어 첨단시스템과 안전이 스마트폰 속에 들어와 있다. 중산층을 넘어 이제는 한국의 상위 부자들까지 아파트에 살고 있는 세상이다.

점점 첨단화되고 편리한 아파트에 살고자 하는 사람들의 욕구는 잠재울 수 없다. 그렇다고 이 많은 수요를 모두 신규공급으로만 감당할 수 없는데 대선후보들은 앞뒤 가리지 않고 아파트 공급정책을 마구 쏟아내고 있다.

헌 것을 고쳐 쓰지 않고 신규공급만으로는 수요를 감당할 수 있을까? 단독주택 밀집 지역에는 공원과 공영주차장 시설을 확충하고 노후화된 아파트는 개보수를 위한 리모델링 사업을 지원한다고, 신도시에만 첨단 학교를 지원할 것이 아니라 노후화된 학교에도 지원을 보태어 살기 좋은 동네를 만드는 것이다. 새것은 언젠가 또 헌 것이 된다. 주거문화에 의식 전환을 도모하는 부동산정책이 아쉽다.

□ 시.도별 아파트 입주 물량 ('23~24년)

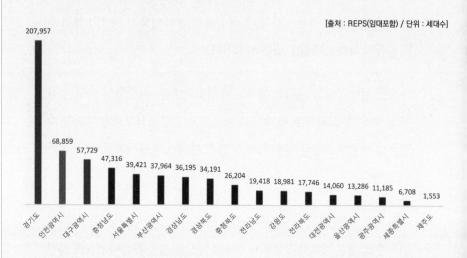

[출처 : REPS(임대포함) / 단위 : 세대수]

경기도 207,957, 인천광역시 68,859, 대구광역시 57,729, 충청남도 47,316, 서울특별시 39,421, 부산광역시 37,964, 경상남도 36,195, 경상북도 34,191, 충청북도 26,204, 전라남도 19,418, 강원도 18,981, 전라북도 17,746, 대전광역시 14,060, 울산광역시 13,286, 광주광역시 11,185, 세종특별시 6,708, 제주도 1,553

□ 연도별 대구 입주 아파트

[출처 : REPS(임대제외) / 단위 : 세대수]

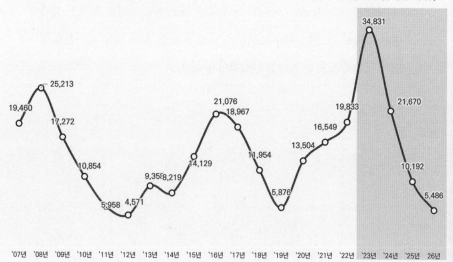

'07년 19,460, '08년 25,213, '09년 17,272, '10년 10,854, '11년 5,958, '12년 4,571, '13년 9,358, '14년 8,219, '15년 14,129, '16년 21,076, '17년 18,967, '18년 11,954, '19년 5,876, '20년 13,504, '21년 16,549, '22년 19,833, '23년 34,831, '24년 21,670, '25년 10,192, '26년 5,486

부동산정책을
폐기할 수 있는 용기

2021. 07. 20.
매일신문 경제칼럼

　국민이 바라는 주거정책은 안정적이면서 예측 가능한 주거를 영위하게 하는 것이 아닐까. 오늘날 부동산정책의 실패로 가격이 이상 급등해 더 가진 사람이나, 덜 가진 사람이나 모두 미래가 불안하며 불확실성에 살고 있는 것은 모두가 마찬가지여서 어떻게든 부를 축적하려는 욕망이 최고조에 이른 상태이다.

　지난해 6.17 대책의 주요 이슈였던 재건축조합원의 2년 실거주 요건 법안이 최근 국토위에서 백지화됐다.

　입주권을 얻기 위해 소유자는 살고 있는 세입자를 쫓아내야 하고 때로는 웃돈을 얹어주면서 퇴거를 사정해야 하는 문제를 인지하지 못한 결과다. 정책 발표 1년 만에 전월세 물량 품귀에 전세가격 급등으로 이어졌고 결국 정책 폐기에 이르렀다. 국민을 위한다는 부동산정책이 25번 발표되었지만 왜 이렇게 많이 발표되어야 했는지에 대한 해명은 없다. 실패한 정책이기에 지속해서 추가대책이 나올 수밖에 없는 형국이다.

현 정부는 2.4 공급대책 전까지 부동산정책 실패를 인정하지 않았다. 많은 전문가들이 수요공급의 불일치로 인한 가격상승은 수요 억제 대책만으로 한계가 있음을 지적했지만, 정부는 최근까지 공급은 충분하다는 논조를 유지해왔다. 얼마 전 공공주도의 공급 확대 정책을 발표했지만, 공급은 빵처럼 하루아침에 만들어지지 않는다.

이제부터라도 정부는 잘못된 부동산정책의 실패를 인정하고 왜곡된 정책의 방향을 바로잡아야 한다. 2.4 공급 확대 정책과 재건축 2년 실거주 요건 백지화 외에도 부동산정책변경이 필요한 부분에 대해서 살펴보자.

첫째, 임대차 3법의 완화이다. 임대차기간 2+2년으로 4년을 보장하게 되면서, 임차료의 급상승과 월세전환 증가, 커지는 가계부담은 예정된 수순이었다. 전세 구하기는 하늘의 별 따기가 되고, 전세가격은 급등하며 월세로의 전환은 임차인 보호라는 미명아래 임대인에게 이익이 더 증대되는 모순이 발생한다.

둘째, 서울 수도권의 전매 제한 금지와 전월세 금지법 완화이다. 서울의 공급물량은 지극히 부족한데 분양가상한제로 주변 시세보다 저렴하니 로또 청약이 되는 것이다. 당첨자는 수억 원대의 시세차익을 누리는 반면에 최대 10년까지 전매금지이다. 금년 2월부터는 전월세 금지법을 만들어 입주 후 최대 5년까지 자가 입주를 해야 하므로 팔고 싶어도 팔수 없다. 따라서 새 아파트 공급은 분양만 되면 그대로 물량이 잠기고 분양물건은 거래가 되지 않으니 다시 집값이 오른다. 당첨된 부유한 무주택자에게만 혜택이 돌아가는 집값 올리는 대책이 아니고 무엇인가.

셋째, 무주택자와 1주택자의 대출규제 완화이다. 투기과열지구와 조정대상지역은 LTV 40~50% 대출을 해주고 있다. 여기에 더해 소득이 낮으면 대출이 줄어들고 할부금 대출까지 포함시켜 상환능력을 따져 대출 비율을 줄이는 게 7월 1일부터 시행되고 있는 DSR이다. 기성세대들은 부동산 주택으로 상당한 부를 이루었다. 무주택자와 1주택 보유자가 처분조건부로 구매하는 것까지 대출을 규제하는 것은 지나치다. 듣기 좋은 말로는 '형편에 맞게 사세요.' 따지고 보면 소득이 적으면 좋은 집에 살지 말란 정책으로 들린다.

넷째, 청약제도의 변경이다. 아파트 청약은 특별공급과 가점제, 추첨제로 나뉜다. 그런데 현 정부는 1주택자의 당첨기회를 박탈해버렸다. 1주택 처분조건부가 있지만 당첨 확률은 거의 없다. 오래된 주택에 사는 1주택자가 새 아파트를 사기 위해서는 당첨자의 분양권을 높은 프리미엄을 얹어서 살 수 밖에 없는 구조적인 문제가 발생한다.

다섯째, 중과세의 완화이다. 수요를 억제시키는 세금 정책과 양도세를 중과하는 정책의 모순이다. 세금을 중과하면 다주택자들의 매물이 증가하여 가격이 안정될 것이라 판단했지만, 주택가격 급등으로 오히려 팔면 손해인 상황을 만들었다. 집값도 상승하여 과거 1% 부담하던 취득세는 9억 이상 3%가 되었다. 거래세는 완화하고 보유세는 유지하며 양도세 중과는 폐지가 바람직해 보인다.

부동산대책이 24번 발표되었지만 집값은 더 올랐고 국민의 주거불안감은 최악이다. 부동산은 정치의 시험무대나 여야 힘겨루기가 아니다. 국민의 주거복지와 삶이 나빠졌다면 잘못된 정책은 비난받더라도 폐기할 수 있는 용기가 필요해 보인다.

송인배 이사 "대구 집값, 너무 내리면 더 큰 문제"

매일신문 김근우 기자

"대구도 최근 도시정비사업으로 인해 주택사업이 정말 활발하게 이뤄졌습니다. 앞으로는 가격이 안정될 일만 남았어요. 이제 집값이 너무 올라도 문제지만, 너무 내리면 더 큰 문제가 되기 때문입니다."

송인배 대구경북부동산분석학회 이사는 6일 대구 수성구 그랜드호텔에서 열린 매일탑빌리더스아카데미에서 '한국의 부동산 정책 방향'을 주제로 강연을 갖고 이같이 말했다.

송 이사는 "수도권은 절대적으로 공급이 부족하기 때문에 언제라도 비집고 들어갈 틈이 있지만, 대구는 통계적으로 보더라도 국민들이 정말 많았다"며 "집값이 너무 내리면 국민들이 힘든 시기를 겪는다. 서울의 지방 도시는 부동산 정책이 달라져야 한다"고 정했다.

그는 이번 정부 들어 벌어진 전국적인 집값 상승을 두고 "우리나라 부동산 정책을 일관성이 없다. 주택문제는 정치인들이 함께 아니라 전문 기구를 만들어 장기적으로 해결해가야 한다"고 지적했다.

송 이사는 "과거 미분양이 문제가 되자 정부에서 미분양 주택을 사면 보유 주택 개수에서 빼주겠다'고 했고, 임대사업을 권장하기도 했다"며 "그런데 이번 정부에서는 미분양 주택을 샀던 것도 다주택에 포함돼 세금을 내야 하고, 임대사업을 죄악시되고 있다"고 비판했다.

그러면서 "요즘 부동산에 가 보면 사는 사람도, 파는 사람도 '내년까지 기다려 보겠다'고 한다. 정권이 바뀌는 걸 기다려 보겠다는 것이다. 이래선 안 된다"고 주장했다.

송 이사는 집값이 지속적으로 오르는 이유로 저금리 기조에 따른 사회문화 변화를 꼽았다. 은행의 고금리 적금을 통해 자산을 형성했던 과거와 달리, 재테크를 할 수밖에 없는 사회가 됐다는 얘기다.

송 이사는 "1996년도 사회생활을 할 때 46만원짜리 3년 적금을 들었는데, 만기가 되면 2천만원씩 되는 목돈을 받았다. 그런데 요즘 젊은 친구들은 적금을 들지 않는다"며 "옛날에는 은행에 돈을 넣어두면 노후를 생각했다면 지금은 수익을 낼 수 없고, 월급만 받아서 집을 살 수도 없기 때문에 우리 사회문화가 재테크 문화로 바뀐 것"이라고 설명했다.

그는 "다주택자들에게 집을 이유도 같은 매력이라고 봤다. 그는 "멀어서 배는 눈물의 진행에 이야기했다니 '뻗어서 하느냐'는 현실적 이야기를 듣겠다"며 "부동산을 팔아서 번 돈을 다시 부동산에 넣어야 할 바에는 안 팔겠다는 것이라네, 들어보니 맞는 얘기"라고 했다.

송 이사는 "과거에 우리는 집을 사는 건 물론이고, 지금은 경제적 가치로 두고 있다"고 우려하며 스스로의 경험을 소개했다.

그는 "예전에 집값이 좀 올라가다가 떨어질 듯해서 팔았는데, 전금을 받을 때 집값이 5천만원가량 내려서 적잖을 많이 했지만 이후로 사셨던 분이 '집을 깨끗하게 써주셔서 고맙다, 집이 너무 느낌이 좋아'다 했다며 "집을 이익 경제적 가치 개념으로 봤고, 그분은 이 집을 경제적 가치 개념으로 봤다. 그리고 그 집은 지금 한 5억원 정도는 더 올라와 있다. 결국은 그런 집을 거주의 개념으로 보면 더 좋다는 것"이라고 주장했다.

[매탑 아카데미 강연] 온 대구경북부동산분석학회 이사가 6일 대구 수성구 그랜드호텔에서 열린 매일탑빌리더스아카데미 강연을 하고 있다. 엄경희 매일탑빌리더스아카데미 디지털국장 제공

공급물량 많은 대구...서울처럼 계속 시장 강제해선 안 돼
정부 따라 부동산 정책 일관성 없어
'경제적 가치' 된 집...거주 개념으로 볼 때 더 좋아

➤ URL : https://news.imaeil.com/page/view/2021120710172342 92

서울 부자들을 위한
부동산 감세 정책에 반대한다

2021. 06. 22.
매일신문 경제칼럼

사람들 상당수는 세금납부에 거부감이 있다. 어떻게든 세금을 줄이기 위해 영수증을 알뜰히 챙기는가 하면, 허위 기부금이나 쓰이지도 않은 곳에 사용했다고 거짓으로 꾸미기도 한다.

어찌 됐든 세금은 정부 정책의 효과를 높이는 아주 유용한 도구이자 수단이며 국가를 유지하고 국민 생활의 발전을 위해 꼭 필요한 요소다. 세금은 부동산정책에서도 예외일 수 없는 요소이다.

지난 50여 년간 정부는 미분양이 많고 경기가 어려워지면 다주택자일 지라도 양도소득세를 비과세하거나 취득세를 감면해주는 정책을 펼쳐 왔다. 그러다가 경기가 반등하고 과열 조짐을 보이면 다시 고율의 세금 으로 투기수요를 억제하는 정책을 시행해 왔다.

오늘날의 부동산정책 기조로 노무현 정부 시절 실거래 신고제, 종합 부동산세, 청약가점제 등 굵직한 정책들이 많이 도입되었다.

선진국처럼 부동산 거래세인 취득세는 인하하고 보유세는 강화하자는 정책이 시행되어 취득세 2% 등록세 3% 하던 것을 취득세로 통합하여 1%까지 인하했다. 그리고 종부세는 금액 상한을 두어 일정 금액 이하는 재산세를 부과하고 고가의 주택을 보유한 사람에게는 고율의 세금을 부과시키는 정책이 시행되었다.

문재인 정부의 부동산정책 기조는 조세 강화를 통한 가격 안정화 추구이다. 시세의 70% 정도인 공동주택 공시가격을 10년 이내 90%로 현실화시키겠다는 방안을 '20년 12월 발표하였다. '21년에는 부동산가격 상승으로 전년도 대비 공시가격이 19% 상승하였는데 이는 지난 5년 기간 평균 상승률의 4배에 이르는 수준이다. 공시가격 상승은 부동산 보유세뿐만 아니라 상속세, 증여세, 건강보험, 국민연금, 기초노령연금 등 무려 61개 항목의 과세기준이 되기에 이 모든 세금의 동반 상승이 예고된다. 하지만 정부는 부동산가격이 상승하였으니 어쩔 수 없다는 입장이다.

부동산정책의 실패로 정부와 여당의 지지율은 곤두박질치고 있다. 부동산 민심을 달래기 위해 여당에서는 부동산 특위를 만들어 정책개선을 발표했지만, 의견이 분분하다. 논란의 중심은 '종부세 대상자를 축소하는 것'과 '양도소득세 1가구 1주택자의 비과세 기준금액을 9억에서 12억 원으로 상향'시켜 일부 부동산 부자들에게 세금을 부과하지 않겠다는 정책이다.

'21년 공동주택 공시가격 기준 6억 원 이하가 대구는 96.2%이며, 경북은 6억 원 초과주택이 8세대뿐이고, 서울시는 6억 원 초과주택 41만 가구로 30%이다. 그러나 전국의 6억 원 초과 주택 수는 52만 가구로 서울이 차지하는 비율은 79%로 대부분인데 누구를 위한 종부세 완화와 양도소득세 비과세 구간을 상향시키자는 개선안인가.

공시가격 9억 원 초과 대상주택은 전국 3.7%, 서울 16%, 대구 1.4%이다. 대구는 서울 주택 수에 비하면 25%의 주택보유 비율인데 반해 9억 원 초과 주택은 서울의 2.2% 수준으로 자산 가치가 서울과 비교하면 현저히 낮게 형성되어 있다.

현재 부동산 양도소득세는 1가구 1주택의 경우 9억 원 이하는 비과세하고 9억 원 초과하는 금액에 대해 세금을 부과하고 있다. 그러나 9억 원 초과의 고가주택일지라도 실거주와 장기거주를 고려해서 최대 80%까지 공제해주고 있고 종부세는 1주택자에 한해 연령별 40%와 보유기간별 50%를 적용하여 종합한도 최대 80% 세율을 공제해 주고 있다.

대구에 5억 원 하는 집 2채(10억)를 가진 자, 경북에 2억 원 주택 3채(6억)를 가진 자는 다주택자로 낙인찍어 양도소득세와 종부세 중과를 부담하게 하고 서울 거주하는 30억 원의 주택 1채를 가진 자는 1주택자라는 이유로 세금을 중과하지 않아도 된다면 이것이 조세의 형평성인가. 우리 지역 대구·경북에서 보면 서울 집값은 먼 이웃나라의 얘기다.

집값이 그만큼 올랐으면 세금 좀 내야 하지 않을까. 정책을 제대로 따르기만 하면 최대 80%를 공제해주는 제도를 활용해 감면받거나 그렇지 않다면 세금을 부과하는 게 정책이다.

고가주택 1가구 장기보유자에게는 80%를 공제해주므로 세금부담이 과하다는 말은 아닐 것이다. '09년에 비해 9억 원 초과 주택 비율이 0.6%에서 3.7%까지 증가하여 대상자가 6배 이상 늘어나게 되었다. 그래서 부자 증세의 반발을 우려한 여당에서는 공시지가 상위 2%에 해당하는 인원에 대해서만 과세하는 정책안을 제시하였지만, 반발이 만만치 않다.

정부 정책이 효과를 내기 위해서는 시장의 경제논리를 따라야 한다. 공급이 부족한 가운데 주택 소유 가구의 28%를 보유한 다주택자들은 양도세 중과로 팔지 않겠다고 버티고 있는데 보유하자니 종부세 폭탄이다. 다주택자가 팔고 나갈 수 있는 출구전략(대출완화 및 중과세율 조정)이 필요한 시점이지 세금납부 대상자를 줄여주는 부자감세정책은 앞뒤가 맞지 않는다.

부동산정책이 상황에 따라 너무 자주 바뀐다. 공시가격 19% 인상하고서는 많이 올랐으니 재산세 일부 낮춰준다는 정책, 종부세 인상하고는 납부 대상자를 줄여주자는 정책, 서울 집값 많이 올랐다며 양도소득세 비과세 기준을 완화하자는 정책. 도대체 누구를 무엇을 위한 부동산정책인가?

행복한 부동산정책,
언제 나오나

2021. 05. 24.
매일신문 경제칼럼

　우리나라 국민의 행복지수가 경제협력개발기구(OECD) 37개국 가운데 35위로 발표됐다. 국민의 한 사람으로 마음이 불편하다. 우리는 경제대국으로 잘사는 나라에, 잘 못 사는 국민인 셈이다. 삶에서는 선택의 자유가 있다. '인생을 자기 뜻대로 살 수 있는가', '보다 나은 미래를 계획할 수 있는가', '그렇다.' 라고 답할 수 없을 때 우리는 자존감이 낮아지고 행복하지 않다고 생각한다.

　행복은 돈으로 살 수도 없지만 돈으로 환산할 수 없을 만큼 무한한 가치를 가지고 있다. 가정이 있든 없든 남녀노소 누구나 행복을 추구하는 과정이야말로 인간 본연의 아름다운 삶의 모습일 것이다. 우리나라 사람들은 세상 누구보다 열심히 살고, 행복을 위해 노력하고 있는데도 왜 이토록 행복지수가 낮을까?

　요즘 '벼락 거지', '영끌'이라는 신조어가 있다. '벼락 거지'는 자신의 소득에 별다른 변화가 없었음에도 불구하고 부동산과 주식 등의 자산 가격이 급격히 올라 상대적으로 빈곤해진 사람을 자조적으로 일컫는 말이다. 월급 받아서 열심히 저축만 하고 재테크를 하지 않아 하루아침에 거지로 전락한 사람들이 '나만 뒤처진 것 같다'는 상대적 박탈감을 표현한 말이다.

'영끌'은 '영혼까지 끌어모은다.'의 줄인 말로 할 수 있는 모든 수단을 동원해 대출을 받아 부동산이나 주식에 투자하는 행위를 말한다.

가만히 있으면 도태되는듯하여 불안한 사람, 영혼까지 끌어와 투자하는 사람, 그렇지 못한 사람···. 모두의 행복지수는 낮다. 그렇다고 완벽히 불행하다는 뜻은 아닐 것이다.

불행하지는 않은데 행복하지는 않다, 상대적 빈곤이 그려낸 자화상이다. 세계에서 4년마다 열리는 올림픽에 참가한 선수들은 모두가 남다르다. 메달을 따서 행복한 사람이 있는가 하면 출전한 것만으로 행복한 사람도 있다. 그런데 유독 은메달과 동메달을 획득한 선수들의 행복지수는 사뭇 다르다. 동메달과 은메달을 획득한 선수는 서로 비교하는 기준점이 달라, 은메달은 동메달보다 행복하지 않다고 한다.

인간은 호기심이 많은 데다, 다른 사람들이 사는 모습에서 자기 삶의 방향을 그려보곤 한다. 위인전을 읽으면 훌륭한 의인이나 봉사와 헌신적인 삶을 생각하게 된다. 스마트폰이 일반화되면서 우리는 소소한 맛

집이나 여행지에서의 행복한 모습을 SNS에 올리고 있다. 그런데 언젠가부터 명품과 고급차에 해외 로케이션 사진을 올리면서 마치 더 많이 행복하다는 것을 과시하는 것처럼 보인다. 저마다의 삶과 환경이 다른데, 지향하는 미래의 그곳에 현재의 내가 있지 않음에 욕구불만이 생기고 불안한 마음이 깃드는 것이다.

문재인 정부의 탄생 단초는 자그마한 촛불이 하나둘 모여 공정하지 않음에 대한 봉기였다. 그래서 문재인 대통령의 취임사는 '기회는 평등하고 과정은 공정하며 결과는 정의롭게'로 시작되었다. 이 얼마나 아름다운 말인가. 문 대통령은 취임 초기부터 평등 공정 정의를 여러 차례 말했지만, 지금 현실은 그러하지 못하다. 우리 사회 곳곳에서 일어나는 불평등과 불공정을 보면서 과연 정의롭다고 할 수 있을까? 청년세대들이 꿈을 키워갈 수 있는 기회는 줄어들고 부의 불평등은 심화되어, 열심히 노력해도 성취할 수 있는 것이 별로 없는 세상이 되어가고 있다. 아니, 성공으로 진입할 수 있는 사다리마저 걷어차인 기분이다.

오늘날 부모 도움 없이 스스로 노력해서 내 집 하나 마련 할 수 있는 이삼십 대가 얼마나 될까? 그들은 결혼도 출산도 포기하고, 사는 집을 위해 봉사한다. 월세를 맞추기 위해, 전세금을 올려주기 위해, 대출이자를 상환하기 위해, 집이 족쇄가 되어 청년들이 빛이 없는 어둠에 갇혀 살고 있다.

주택가격이 급등하지 않았다면 우리는 보다 계획적이고 안정적으로 내 집 마련을 계획했을 것이다. 아끼고 저축하면 3년 후, 5년 후, 적어도 10년 즈음에는 내 집 하나 마련할 수 있다는 꿈, 지금은 얼마나 그 꿈을 가지고 있을까? 우리나라 전체 가구의 44%가 무주택 가구다. 급등한 주택가격에 무임승차한 사람은 벼락부자, 그렇지 못한 사람은 벼락 거지가 된 신세이다.

현 정부 들어서 평등과 공정을 기해 주택법과 시행령 부칙이 45번 개정됐다. 주택공급에 관한 규칙도 16번 개정되었지만 아직도 공정하지 못하다고 느끼는 국민이 대다수다. 주택을 보유하고 있는 사람, 보유하지 못한 사람 모두에게 혹평을 듣고 있는 것은 근시안적인 부동산정책 때문일 것이다. 지난 25번의 부동산대책들을 보면서 국민들은 신뢰하기는커녕 오히려 불신을 키웠다.

지금도 정부는 평등하고 공정하지 않은 것을 바로 세우기 위해 새로운 부동산대책을 계획하고 있다, 과연 준비하는 부동산대책들이 국민들을 얼마나 만족시킬 수 있을까? 국민이 바라는 것은 누구나 노력하면 행복한 가정의 울타리가 되는 내 집 마련을 할 수 있다는 작은 꿈, 부지런히 저축하면 조금 넓은 집으로 갈 수 있다는 희망, 헌 집에서 새 집으로 가고 싶다는 소망이다. 집 걱정 없이 살 수 있는 행복한 부동산정책은 언제쯤 나올 수 있을까?

방송사별 인터뷰 영상

2022-10-07
[지역의 사생활] 대구가 그렇게 부자 도시라고?

2023-01-04
[TBC] 전매 제한 푼다…지역 부동산 시장은
TBC 8시 뉴스

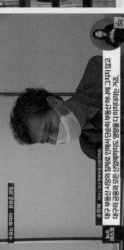

2022-08-28
[MBC] 거래절벽에 입주물량 쏟아…대구 부동산 냉각 우려
대구MBC뉴스

2022-11-26
[연합뉴스TV] 꽈응꽈응 대구 부동산 시장 빨간불
연합뉴스TV

2022-05-11
[TBC] 새 정부, LTV 80%로 늘린다…지역 전망은
TBC 굿모닝 뉴스

2022-11-18
[박정의 이슈로드] 당신의 집값, 안녕하십니까?

당신은 어디에 사십니까

2021. 04. 26.
매일신문 경제칼럼

"어디 사십니까?"

"어느 아파트죠?"

"우와! 좋은 데 사시네요."

사는 집이 경제적 지위를 말해주는 시대가 됐다. 값비싼 아파트에 사는 사람들에게는 자랑스러운 대답이 기다리겠지만, 그렇지 않은 사람에게 '어디 사느냐'는 질문은 차라리 도발적이고 무례하다.

물질만능주의 속에 사는 우리는 누군가의 능력을 가늠할 때 쉽게 경제적인 척도를 들이민다. 고급 자동차와 비싼 주택에 명품까지 두른 사람이라면 마치 대단한 능력자처럼 비쳐진다. 자본주의에 사는 우리는 더 우월한 관계를 위해 끊임없이 경쟁한다. 더 많은 물질을 갖기 위해 기꺼이 자신을 희생하고 어떠한 대가를 치르더라도 쉽게 포기하지 않는다.

'하루 세끼 밥만 먹을 수 있다면…', '단칸방이라도 편히 쉴 수 있는 내 집만 있다면…', '취업만 할 수 있다면…' 아주 작았던 우리의 소망들은 그것을 이룬 지금 더 큰 욕심의 숫자가 헤아릴 수 없을 정도다.

톨스토이의 단편소설 『사람에게 얼마나 많은 땅이 필요한가』에서는 인간의 욕망을 잘 표현하고 있다. 그 내용을 인용해 본다.

"우리 농부들은 땅만 넉넉하다면 악마나 다른 그 누구도 무서워할 것이 없다"는 말을 듣고 악마는 화가 치밀어, 땅을 넉넉히 주고 그 땅으로 농부를 미혹하리라 결심했다.

어느 날 누군가 소유한 대지를 내놓자, 그 농부는 그동안 저축한 돈과 친척들에게 빌린 돈으로 대지를 사들여, 그토록 소원하던 땅 주인이 된다. 처음에는 그저 행복했지만, 오래가지 못하고 고민이 생겼다. 다른 농부들의 가축이 땅을 침범해 농작물이 피해를 입고 잡음이 생기자, 그는 이 땅이 좁기 때문이라는 생각이 들었다.

그는 해마다 풍년이 되는 비옥한 넓은 땅을 찾아 고향을 떠나 이주했다. 그가 가진 땅은 이전의 세 배가 되었고, 살림은 열 배나 나아졌다. 생활은 풍요롭고 살림이 늘어나자 이곳 역시 좁게 느껴졌다. 더 넓은 땅을 소유하고 싶어졌다.

그러던 중 그는 작은 돈으로 아주 넓은 땅을 살 수 있다는 소식을 듣

게 되었다. 그곳은 문명이 닿지 않은 원주민이 사는 땅으로, 땅을 얻는 방법도 간단했다. 시작점에서 출발하여 원하는 땅을 괭이로 표기하고 해가 지기 전에 시작점으로 돌아오면, 표기한 모든 땅을 소유할 수 있게 되는 것이었다.

그는 시작점에서 출발해 마음에 드는 땅을 표기하며 걸어갔다. 출발점으로 돌아가려고 할 때마다 놓치기 아쉬운 땅들이 있어 포기할 수 없었다. 정신을 차려보니 이미 해가 지고 있었고, 그는 죽을힘을 다해 달렸다. 힘들어서 땅을 포기할까 생각도 했지만, 언덕만 넘으면 된다는 생각에 고통을 참고 계속 뛰었다.

드디어, 고꾸라지며 극적으로 도착점에 다다랐지만 그는 숨을 거두고 말았다. 악마는 미혹의 덫에 빠져 숨을 거둔 그를 보며 키득키득 웃었다. 결국 그는 머리에서 발끝까지만큼의 필요한 땅만 갖게 되었다.

오늘날 우리는 자본주의 자유 시장경제 체제에 익숙한 듯하지만, 참다운 인간본성을 갈구하는 불편한 진실이 마음속에 내재되어 있다. 현실은 물질을 숭배하지만, 마음 한편에서는 사람답게 살고 사람의 관계에 정성을 다하고자 노력하는 숨겨진 마음이 있다.

백 년 전, 나라의 모든 근간은 유교였다. 유교는 인간의 삶을 충실하게 하는 데 힘쓰기를 강조한다. 인간의 삶이 얼마나 실존적 깊이를 가지며 어떠한 의미를 가지느냐가 중요한 관심사였다. 인간이 마땅히 가야 할 길을 도道라고 생각했기 때문에 '아침에 도를 깨달으면 저녁에 죽어도 좋다.' 는 말처럼 인간다움, 성찰과 깨달음으로 인격적인 성취를 이루는 것에 인생의 의미를 두었으며 인간성을 수양하는 목표를 결코 포기하지 않았다.

누군가 어디 사느냐고 물어올 때 우리는 답하기 어려운 처지에 직면하게 된다. 무슨 아파트라고 답하면 몇 평에 거주하느냐고 물어볼 것이다. 더 나아가서 어느 동네에 살고, 지은 지 몇 년 되었느냐고 또 물어온 다음, 집은 한 채만 있는지 다른 몇 채가 있는지, 분양권 투자해둔 것은 없는지… 아파트가 의인화되어 나의 주체가 되어가는 셈이다.

집은 사람이 사는 곳이다. 그런데 왜 이렇게 인간 욕망의 대상이 되어야 하는가? 조선 유학자 송순의 시조를 음미해보자.

> 십 년을 계획하여 초간삼간 지어내니
> 나 한 칸, 달 한 칸, 청풍淸風 한 칸 맡겨두고
> 강산江山은 들일 데 없으니 둘러두고 보리다

얼마나 절제된 마음인가. 십 년 동안 준비하여 집 하나 마련했는데 달에게도 바람에게도 한 칸씩 내어주고 강산은 들일 곳 없으니 혼자가 아니라 함께 보자고 한다. 물질이 미혹하게 하더라도 본성의 인간다움으로 지켜내야 할 우리 내면의 성찰이 요구되는 시절이다.

정치는 부동산에 관여치 말라

2021. 03. 30.
매일신문 경제칼럼

　정권이 바뀔 때마다 부동산정책이 바뀌고 그때마다 실수요자만 아픔을 겪는 현실이 반복되고 있다. 역대 정권별 부동산정책을 살펴보자.

　"김대중 대통령님, 나라 경제가 큰일입니다. IMF 외환위기 상황이라 어떻게든 나라부터 구하고 봐야 되지 않겠습니까. 부동산은 전방위 산업으로 건설경기를 부양시켜 내수를 증진할 수 있습니다. 모든 부동산 규제를 완화해야 합니다."

　"아파트 공급을 증가시키려면 공급자의 충분한 이윤이 보장되도록 분양가격을 완전 자율화해야 합니다. 청약통장 가입은 1세대 1구좌가 아니라 성인 누구라도 가입할 수 있도록 청약자격을 완화해 능력 있으면 누구라도 아파트를 분양받을 수 있게 해 줍시다."

　당시 정책 입안자들의 이러한 주장으로 분양권 전매허용, 재당첨금지 폐지, 양도세 한시 면제, 취득세 감면, 대출 완화, 토지거래허가 및 신고제 폐지, 토지공개념 폐지, 외국인 토지취득 완화 및 개방 등의 정책이 펼쳐졌다. 하지만 경제위기는 극복했지만, 부동산가격 급등으로 다음 정부에 모든 부담을 떠안겼다.

따라서 다음 정부는 다른 상황을 맞이했다.

"노무현 대통령님, 부동산이 투기에 가까운 이상급등으로 인해 서민이 고통받고 있습니다. 분배와 형평성을 추구해야 하는 정부로서 부동산 투기는 참여정부의 근간을 흔드는 행위이므로 모든 수단을 동원하여 부동산 규제를 강화해야 합니다."

"투기과열지구를 확대 지정하여 분양권 전매를 통한 투기수요를 차단하겠습니다. 주상복합아파트 청약이 밤샘 줄서기로 행렬이 끝이 보이지 않습니다. 선착순분양과 분양권 전매를 금지하겠습니다."

이로써 재건축아파트는 안전진단 강화와 후분양 정책이 발표됐고 소형평형 및 임대주택 의무비율 도입과 조합원지위 양도금지, 재건축 초과이익환수제, 양도소득세 실거래가 과세, 종합부동산세 시행, 다주택자 양도세 강화, 부동산 실거래신고 의무화, 분양가상한제 적용, 청약가점제 도입, 대출규제(LTV.DTI) 등의 정책이 이어졌다. 하지만 한 번 정책이 효과가 없다는 것이 증명되자 이후는 백약이 무효했다. 이때 우리는 정부 대책이 나오는 날을 기점으로 오히려 부동산가격이 더 상승하는 기이한 현상을 경험하였다.

다음 정권은 어땠을까?

"이명박 대통령님, 리먼 브라더스 파산과 함께 서브프라임 모기지 부실화로 세계가 금융위기를 맞았습니다. 앞선 정부와 반대되는 정책을 내놓으면 주택시장은 회복됩니다. 정부는 4대강 사업을 통해 건설경기를 부양시키도록 해보겠습니다. 주택의 수급문제는 시장에 맡기고, 정부는 무주택자에 대한 주택 공급정책에 신경을 써야합니다."

이에 따라 당시 보금자리주택 70만 호, 장기임대주택 80만 호 건설 발표가 이어졌다. 더불어 양도세 한시 면제, 취등록세 50% 감면, 상속증여세율 인하, 투기과열지구 및 투기지역 해제, 분양권전매제한 완화, 토지거래허가구역 해제, 재건축 규제 완화, 종합부동산세 기준완화, 다주택자 양도세 중과세 폐지, 오피스텔 바닥난방 확대 허용, 도시형생활주택, 주택청약종합저축을 도입했다. 하지만 앞선 정부의 강력한 규제 탓에 주택시장의 회복에는 실패했다.

미분양을 떠안은 다음 정권은 완화정책을 이어갔다.

"박근혜 대통령님, 경제가 위기입니다. 수출이 감소하고 내수가 회복되지 않고 있습니다. 아버지 박정희 대통령을 생각해서라도 경제는 살리고 봐야 하지 않겠습니까. 수도권의 미분양아파트 어떻게 해결하시겠습니까. 빚을 내어서 집을 사게 하면 됩니다."

이 같은 주장에 따라 금리가 인하되었다. 마치 '대출금리를 이렇게 낮추는데도 집 안 사실 겁니까?' 양도세 5년간 면제, 생애 최초 취득세 면제, 대출 LTV 70% 상향, 공공분양 및 보금자리주택 지정 축소 및 해제, 민간택지 분양가상한제 해제, 공공분양 공급연기, 재건축초과이익환수 및 소형주택 공급의무 비율 폐지, 행복주택 뉴스테이 공급 등의 부양책이 이어졌다. 마지막 임기 1년 부동산경기 부양에는 성공했지만, 영어囹圄의 몸이 되었다.

문재인 정부는 또 다른 입장이 됐다. 앞선 정부의 미분양 해결책으로 다주택자를 양산했다면 현 정부는 다주택자에 대한 전쟁을 선포했다. 문재인 대통령은 정책을 따르지 않는 사람은 후회하게 만들겠다고 호언장담하면서 수십 번의 규제정책을 발표했지만 역대 가장 높은 부동산 가격 상승의 역사를 다시 쓰고 있다.

오로지 수요 억제와 규제를 강화하면서 세금 지옥을 만들었고 역대 모든 정책이 서민을 위한다는 부동산정책을 표방했지만, 결과는 서민의 내집 마련을 단절시키고 벽을 더 굳건히 했다. "대통령님! 제발 이제라도 정치는 부동산에서 손을 떼십시오."라고 간절히 부탁드립니다.

서울의 자가보유 비율은 48%에 지나지 않는다. 이것이 지난 정부와 현재에 이르기까지 그렇게 서민을 위하고 내 집 마련을 이룰 수 있도록 노력해 온 결과인가! 열심히 직장생활하고 저축해서는 도저히 집을 살

엄두도 못 내는 세상이 공정하고 정의로운 사회인가.

정치는 임기가 있지만 국민은 집이라는 굴레에서 평생을 살아가야 한다. 정권이 바뀔 때마다 정책도 이해관계에 따라 바뀌어왔다. 지난 50년 동안의 부동산정책은 빈부격차와 소득격차의 벽을 높이 세우고 열심히 노력해도 내 집 하나 마련할 수 없는 세상을 만들었다. 정치는 결혼을 포기하고 출산율 최저기록을 갱신하는 정책으로, 고통스러워하는 미래 세대의 신음이 들리지 않는가?

정치는 부동산을 해결하지 못했다. 이제부터라도 정치는 부동산에 관여치 말고 국무총리 산하의 오직 국민만 바라보는 정책을 펴는 '주택청'을 신설하기를 강력히 호소한다. 그리하여 정부 임기제에 따른 냉온탕식의 부동산정책이 아니라 국민과 평생을 함께하는 주거안정 대책이 수립되기를 간절히 바란다.

성공할 수 있는
부동산대책은 없나

2021. 03. 02.
매일신문 경제칼럼

정부가 발표한 스물네 번째 부동산대책이 성공할 것인가에 대해 많은
사람들이 반신반의하고 있다. 이번 대책이 성공할 것이라고 보는 측면
은 '엄청난 공급물량'이다. 계획한 대로 분양만 한다면 주택시장이 안정
되고, 오히려 공급과잉을 염려해야 한다는 주장이다.

또 다른 측면은 현실성이 없다는 것이다. 도심 역세권 공급의 경우, 수
많은 이해관계가 얽혀있는 데다 상당수 사업지가 지정도 되지 않아 실
체가 없다는 것, 이 같은 상황에 공공주도 사업이 과연 제대로 진행될 수
있을까 의구심이 든다는 주장이다.

두 의견이 팽팽한 가운데, 먼저 서울 아파트 주거 실태부터 살펴보자.
첫 번째, 주택도시보증공사에서 보증서를 발행한 신규아파트 공급은
'18년~'20년까지 지난 3년간 서울시 3만 7천 세대, 부산시 3만 4천 세

대, 대구시 5만 7천 세대이다. 대구는 재건축사업 및 LH 사업까지 더하면 실질적으로 3년간 8만 5천 세대를 공급하고도 주택가격 상승은 전국 최고수준이다. 서울지역에 공급을 증대하면 반드시 집값이 안정될까? 대구의 상황을 보면서 의문이 든다.

두 번째, 무주택 가구 수를 보자. 주택 소유통계에 의하면 우리나라 무주택 가구는 전국에 888만 가구이며 서울에는 200만이 무주택 가구다. 서울의 일반 가구 중 자가 보유비율은 49%, 무주택 가구는 51%이다. 이번 2.4 대책에서 서울에 32만 가구를 공급한다는데 과연 이번 대책으로 공급 부족과 자가보유 비율이 낮은 서울의 주택난이 얼마나 해소될까?

세 번째, 공급 시기를 짚어보자. 정부는 대도시권 공공택지 조성을 통해 공급 세대수를 확대하겠다고 하면서, 첫 분양을 '25년으로 밝혔다. 입주는 빨라야 '28년이 되어야 가능한 일이다. 지금 당장 서울의 공급부족이 심각한데 7년 이후의 공급으로 주택가격이 안정될까? 오히려 분양이 진행되면 토지보상이 진행될 것이고 이는 단기적으로 인근 부동산가격을 상승시키는 역효과로 나타날 것이다. 공급 시차 동안 발생되는 부동산가격은 두고 볼 일인가?

안타깝지만 이번 공급 확대 정책으로도 주택가격 안정을 기대하기는 어려워 보인다. 심리적인 안정은 일시적이고 집값은 공급 부족으로 언제라도 급등하게 될 개연성은 충분하다.

현 정부의 부동산대책이 성공하기 위해서는 결국 국민이 공감할 수 있는 다주택자의 출구전략이 동반되어야 할 것으로 보인다.

정권 출범 초기 정부에서는 다주택자가 보유 중인 주택의 매물출회를 통하여 가격안정을 기하려고 하였는데 방향은 옳았다. '19년 기준 우리나라에서 주택을 소유한 가구는 1,145만 가구이다. 이 중 1주택을 소유한 가구는 828만 가구(72.3%), 2주택 이상 소유한 가구는 316만 가구(27.7%)다. 이 가운데 서울은 2주택 이상 보유자가 52만 가구이다.

정부 의도와는 반대로 다주택자들의 보유 주택수는 매년 증가하고 있다. 또한 다주택자의 증가를 막고자 취득세를 중과하고 팔지 않고 보유할 경우를 대비하여 재산세와 종부세도 대폭 인상하였다. 하지만 집값은 계속 오르고 있다.

정권 초기에 수요 억제와 더불어 공급을 확대하였다면 부동산시장은 보다 안정적으로 유지되었을 것이다. 하지만 지금은 부동산가격이 급등하였다.

다주택자들의 시세차익이 수억 원에 이르면서 납부해야 할 양도소득세도 50%에 이르고 보니, 오히려 매도하기보다는 보유세로 버텨보겠다는 것에 무게가 실리고 있다. 다른 한편에는 증여 거래가 급증하며 부의 대물림으로 이어지기도 한다. 이들은 말한다. 집값을 자기들이 올린 게 아니라고, 또한 투자해서 손해를 봤다면 정부에서 지원해주느냐고.

현행 법제도에서 다주택 보유자들은 매도할 생각이 없어 보인다. 그렇다면, 어떤 정책이 매매를 유도하여 2.4 부동산정책의 입주 공백기에 집값을 안정시킬 수 있을까? 이번 대책이 성공하기 위해서는 반드시 다주택자들이 매매할 수 있게 출구전략을 열어주어야 한다.

무엇보다 부동산 세율을 완화해야 한다.

첫째, 부동산 중과세를 폐지하거나 한시적으로 완화해주어 일반적인 거래가 이루어지게 하자.

둘째, 다주택자가 중과세 납부해야 할 돈으로 무주택자(조건부합)에게 시세보다 저렴하게 양도할 경우 누진세를 완화해 주어 가격 안정을 도모하자.

셋째, 정부에서 추천하는 취약계층에 저가로 장기 임대하는 다주택자에게는 보유세 낮춰주기 등…. 다주택자들이 쉽게 매매하고 사회적으로 선한 영향력을 미칠 수 있도록 출구전략을 세워주어야 한다.

더 이상 전국 316만의 다주택 소유가구를 사회적 부도덕자로 몰아세워서는 안 된다. 이들이 지금 보유하지 않고 매도할 수 있도록 출구를 열어주고 사회적인 책임을 다하게 했을 때 문재인 정부의 부동산정책도 성공할 수 있을 것이다.

대구 MBC

대구MBC 시사톡톡 - 대구 부동산 시장 현안 토론

대구 집값, 어떻게 되나?

2021-06-15

2·4 대책, 대구 부동산 시장은?

2021-02-22

올해는 대구 집값 어떻게 될까?

2022-02-03

집값, 변곡점인가? 숨 고르기인가?

2021-11-15

집값 올리는
부동산대책 내지 마라

2021. 02. 02.
매일신문 경제칼럼

'17년 문재인 대통령은 취임 100일을 맞아 기자회견을 통해 부동산시장과 관련하여 "정부는 더 강력한 대책도 주머니 속에 많이 넣어두고 있다."고 밝혔다.

문 대통령은 "지난 정부 동안 우리 서민들을 괴롭혔던 미친 전세, 미친 월세, 이렇게 높은 임대료의 부담에서 해방되기 위해서라도 부동산가격 안정은 반드시 필요하다."며 "정부가 발표한 부동산대책이 역대에 없던 강력한 대책이기 때문에 그것으로 부동산가격을 충분히 잡을 수 있을 것으로 확신한다."고 말했다.

결과는 암담했다. 현 정부는 지금까지 부동산 절대안정을 추구하면서 24번의 정책을 발표했지만 효력은 없었다. 최근 경실련에서 발표한 자료에 의하면, 문재인 정부 이후 서울 아파트값은 무려 82% 상승했다. 공동주택 실거래가 지수에 의하더라도 60% 이상 상승했다.

이러한 상황에서도 매번 대국민 메시지에서 '부동산 문제와 관련해서 우리 정부는 자신 있다. 부동산 투기와의 전쟁에서 결코 지지 않을 것이다. 투기는 근절하겠다는 것이 확고한 원칙이다' 는 말만 되풀이하고 있다.

결과적으로 현 정부의 부동산대책은 한 번도 경험해보지 못한 초저금리(기준금리 0.5%)를 단기간에 실행하여 다주택자의 부를 증식시키게 하고 세금으로 일부를 환수해 가겠다는 정책으로 전락했다. 그렇다면 왜 부동산정책이 나올 때마다 집값이 오를까?

첫째, 공급을 억제하면 집값은 상승한다. 공급을 억제하는 '분양가상한제'와 '고분양가관리지역 지정'이다. 공급자가 사업을 해도 이익이 남지 않도록 규제해서 공급을 줄이는 방법이다. 토지 매입비용은 감정평가액으로 환산하고 고분양가 심사에서는 3년 전 분양가격을 그대로 유지하라고 하면 누가 사업을 할 수 있겠는가. 공급이 감소하면 집값이 오를 수밖에 없다.

둘째, 전매 제한을 규제하면 집값은 상승한다. 수도권 투기과열지구의 분양권 전매제한은 5~10년 동안 거래가 금지된다. 지방의 투기과열지구는 5년, 조정대상지역은 소유권이전등기일까지 매매할 수 없다. 새집이 귀하니 매매 가능한 새집 값은 천정부지로 오르고 주변 새 아파트 시세대비 신규분양가는 턱없이 저렴하니 당첨만 되면 로또다. 공급하면

뭐 하나, 신규 공급물건은 전매금지 되어 물건이 회전되지 않으니 일부 공급해도 언 발에 오줌 누기다.

셋째, 취득세율을 인상하면 집값은 상승한다. 거래세인 취득세는 과거 취·등록세로, 매매가의 5%를 납부했다. 거래세는 가격을 상승시킨다는 지적에 따라 1%까지 인하되었지만 현 정부가 대폭 인상했다. 6억 이상 주택에 대해서 단계별로 3%, 조정대상지역 2주택자에게는 8%, 3주택자에게는 12%를 부과했다.

거래를 못 하게 막는 데는 성공했지만 종국에는 가격상승으로 이어질 것이다. 취득세뿐만 아니라 공시가격 현실화 90%가 되면 재산세, 종합부동산세 등이 모두 거래세로 이전되어 매매가격 상승을 가져올 것이 자명하다.

넷째, 양도소득세율을 인상하면 매매거래를 위축시켜 집값이 상승한다. 서울아파트 중위가격이 9억 원을 넘어섰다. 현 정부 들어서 집값이 평균 2~3억 원, 많게는 5~10억 원 이상 올랐다. 이 구간의 세율은 38~42%이다. 여기다 오는 6월부터 조정대상지역 2주택자는 20% 할증되어 58~62%의 양도소득세를 부담하게 된다. 납부한 대출이자는 필요경비 인정받지 못하면서 매도자는 세금 다 내고 나면 남는 것도 없다며 물건을 거두어들인다. 부동산 물건이 줄고 거래가 위축되니 자연스럽게 집값은 상승한다.

다섯째, 임대차보호법 정부개입 시 집값은 상승한다. 임차인을 보호하는 법 개정으로 임차인의 임대 갱신율은 당연히 높아졌다, 2년 전 가격을 더 보장받게 됐으니 그대로 눌러 사는 것이다. 형편이 좋아서 더 좋은 집으로 옮겨갈 수도 있고 줄여 가야 할 상황이 될 수도 있지만 전세 구하기가 힘들고 새로 전세를 구하자면 가격이 너무 올라 우선 눌러앉고 본다.

갱신율은 높아졌으나 시장에 나오는 거래물건은 줄어들게 되고 임대가 만료되는 물건은 4년 기간을 반영하여 임대가격은 급상승했다. 전세를 못 구한 세입자들이 어쩔 수 없이 집을 사려는 매수자로 돌아서면서 매매가격 상승으로 이어지는 악순환의 고리를 만든다.

서민과 젊은이들을 위한다는 부동산정책이 집값 올리는 정책이 되어 오히려 서민과 젊은이들을 울리는 부메랑이 되었다. 정부의 부동산대책은 소기의 목적이 있어 실시되었겠지만 규제 일변도의 정책은 빈부격차를 심화하고 미래 세대의 희망을 앗아갔으며, 세대 간의 장벽을 더 높이는 결과를 낳았다. 이제는 결자해지結者解之로 반시장적인 규제의 벽을 허무는 부동산정책을 부탁한다.

□ 연도별 평당 분양가 추이

[출처 : HOUSTA 주택정보포탈 / 단위 : 천원 / 3.3㎡ / 전용60~85㎡ 이하]

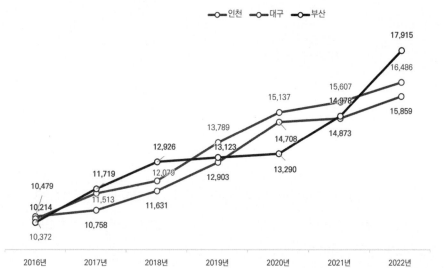

※ HUG보증단지에 한함.

지역	2016년	2017년	2018년	2019년	2020년	2021년	2022년
전국	9,296	9,840	10,654	11,673	12,335	13,644	14,695
서울	20,788	20,537	22,756	27,587	26,852	29,476	29,845
제주	8,961	10,628	11,517	12,261	14,574	23,397	19,939
부산	10,214	11,719	12,926	13,123	13,290	14,978	18,047
대구	10,372	11,513	12,079	13,789	15,137	15,607	16,506
경기	11,236	11,737	13,157	14,338	14,323	14,223	16,261
인천	10,479	10,758	11,631	12,903	14,708	14,873	15,890
광주	8,919	9,459	9,856	11,827	12,519	13,266	15,236
경북	7,396	7,778	8,478	8,800	9,528	10,294	11,535

집 팔라는 거야,
팔지 말라는 거야

2021. 01. 05.
매일신문 경제칼럼

지난해 정부가 스물네 번의 부동산정책을 발표했지만 시장은 냉담했다. 결국 아무것도 해결하지 못한 채 새해가 밝았다. 올해도 부동산은 문제성 많은 화젯거리가 될 것으로 보인다.

내 집 하나 있는 사람과 집 하나 없는 사람, 엄청나게 오른 집과 상대적으로 덜 오른 집, 강남에 수십억 원짜리 집을 가진 사람과 지방 중소도시에 집을 가진 사람, 영혼까지 끌어다 집을 사는 20~30대와 대출을 낼 수 없어 내 집 마련의 꿈마저 꿀 수 없는 사람까지…. 오늘날 대한민국에 살고 있는 우리 모두가 부동산에 매몰되어 있다.

대한민국 전체가 왜 부동산이라는 단일 재화에 이렇게 매몰돼 있는 것일까? 무엇보다 자고 나면 폭등하는 집값이 가장 큰 원인이다. 저금리에 갈 데 없는 돈이 부동산에 몰리면서 이제 집은 쏠쏠한 재미를 주던 소박한 재화가 아니라 로또 같은 투기의 수단이 되고 있다.

가만 있으면 뒤처질 것 같고 한번 나서자니 영혼까지 끌어와야 할 판이니 부동산에 매몰될 수밖에 없다. 여기에 가격을 안정시키겠다는 정부 대책마저 발표할 때마다 이를 비웃기라도 하듯 집값은 지속적으로 상승하고 있다.

경제활동을 하면서 집이 가장 좋은 재테크 수단임을 믿어 의심치 않았다. 내 집 하나쯤은 가져야 행복할 거라는 믿음 역시 우리를 지탱해 온 기본 가치다. 집은 그랬다. 가정의 행복을 담보하면서 쏠쏠히 재산을 불려가는 자유 시장경제에서 독특한 재화였다. 집은 우리에게 비바람을 막아주는 주거 개념 이상의 것이었다. 하지만 지금 대한민국은 부동산 광풍으로 집이 있어도, 집이 없어도 고통받고 있으며 계층 간의 상대적 박탈감으로 삶의 의욕마저 상실되어가고 있다.

지금껏 정부의 부동산대책을 보면 무엇보다 시장에 바탕을 두지 않고 장기적이지도 않다. 발표되는 부동산대책마다 일시적 응급 처방에 급급한 모양새다. 실제로 정부는 장기적으로 효과를 가져올 수 있는 공급 확대보다는 단기적으로 효과가 날 수 있는 수요 억제를 고집하고 있다. 최근에도 조정대상지역과 고분양관리지역을 대폭 확대 지정하는 등 주택정책에 근본적인 변화는 없다.

지금껏 그래왔듯이 이번에도 가시적인 성과는 아직 없다. 오히려 현금 부자들의 기회만 키웠고 서민을 위한다는 '임대차 3법'은 전세금 폭등, 전세 매물 실종을 가져왔으며 고분양가관리지역(분양가 제한) 지정은 로또 분양을 유발하는 등 정책의 엇박자를 보여줄 뿐이었다. 임대사업자 장려책으로 부동산 매물은 엉뚱한 곳으로 흘러들어 매물 품귀현상에 집값 급등을 자초했다. 정부는 팔라고 하지만 "팔고 나면 세금 다 내고 남는 게 없다."며 매도자들은 여전히 지켜보고 있다.

급등하는 주택가격을 억제하는 가장 확실한 수단은 공급 확대일 것이다. 하지만 현 정부는 임기 내 대량 공급이 불가능한 상황이 되자 주택가격 안정화 실패 이유를 다주택자 탓으로 돌리고 있다. 다주택자는 부정不正으로 부를 축적하는 사람으로 치부하고 국무위원과 고위 공무원들에게는 직을 유지하려면 집을 팔라고 강요하며 개인들에겐 집을 팔지 않으면 징벌적인 세금을 매기겠다며 으름장을 놓고 있다.

현 정부가 집권하고 있는 동안 얼마나 많은 사람들이 집을 팔고 나서 후회했을까? 매도하자마자 매일 상승하는 집값을 보면서 버티지 못한 자신을 얼마나 원망했을까? '지금 팔아야 하나?', '후회 안 할 자신은 있나?' 묻지 않을 수 없다.

다시 새해다. 오늘 떠오른 태양이 지난해 빛나던 그 태양과 다를 바 없지만 우리는 새것에 대해 유독 많은 의미를 부여한다. 옷장에 옷이 많아도 또 새 옷을 사고 몇 년 타지 않은 자동차가 잘 굴러가지만 신차에 마음이 쏠린다. 집도 마찬가지다. 누구나 오래된 집보다는 새집에 살고 싶어 한다. 인간의 욕망은 잠시 묻어둘 수는 있어도 버릴 수는 없는 것이다. 더 나은 삶을 추구하는 경제활동은 인간의 기본적인 욕망이다.

주택을 신규 취득하면 취득세를 중과하고, 매도하지 않고 보유하면 보유세를 중과하고 양도하면 양도소득세를 중과하는 법 안에서 도대체 집을 어떻게 하라는 말인가? 팔라는 것인가? 팔지 말라는 것인가? 국민들은 오늘도 헷갈린다. 앞뒤 안 맞는 정책으로 주택시장 안정화는 요원하지 않을까? 오늘도 염려스럽다.

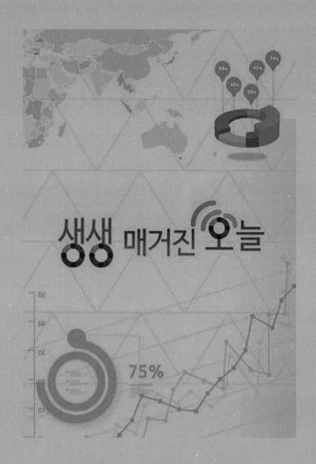

생생 매거진 오늘

KBS 대구

라디오 ON AIR

생방송 라디오
'어쨌든 경제' 이야기

▶ KBS 1라디오(FM 101.3MHz) '생생매거진 오늘'
▶ 매주 월~금 오전 11:05~11:57
▶ 제작:백명지, 진행:황진, 작가:서현명, 출연자:송원배
▶ 화요일 코너 '어쨌든 경제'는 지역의 경제 및 부동산을
  주제로 시민이 궁금해하는 현안과 화제를 다루고 있음

특례 보금자리론 신청 접수 4%대 고정금리

고금리에 따라 서민 실수요자의 금리 부담을 줄여주고자 시행되는 특례 보금자리론 대출 신청 접수가 1월 30일부터 시작되었습니다.

'어쨌든 경제'에서 특례 보금자리론 대출에 대해 자세히 알아봅니다.

대구한의대학교 송원배 겸임교수 나오셨습니다.

MC 1 지난 시간 특례 보금자리론 대출에 대해 못다 한 얘기 이어가도록 하겠습니다. 정부에서는 당초 발표한 대출금리를 더 인하한다죠.

특례 보금자리론은 금리 상승기에 변동금리로 인한 서민 실수요자의 위험부담을 덜어주기 위해 안심전환대출과 적격대출을 통합해 1년간 한시적으로 운영하는 정책금융상품입니다. 주택가격 9억 원 이하인 경우 소득제한 없이 최대 5억 원까지 대출이 가능한 상품이죠.

당초 금융권 안팎에서는 고금리와 총부채상환비율(DSR) 규제가 이어지는 상황에서 소득을 따지지 않는 특례 보금자리론을 이용할 경우, 기존보다 받을 수 있는 대출한도가 늘어나 실수요자들의 숨통이 트일 것이란 기대감이 높았어요. 그런데 최근 은행들이 대출금리를 줄줄이 인하하자 특례 보금자리론 대출의 차별적 장점이 적어 보이게 됐습니다. 정부는 1월 26일 특례 보금자리론 대출금리를 0.5% 낮추기로 했는데요, 우대형 금리는 4.15~4.45%가 되고요, 일반형은 우대형에 비해 0.1% 높게 책정됩니다. 저소득 청년들에게는 우대금리 3.25~3.55%가 적용됩니다.

MC 2 중도 상환수수료는 발생하지 않나요?

기존 주택 담보대출을 특례 보금자리론으로 갈아탈 경우 중도상환수수료는 모두 면제됩니다. 또 특례 보금자리론을 이용하다가 시중금리가 내려서 다른 은행 대출로 갈아타는 경우에도 중도상환수수료는 모두 면제됩니다. 현재 이용 중인 대출금리와 꼼꼼히 비교해서 유리한 쪽을 선택할 수 있겠습니다.

MC 3 특례 보금자리론을 1년간 한시적으로 운영하는 이유가 있나요?

금리 상승기에 서민 실수요자가 이용 중이거나, 이용하게 될 금리가 앞으로 얼마나 오를지 모른다면 불안하겠죠. 최대 50년 장기간 저금리로 높은 혜택을 적용하는 우대지원프로그램인 만큼, 우선 1년간 한시적으로 운영할 예정입니다. 정부는 향후 시중금리, 자금상황, 가계부채 추이를 종합적으로 판단하고, 서민 실수요자의 주거안정 상황을 검토해서 추후 운영 기간이나 연장 여부 등을 결정할 예정이라고 밝혔습니다.

MC 4 특례 보금자리론 신청부터 실제 대출실행까지 상당한 소요 기간이 걸린다고요?

대출한도 심사 등 필요절차를 거쳐 대출신청일로부터 30일 이후 대출실행이 가능합니다. 지금 신청한다 하더라도 2월에 잔금을 입금해야 하는 차주는 이용이 불가능할 수 있습니다. 이런 경우는 다른 대출 상품을 알아봐야겠지요. 대출이 필요한 차주는 반드시 일정을 여유 있게 준비하고 사전에 은행을 방문하셔서 상담해볼 것을 권해드립니다.

MC 5 담보주택 외 분양권이나 입주권을 가지고 있는 경우에도 이용이 가능한지요?

분양권과 조합원 입주권도 보유 주택 수에 포함되기 때문에 원칙적으로는 특례 보금자리론 이용이 불가한데요, 구입 용도에 한하여 2년 이내 기존주택 처분 조건으로 이용 가능합니다.

단, 특례 보금자리론 대출실행 이후 추가 주택 취득은 금지됩니다. 추가 주택을 취득한 경우 확인일로부터 6개월 이내 추가로 취득한 주택을 처분하거나 대출을 상환해야 합니다. 해당 기한 내 처분하지 않는 경우 기한이익 상실 처리되고, 3년간 보금자리론 이용이 불가합니다.

대상 주택은 건축법상 주택인 경우에 한정하고, 오피스텔, 생활형 숙박시설, 기숙사, 노인복지시설 등 주택법상 주택이 아닌 준주택은 이용이 불가합니다.

MC 6 소득이 없거나, 소득증빙은 어떻게 해야 하는가요?

차주 본인의 소득증빙만으로도 대출 이용은 가능하고요, 다만, 배우자 소득을 합산해 대출한도를 늘리거나, 부부합산소득 정보가 요구되는 우대금리 혜택을 받고자 하는 차주는 부부 모두 소득증빙이 필요합니다.

소득이 많을 때 유리한 것은 총부채상환비율(DTI) 60% 적용으로 최대한도 5억 원까지 이용을 할 수 있다는 것이고요, 소득이 적으면 유리한 것은 추가적으로 낮은 금리 혜택을 누릴 수 있다는 것입니다. 우대형은 1억 원 이하, 저소득 청년 6천만 원 이하, 신혼부부 7천만 원 이하라면 더 낮은 금리 혜택을 볼 수 있습니다.

폐업 또는 실직 휴직중인 경우에도 대출 이용이 가능합니다. 이 경우에는 건강보험료 또는 국민연금 납부내역으로 소득을 추정하여 대출심사를 합니다. 당연히 폐업 또는 실직 사실 확인서가 필요하겠죠. 휴직자는 휴직 직전 연간 소득으로 심사해서 서민과 사회적 취약계층을 배려한 고민이 엿보입니다.

MC 7 얼마 전 양도소득세의 비과세 특례기한이 연장되었다는데요. 자세한 설명 부탁드립니다.

1주택 외에 일시적으로 입주권이나 분양권을 취득한 경우 종전 주택을 일정기한 내 처분하면 양도세를 비과세하고 있습니다.

일시적 2주택자에 대한 처분기한은 신규주택 취득일부터 2년 이내에서 3년 이내로 연장하는 것을 지난 1월 12일 비상경제회의에서 발표했죠.

입주권 또는 분양권 취득일부터 3년 이내 종전 주택을 처분해야 비과세 혜택이 적용되지만, 취득일로부터 3년이 경과하더라도 특례 처분기한을 신규주택 완공일로부터 2년 이내로 운용하고 있었습니다.

기획재정부는 지난 1월 26일 보도자료를 통해 추가 개선방안을 밝혔는데요.

일시적 1주택자가 입주권 또는 분양권에 대한 양도세 비과세 특례 처분기한과, 재건축 재개발 기간 동안 거주할 대체주택 처분기한을 신규주택 완공일로부터 2년 이내이던 것을 3년 이내로 연장합니다.

이는 최근 주택거래 부진에 따라, 실수요자의 기존주택 처분이 어려워지고 있다는 점을 감안한 조치로 보이는데요. 적용시기는 일시적 2주택자에 대한 처분기한 연장과 적용시기를 맞춰 1월 12일 이후 양도하는 분부터 소급적용할 수 있도록 2월 중 소득세법 시행령 개정을 추진하겠다고 합니다.

MC 8 최근 우리 지역에서 입주를 앞둔 아파트가 공사 중단되며 주택도시보증공사로부터 사고 사업장으로 분류되었어요. 어떤 내용인가요?

달서구 장기동에 건립중인 지하 6층, 지상 30층 규모의 148세대의 주상복합아파트입니다. 사업주체는 준금산업개발(주)이고, 사업명은 인터불고 라비다 입니다.

주택도시보증공사는 1월 18일 분양보증사고 처분을 결정하고 분양계약자에게 안내문을 전달했는데요. 사고금액은 약 408억 원에 달합니다. 현재 공정률은 93.8%를 넘었으나 시행사의 자금난 등을 이유로 6개월 이상 공사가 중단된 것으로 알려졌습니다. 사고 사업장은 '17년 10월 분양승인을 득했고요, '21년 4월 준공예정이었는데 벌써 입주예정일을 넘긴 지 2년이 다 되어가고 있습니다.

주택경기가 호황일 때 분양해서 완전 분양되었지만, 시행사 대표가 횡령으로 구속되고 연대보증을 선 시공사도 자금난에 빠져 공사가 지체됐죠.

시공사의 회사 지분 매각을 시도했지만 실패로 돌아가고 결국 입주예정자들이 보증이행을 청구해 분양보증사고 사업장이 되었습니다.

MC 9 공사는 계속 이어갈 수 있나요. 입주예정자들은 어떻게 해야 하나요?

주택도시보증공사는 보증사고가 발생하면 준공을 완료해 분양이행을 하거나, 또는 현재까지 납부한 납부금을 돌려주는 환급이행을 하게 됩니다. 환급이행을 하는 경우는 보증이행 방법 회신문을 취합한 결과 분양계약자의 3분의 2 이상 환급이행을 선택한 경우에는 환급이행으로 결정하며, 그 이외의 경우는 보증공사에서 선택을 결정하게 됩니다.

그러나 인터불고 라비다의 경우 공사를 재개하여 준공으로 분양이행을 결정합니다. 왜냐하면, 건축공정률이 80%를 넘으면 환급이행은 보증 공사 내규 상 배제됩니다. 현재 공정률이 93.8%로 조금 더 공사를 진행시켜 완공하는 것이 사회적인 이익이라고 판단한 거죠.

MC 10 벌써 입주가 상당 기간 늦어지고 있는데, 앞으로 공사를 재개해서 준공까지 상당한 기간이 걸릴 텐데요. 해약하고 환급을 받을 수 있는 방법은 없을까요?

분양이행을 하는 경우 분양계약자는 환급이행을 요구할 수 없습니다. 다만, 당초 사업주체인 시행사·시공사가 계속 공사를 하는 사업장이 아닌 경우 예외 사항을 두고 있는데요.

- 세대주와 세대원 전원이 해외로 이주하는 경우
- 분양계약자가 사망한 경우
- 세대주 또는 세대원 중 1명의 취학, 질병요양, 생업상의 사정으로 세대원 전원이 해당 사업장과 동일한 시도에서 다른 시도로 퇴거한 경우
- 신용불량 등으로 분양계약을 유지하기 현저히 어려운 경우

위 사항에 대해 보증공사의 심사를 거쳐 환급이행이 될 수도 있습니다.

MC 11 입주 예정자들은 입주가 늦어지면 입주 지연금이나 배상을 받을 수 없나요?

분양 계약서상 입주가 지연되면 지체상금을 돌려받을 수 있지만, 사고사업장이 되면 돌려받지 못할 뿐만 아니라, 중도금 이자까지 물어내야 합니다.

보증공사의 보증 대상은 분양 계약서상의 납입계좌로 입금한 금액만이 유효합니다. 현재 분양계약자가 대출이자를 납부하고 있는 것으로 알고 있는데요. 당초 중도금1~2회 차는 유이자, 3~6회 차는 무이자가 적용되어 매월 시행사가 이자를 대납해 왔지만, 얼마 전부터 계약자들이 이자를 납부하고 있다고 합니다.

이외에 발코니 확장비와 별도로 신청한 유상 옵션 등은 보증대상이

아니기 때문에 추가 피해가 이어질 수도 있습니다.

MC 12 인터불고 라비다 입주 예정자들의 피해를 최소화하려면 어떻게 해야 하나요?

환급이행은 불가능한 상황이고요, 조속히 공사를 재개해서 빠른 준공이 최선의 방법이 될 것입니다.

보증공사는 사고 발생일로부터 3개월 내에 보증이행 방법을 결정하고 세부절차를 분양계약자에게 통보할 예정인데요. 시행사가 회생 절차 개시를 신청하면 신청일로부터 6개월이 경과해야 하니까 또 지체됩니다.

새로운 시공사를 찾는 것도 쉬운 일은 아닐 것입니다. 분양계약자들의 동의 아래 기존 시공사에 맡기는 방법도 있지만 자금 여력이 없는 건설사에 또 맡기는 것도 불안하고 이래저래 진퇴양난입니다.

'23년 1월의 부동산시장 상황이 궁금해요

고금리에 부동산가격 하락이 지속하고 있습니다.

물가 상승이 계속되고 있어 정부는 기준금리를 7회 연속 올리며, 한편에서는 부동산규제 완화 방안을 발표했습니다. '어쨌든 경제'에서 1월의 부동산시장 상황을 짚어보겠습니다.

MC 1 얼마 전 한국은행에서 기준금리를 또 올렸습니다. 대출을 이용하고 있는 가계에는 경제적인 부담이 커질 것으로 보이는데요?

한국은행은 1년에 금융통화위원회를 여덟 번 개최하고 있습니다. '22년 여덟 번 개최하면서 일곱 번 기준금리를 인상했고, '23년 첫 금융위원회에서도 0.25%를 올렸습니다. 지난해에 이어 연속으로 일곱 번 금리를 올려 현재 한국은행 기준금리는 3.5%가 되었지요. 이 숫자는 '08년 세계금융위기 이후 14년 2개월 만에 가장 높은 수준입니다.

기준금리가 오르면 시중은행 예금금리, 대출금리가 따라 올라서 가계대출을 이용 중인 모든 사람의 부담이 커질 것으로 보입니다. 특히, 영끌족이나 빚투족의 부담은 더욱 가중되어 한계에 봉착하는 경우도 있을 것으로 보이는데요. 한국은행은 기준금리가 0.25% 오를 때 대출금리

상승 폭이 같다면 가계의 대출이자 부담이 약 3조 3천억 원 증가한다고 추산했습니다.

MC 2 이제 더 이상 금리를 올리기엔 부담스러울 거라는 얘기가 나오고 있습니다. 그렇다면 올해의 금리 전망은 어떤가요? 하반기에는 안정될까요?

기준금리 추가 인상을 두고는 관측이 엇갈리고 있습니다. 올 하반기나 내년 초까지 기준금리를 동결할 거라는 의견과 미국의 정책 기조에 따라 조금 더 오를 거라는 견해가 팽팽합니다.

금통위는 성장의 하방 위험과 주요국 통화정책 변화 등을 면밀히 점검하면서 추가 인상 필요성을 판단하겠다고 합니다. 국내 상황은 경기 둔화 압력이 고조됨에 따라 금리상승이 제한적이고 안정을 추구할 것이라 볼 수 있겠죠. 하지만 국외 사항은 좀 다릅니다. 미국의 물가상승과 금리인상이 변수로 작용하기에 추가 인상이 있을 수 있다고 보는 것이죠.

MC 3 정부는 1월 3일 부동산시장 안정방안을 발표했습니다. 서울 규제지역을 추가로 해제했고 실거주 의무 방침도 폐지했습니다. 이번 안정방안에 대한 설명을 부탁합니다.

정부는 부동산규제를 완화함으로써 시장을 회복시키겠다는 정책을 분명히 밝혔습니다. 그래서 서울 강남 등 4개 구만 규제지역으로 남게 됐죠. 서울과 수도권 부동산시장이 급속도로 얼어붙고 있다는 방증입니다. 대구도 '22년 6월 말과 9월에 해제됐죠.

실거주의무 방침도 폐지되었는데요. 수도권 투기과열지구에서는 분양가상한제를 적용하니까 시세보다 저렴하게 주택을 공급했어요. 그러니 당첨이 곧 로또인데, 당첨된 계약자는 준공이 돼도 실제로 살지 않고 전세나 월세를 놓는 겁니다.

그래서 지난 정부에서는 집주인이 전월세를 놓지 못하게, 준공 후 2년~5년 동안 의무적으로 실거주하도록 했지요. 가뜩이나 주택이 부족한 상황에 전매제한으로 묶고, 실거주 의무로 묶으니 주택시장은 유통이 안 되고 주택가격 상승만 부채질했다는 비판이 꾸준히 제기되어 왔습니다. 이를 해결하기 위해서 현 정부는 주택법을 1분기 내 개정하기로 하고, 법 개정 이전에 실거주 의무가 부과된 경우에도 소급 적용하기로 했습니다.

MC 4 실거주 의무가 없어지면 팔고 싶을 때 팔 수 있는 상황이 되는 것입니다. 이번에 발표된 규제 완화 가운데 분양권 전매 제한도 포함돼 있는데, 지역에는 어떤 영향이 미칠까요?

광역시의 경우 현재 전매 제한 기간은 3년입니다. 아파트 분양을 받은 자가 3년 이내에는 매매할 수 없도록 한 규제죠. 분양권을 투기수단으로 쓸 수 없도록 하기 위한 전 정부의 강력한 조치였습니다. 현 정부에서는 이를 부동산시장의 지나친 억제로 보고 완화에 들어갔는데요. 수도권의 전매 제한은 5~10년이었던 것을 3년으로, 공공택지는 1년, 광역시는 3년이었던 것을 6개월로 단축했습니다. 이외의 지역은 전매 제한 적용을 받지 않습니다.

MC 5 그런데 지금과 같은 거래절벽 상황에서 분양권 거래가 가능하더라도 아파트를 사려고 할까요?

현재 대출금리가 매우 높고 거래가 절벽인데 분양권 전매 허용이 무슨 소용이냐고 하시는 분들이 많습니다. 대구는 3년 전매 제한 해제로 매매시장에 나올 수 있는 물건이 수만 세대가 되는데, 그렇게 되면 앞으로 아파트 가격이 더 하락하지 않겠냐는 의견도 있습니다.

계약자로서는 반가운 일이죠. 주택가격은 내려가고 있는데, 전매 제한에 묶여 팔지도 못하고 재산권 행사를 할 수 없는 상태로 속수무책이었는데, 이제는 전매할 수 있게 됐으니까요. 주택법 시행령 개정을 1분기에 예정하고 있어, 자세한 시장 분위기는 좀 더 지켜봐야겠습니다.

MC 6 이번에 나온 규제 완화 방안 중 1주택 보유자의 처분조건부 주택의 처분조건이 폐지되면 시장의 급매는 좀 줄어들 수 있을까요?

과거 청약이 과열되던 때에 규제지역에서 1주택자가 청약에 당첨된 경우, 기존에 보유하고 있던 주택을 입주 가능일로부터 6개월 내 처분해야 하는 조건이 있었습니다. 수도권과 광역시의 민영주택 1순위 청약에서 추첨제 물량 25%가 대상이었죠.

그러나 최근 거래 침체 등으로 기존주택의 처분이 어려워지며, 입주나 잔금 납부가 원활하지 않은 문제가 발생하고 있습니다. 집이 팔리고 안 팔리고는 집주인이 해결할 수 있는 상황이 아닌데 답답한 일이죠.

그래서 이번에 처분조건부로 당첨된 경우 입주 전 처분의무를 폐지하기로 한 것입니다. 기존 집이 1채인 경우, 안 팔아도 된다는 거죠. 법 개정 후 기존 대상자 모두 소급 적용할 예정이라고 합니다. 경제적 여유가 있는 사람도 무조건 팔아야 하는 강행규정이었는데, 앞으로 팔지 않아도 되니까 일반매물은 조금 감소할 수 있을 것으로 보입니다. 급매도 조금 줄어들지 않을까 예상해 볼 수 있겠죠.

MC 7 　투기를 방지하기 위해 만든 주택도시보증공사의 중도금대출 보증대상 아파트의 가격 상한선과 중도금대출 보증금액도 폐지한다죠?

주택도시보증공사의 중도금대출 보증이 가능한 주택의 분양가 상한선이 9억 원에서 12억 원으로 지난해 11월 상향됐지요. 그래도 여전히 분양가 12억 원이 넘는 주택은 실수요자들의 청약기회가 제한되었습니다.

예를 들면 서울 둔촌주공의 1만 2천 세대 중 일반분양 4,786세대의 12억 원 초과주택은 분양보증이 되지 않았어요. 그러니까 대출 없이 분양가 모두를 자납해야 하는 상황이었지요. 이 아파트도 대출할 수 있게되는 거죠.

또한 HUG의 중도금대출보증에서 규제지역은 세대별 1건, 규제지역 관계없이 1인당 5억 원까지만 대출할 수 있었어요. 분양가는 계속 오르는데 자금 조달에 어려움이 많았죠.

정부는 1분기 내 HUG의 내규를 개정하고 분양가 12억 원 상한선과 인당 5억 원 기준 모두를 폐지하기로 했습니다. 미분양이 급속히 증가하고 있는 상황에 분양시장 활성화를 지원하는 정책이라 볼 수 있습니다.

MC 8 금융위원회가 1월 30일부터 특례보금자리론 신청을 받는다고 지난주 발표했습니다. 특례보금자리론은 어떤 내용인가요?

특례보금자리론이 나온 배경은 기준금리 인상이 점차 대출금리 인상으로 반영되면서 서민 실수요자의 이자 부담이 빠르게 커지고 있기 때문입니다.

금리 상승기에 서민과 실수요자의 내 집 마련을 돕고, 고정금리로 대출금리 추가 상승에 따른 위험을 줄여주자는 것이죠. 가계부채의 질적 구조를 개선하기 위한 정책으로, '23년 한 해 동안 한시적으로 일반형 안심전환과 적격대출을 통합해서 운영하도록 하는 제도입니다.

MC 9 지난번 안심전환대출의 경우 조건이 너무 까다롭다는 지적이 나왔습니다. 특례보금자리론의 지원 대상자는 어떻게 될까요?

우선 주택가격이 9억 원 이하가 대상입니다. 가격 기준은 kb시세, 한국부동산원 시세, 주택공시가격, 감정평가액 순으로 가격을 적용합니다.

무엇보다 기존 보금자리론은 소득이 7천만 원 이하 대상자가 해당이 되었는데, 이번에는 소득 제한이 없습니다. 단, 우대금리 적용을 받기 위해서는 본인과 배우자의 소득자료 증빙은 필요하죠.

주택 수 여부는 무주택자의 주택 구입용도와 1주택자까지 신청 가능하며, 대체 취득을 위한 일시적 2주택자의 경우 기존주택을 2년 이내 처분하는 조건으로 특례보금자리론 대출이 가능합니다.

자금 용도는 신규로 주택을 취득하는 구입 용도와 기존에 이용 중인 비싼 고금리 대출에서 저금리 대출로 갈아타는 상환용이나, 임차인의 보증금반환을 위한 보전 용도로 구분됩니다.

MC 10 대출한도나 지원내용도 알려주시죠.

최대 5억 원 이내에서 대출을 받을 수 있는데요. 주택담보인정비율 LTV 70% 적용됩니다. 생애 최초주택구입자는 LTV 80%까지 인정받을 수 있지만, 총부채상환비율 DTI 60% 내에서만 대출할 수 있습니다.

총부채원리금상환비율(DSR)을 적용하지는 않지만 이자를 상환할 소득이 얼마라도 있어야 하고 소득이 적으면 대출금액이 줄어들 수 있습니다.

MC 11 금리부담은 많이 낮아질까요?

납부기한은 최소 10년부터 최대 50년 만기까지 가능한데, 기간이 길어지면 금리가 조금씩 높아집니다. 주택가격 6억 원 이하, 부부소득 1억 이하이면 우대형으로 금리는 4.65~4.95% 적용되고, 주택가격 6억 원 이상이면서 부부소득 1억 원 이상이면 일반형으로 우대형보다 금리가 0.1% 높습니다. 또 저소득층에게는 추가로 금리 혜택을 주고 있어서 최

대 3.75~4.05%까지 적용될 수 있고요. 신청 방법은 1월 30일부터 한국
주택금융공사 홈페이지에서 신청 가능합니다.

※ 시행 직전 시중은행의 대출금리가 인하되며, 특례보금자리론의 금
리가 높다는 지적에 따라 일률적으로 0.5%씩 인하키로 함.

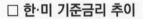

□ 한·미 기준금리 추이

[출처 : 한국부동산원 R-ONE]

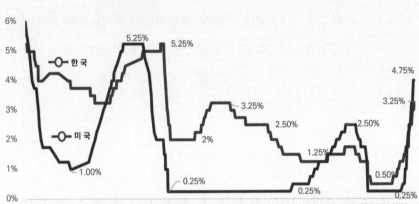

□ 주택시장경기 예측

[출처 : REPS(임대제외) / 단위 : 세대수]

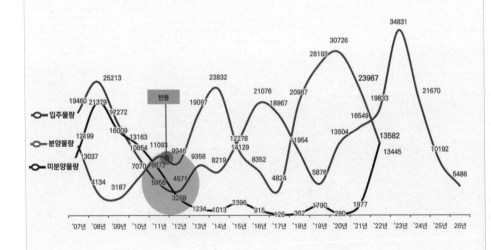

'23년 부동산정책 방향과 전망

정부가 '23년 경제정책 방향을 발표했습니다.

부동산시장 연착륙을 위해 빠르게 규제를 풀겠다고 합니다. 올 '23년 한 해 부동산정책 방향과 전망에 대해 '어쨌든 경제'에서 자세히 살펴봅니다.

MC 1 정부에서는 부동산시장 연착륙을 위해 여러 가지 규제완화정책을 발표하고 있는데 주요 내용은 어떤 것인지 궁금합니다.

전체적으로 부동산 규제완화 내용입니다. 첫째, 우선 취득세와 양도세 세율을 감면하겠다는 것. 둘째, 실수요자에 대한 규제 개선 및 서민주거부담을 줄이겠다는 것. 셋째, 민간등록 임대사업자의 아파트 부분 등록 재개를 허용한다는 것입니다.

어제는 서울의 규제정책인 투기지역, 투기과열지구, 조정대상지역까지 규제해제를 검토하고 있다고 갑작스럽게 발표했죠. 정부의 부동산 규제완화는 계속 나올 것이라 보이네요.

MC 2 집을 살 때 내는 취득세는 어떻게 달라지는지 짚어주시겠습니까?

개편되는 사항은 규제지역 관계없이 2주택까지는 1~3%의 일반세율이 부과됩니다. 3주택은 4%, 4주택자와 조정지역 3주택자는 6%의 세율을 적용할 예정입니다. 법인은 주택 수 관계없이 6% 취득세가 부과됩니다.

부동산시장 급락 방지를 위한 대책이지만 이렇게 한다고 해서 주택 매매 거래가 활성화될 것으로 기대하기는 어려울 것 같습니다. 법인과 다주택자의 취득세 6%는 거래를 활성화하기에 여전히 높은 세율입니다.

제대로 거래를 촉진하고 부동산시장을 연착륙시키고자 한다면 취득세 1% 구간을 6억 원에서 9억 원으로 상향시켜야 합니다. 또한, 다주택자와 법인 취득세는 3% 단일세율로 일원화시켜야 힘을 받죠. 다주택자인 등록 임대사업자에게 취득세를 50~100%까지 감면해주고 있다는 사실을 안다면 취득세를 중과할 이유는 없어 보입니다.

MC 3　취득세 완화는 했지만, 세율을 더 낮춰야 효과를 기대할 수 있다는 말씀으로 이해됩니다. 그러면 양도세는 어떻게 달라지나요?

다주택자의 양도세 중과 배제는 '22년 5월에 개편돼서 1년간 한시적으로 중과세를 없앴지만, 다시 1년 기한을 연장해 '24년 5월까지 유예할 예정입니다.

정부는 분양권, 입주권, 일반 주택의 단기 양도세율을 20년 이전 수준으로 환원하겠다고 약속하고 있습니다. 1년 미만의 단기거래 시 양도소득세는 현행 70%에서 45%로 완화하고, 분양권 거래는 1년 이상부터 소유권 이전까지 단일세율 60%에서 일반세율로 완화합니다. 주택과 입주권은 1년 이상 2년 미만 보유 후 거래 시 단일세율 60% 부과에서 일반세율로 내렸습니다.

또 다주택자에 대한 대출 규제완화도 발표했는데요. 현재 규제지역 내 다주택자에 대한 주택담보대출이 전면 금지되어있으나, 주택담보대출 비율인 LTV를 30%까지 확대 적용하기로 했습니다.

그러나 다주택자에 대해 LTV를 30% 확대한들 총부채원리금상환비율인 DSR에 묶여있으니 별 의미는 없어 보입니다. 예전처럼 하나의 담보물권에 대해서는 같은 담보인정비율을 적용하는 게 시장의 논리인데, LTV 30% 비율로 거래를 활성화하기에는 미흡한 조치라고 보입니다.

MC 4 실수요자에 대한 규제 개선과 서민주거부담 완화 추진내용은 어떤 게 있나요?

현재 청약으로 당첨된 실수요자들에게 너무 과도한 전매 제한을 두고 있는데요. 분양가 상한제 아파트는 최장 10년까지 전매금지 되고, 광역시는 전매 제한 3년에 묶여있습니다. 지역별 시장 상황을 고려해 합리적인 수준에서 조정하기로 발표했죠. 개정 시기는 1분기 이내에 구체적인 방안을 내놓겠다고 하는데요.

지금까지는 현재 보유 중인 주택에 대해서도 대출을 규제하고 있었죠. 가계 생활 안정자금이나 임차보증금 반환 목적의 대출로 2억 원까지만 허용하고 있었지만, 주택 구입 시와 동일하게 LTV 규제를 적용하기로 했습니다.

재산세 부담도 줄여주기로 했는데요. 1주택 자에 대해서는 재산세 공정시장가액 비율을 현 45%보다 낮은 수준으로 인하할 계획이라고 밝혔습니다. 주택가격 하락으로 공시가격도 많이 내려가겠죠. 때문에, 재산세는 지난해보다 낮아질 것 같습니다.

MC 5 등록 임대사업자 제도는 어떻게 달라지는지 궁금합니다.

정부가 등록된 아파트 임대사업자에게 세제혜택을 주어서 임대차 시장을 안정시키고자 하는 것입니다. 등록요건은 전용 85㎡ 이하의 국민주택 규모로 한정하고 임대 기간은 10년 이상 보유한 경우에 적용됩니다.

취득세는 신규아파트를 매입할 때 60㎡ 이하는 85~100%를 감면하고 60~85㎡ 이하 주택은 50%의 취득세를 감면해줍니다. 신규 아파트를 매입해서 임대로 취득세 감면을 받으려면, 기존에 보유한 주택이 아니라, 신규로 20호 이상을 취득해야 합니다. 또한 취득 당시 가액이 수도권 6억 원, 비수도권 3억 원 이하 주택이어야 합니다.

등록 임대사업자일 때 양도세는 중과되지 않고 종합부동산세도 합산되지 않습니다.

6억 원 이하 주택이니까 당연히 종부세가 부과될 일도 없겠죠. 또 법인은 매입 임대주택 등록 시 법인세 외의 추가 과세로 양도차익의 20% 부과하던 것을 배제해 줍니다.

MC 6 폐지하기로 했던 임대사업자 부활에 대해선 막상 뚜껑을 열어보니 별 내용이 없다는 얘기도 나오는데 무엇이 문제일까요?

이번 대책이 시장에서 실제로 호응을 얻기는 쉽지 않을 것 같습니다. 문재인 정부에서 임대사업자로 등록하면 많은 혜택을 준다며 유인해놓고는 막상 집값이 오르니까 투기 주범으로 몰아세우며 철퇴를 내렸지요. 투자자들이 쉽게 임대사업자로 등록하지는 않을 겁니다. 또 매입대상 주택이 수도권 6억 원 이하, 비수도권 3억 원 이하인데, 이 가격으로 살 수 있는 신규주택이 어디 얼마나 있을까요? 오피스텔을 얘기한다면 모르겠지만, 분양가격과 주택가격이 이렇게 올랐는데 지금 임대사업자가 매입할 수 있는 아파트가 얼마나 있을지 의문입니다. 정부가 실질적인 부동산시장을 읽지 못하는것으로 보입니다.

MC 7 '23년 부동산시장 전망에 대해 한번 살펴보겠습니다. 대구는 입주물량이 사상 최대라고 하는데 어떻게 봐야 할까요?

'23년 대구 입주 아파트는 3만 4,800세대이며 임대 아파트를 포함하면 3만 6,000세대입니다. '22년부터 매물이 쏟아지면서 가격이 하락하고 거래가 실종된 상태인데요. 올해 본격적인 입주가 시작되면 가격하락은 계속 이어질 것으로 보이지만 거래는 지난해보다는 다소 증가할 것으로 예상합니다. 아파트 가격이 바닥까지 내려왔다고 생각되면 실수요자의 저가매수가 시작될 것으로 보이기 때문입니다.

입주 아파트는 입주 시점이 가장 저점입니다. 입주가 완료되면 더는 급매를 내놓을 이유가 없어지니까 가격은 분양가 수준으로 다시 회복하게 됩니다. 실수요자라면 관심 있는 지역의 입주 아파트 매수를 고려해보는 것도 좋은 방안이 될 것으로 보입니다.

MC 8 부동산가격이 안정되려면 금리 인상이 멈춰야 하는데 '23년 전망은 어떻게 될까요?

급격한 금리 인상은 '22년에 모두 이뤄졌다고 해도 과언이 아닐 것입니다. 여덟 번의 금융통화위원회가 열리면서 7번 금리를 올렸습니다. 이에 따라 한국은행 기준금리는 1%이던 것이 3.25%까지 치솟았죠. 하반기부터 물가상승률이 낮아지면서 금리는 차차 안정을 찾을 것으로 보이는데요. 미국과 금리 인상차가 있지만, 안정적인 환율을 보면 우리 경제가 잘 버티고 있다고 할 수 있습니다.

'23년의 금리 인상은 한두 차례 있겠지만 인상 폭은 크지 않으리라고 예상되고요, 하반기부터 경제 활성화 차원에서 금리 인하 시기에 대한 논의도 시작될 것으로 보입니다. 기준금리 인하가 부동산시장의 전환점이 될 수 있겠죠.

MC 9 앞으로 미분양 상황은 어떻게 예상됩니까?

신규분양이 감소했다고는 하지만 부동산시장이 침체하면서 초기 계약률 부진이 고스란히 미분양으로 쌓이고 있습니다. 또 하나는 미분양 해소에 진전이 없다는 것인데요. 입주 아파트를 저렴한 시세에 살 수 있는데 굳이 비싼 신규 분양 아파트를 사지 않겠다는 겁니다. 신규 분양의 가격적인 메리트가 사라진 거죠. '23년 신규 공급은 감소하겠지만 분양 초기 미계약 물량이 해소되지 않으면서 미분양은 신규 공급량에 따라 더욱 증가할 것으로 보입니다.

MC 10 정부에서 계속 부동산 규제완화 대책을 내놓고 있습니다. 규제완화 대책에 따라 시장이 반응할까요?

부동산시장이 과열되던 때에 나온 대책들은 앞으로 모두 폐기될 것입니다. 현 정부에서 규제를 완화하고 있지만 문재인 정부의 강력한 부동산대책들을 하루아침에 모두 지우지 못하고 기간별 부분 해제를 하고 있습니다. 부동산이 급락하는 시점에 과감하게 모든 규제를 해제해야 하는데 쉽지가 않네요.

더 나아가서, 부동산 경기 활성화 대책을 조속히 마련해서 급락을 막아야 합니다. 부동산이 올라도 문제이지만 급락 시점에는 더 큰 사회적 문제와 비용을 초래하게 됩니다. 부동산이 개인 자산의 70%를 차지하는데 하락하고 있으니 국민의 고통이 커지고 있다고 볼 수 있죠.

□ '22년 대구아파트 입주 물량

민영 아파트

NO	구	읍면동	입주	단지명	세대수
1	달서구 (5,146세대)	장기동	3월	장기동인터불고라비다	148
2		월성동	4월	월성삼정그린코아카운티	202
3		월성동	6월	월성삼정그린코아에듀파크	1,392
4		성당동	6월	성당태왕아너스메트로	222
5		감삼동	7월	죽전역동화아이위시	392
6		진천동	7월	진천역라온프라이빗센텀	585
7		감삼동	8월	대구빌리브스카이	504
8		감삼동	9월	힐스테이트감삼	391
9		감삼동	10월	죽전역화성파크드림	144
10		두류동	11월	두류파크KCC스위첸	785
11		진천동	11월	월배역우인그레이스	48
12		두류동	12월	두류센트레빌더시티	333
13	중구 (4,625세대)	남산동	3월	남산자이하늘채	1,368
14		대봉동	3월	더샵리비테르2차	613
15		대봉동	3월	더샵리비테르1차	724
16		태평로3가	7월	대구역경남센트로펠리스	144
17		대봉동	9월	대봉서한포레스트	469
18		동산동	10월	청라언덕역서한포레스트	302
19		남산동	11월	반월당역서한포레스트	375
20		동인동3가	12월	엑소디움센트럴동인	630
21	달성군 (2,622세대)	다사읍	3월	메가시티태왕아너스	857
22		다사읍	5월	힐스테이트다사역	674
23		화원읍	8월	화원신일해피트리꿈의숲	553
24		화원읍	9월	화원파크뷰우방아이유쉘	538
25	남구 (2,616세대)	대명동	2월	나나바루아(102동)	60
26		대명동	6월	교대역하늘채뉴센트원	975
27		대명동	8월	대명역센트럴엘리프	1,051
28		대명동	9월	대명헤리티지	31
29		봉덕동	12월	봉덕2차화성파크드림	499
30	수성구 (2,171세대)	범어동	1월	힐스테이트범어센트럴	343
31		황금동	3월	힐스테이트황금엘포레	750
32		범어동	3월	빌리브범어2차	208
33		중동	3월	수성데시앙리버뷰	278
34		두산동	8월	수성레이크푸르지오	332
35		만촌동	11월	만촌역서한포레스트	102
36		범물동	12월	더트루엘수성	158
37	동구 (1,751세대)	신천동	3월	동대구역우방아이유쉘	322
38		신천동	5월	동대구역더샵센터시티	445
39		율암동	7월	대구안심뉴타운시티프라디움	431
40		신천동	8월	동대구역센트럴시티자이	553
41	서구 (902세대)	내당동	6월	e편한세상두류역	902
	총 41개 단지				19,833

행복주택·임대 아파트

NO	구	읍면동	입주	단지명	세대수
1	북구 (820세대)	국우동	10월	대구도남A1(행복주택)	562
2		국우동	10월	대구도남A1(국민임대)	258
	총 2개 단지				820

162

□ '23년 대구 입주 물량-1

민영 아파트

NO	구	동	입주시기	단지명	세대수
1	동구 (8,561세대)	율암동	23.01	호반써밋팟이스텔라(B3)	315
2		신암동	23.02	동대구해모로스퀘어이스트	935
3		율암동	23.03	대구안심파라곤프레스티지(B4)	759
4		효목동	23.03	동대구2차비스타동원	627
5		신암동	23.04	동대구해모로스퀘어웨스트	1,122
6		신암동	23.06	동대구역화성파크드림	1,079
7		신암동	23.07	해링턴플레이스동대구	1,265
8		신암동	23.09	동대구더센트로데시앙	860
9		용계동	23.10	용계역푸르지오아츠베르(1단지)	745
10		용계동	23.10	용계역푸르지오아츠베르(2단지)	568
11		신기동	23.11	신기역극동스타클래스	142
12		신천동	23.12	동대구동화아이위시	144
13	수성구 (7,878세대)	만촌동	23.01	해링턴플레이스만촌	152
14		만촌동	23.01	만촌자이르네	607
15		신매동	23.01	시지라온프라이빗	207
16		중동	23.02	수성뷰웰리버파크	266
17		지산동	23.05	더샵수성라크에르	899
18		욱수동	23.06	시지삼정그린코아포레스트	667
19		범어동	23.07	쌍용더플래티넘범어	207
20		중동	23.08	수성센트럴화성파크드림	156
21		수성동4가	23.08	빌리브헤리티지	146
22		시지동	23.09	시지센트레빌	120
23		수성동1가	23.10	더샵수성오클레어	303
24		파동	23.10	수성더팰리스푸르지오더샵	1,299
25		중동	23.10	수성푸르지오리버센트	714
26		파동	23.12	수성해모로하이엔	795
27		범어동	23.12	수성범어W	1,340
28	서구 (7,072세대)	평리동	23.03	서대구KTX영무예다음	1,418
29		평리동	23.04	서대구역서한이다음더퍼스트	856
30		원대동3가	23.08	서대구센트럴자이	1,526
31		평리동	23.10	서대구역반도유보라센텀	1,678
32		평리동	23.10	서대구역화성파크드림(7구역)	1,594

163

□ '23년 대구 입주 물량-2

민영 아파트

NO	구	동	입주시기	단지명	세대수
33	중구 (4,214세대)	남산동	23.01	청라힐스자이	947
34		달성동	23.06	달성파크 푸르지오 힐스테이트	1,501
35		삼덕동2가	23.08	빌리브 프리미어	200
36		수창동	23.09	대구역 제일풍경채 위너스카이	604
37		대신동	23.10	청라힐지웰 더 센트로	159
38		태평로2가	23.10	힐스테이트 대구역	803
39	달서구 (2,240세대)	감삼동	23.05	해링턴플레이스감삼	200
40		본동	23.05	달서코아루더리브	162
41		두류동	23.06	빌리브파크뷰	92
42		죽전동	23.06	빌리브메트로뷰	176
43		본동	23.07	빌리브클라쎄	235
44		죽전동	23.10	죽전역시티프라디움	80
45		감삼동	23.11	죽전역코아루더리브	274
46		송현동	23.12	한양수자인더림팰리시티	1,021
47	달성군 (2,083세대)	다사읍	23.03	다사역금호어울림센트럴	869
48		화원읍	23.04	설화명곡역우방아이유쉘	320
49		유가읍	23.11	대구테크노폴리스예미지더센트럴	894
50	북구 (1,938세대)	고성동1가	23.05	대구역오페라더블유	989
51		태전동	23.05	태전역광신프로그레스	532
52		고성동3가	23.09	오페라센텀파크서한이다움	417
53	남구 (845세대)	이천동	23.03	대봉교역태왕아너스	412
54		이천동	23.08	대봉교역금호어울림에듀리버	433
총 세대수					34,831

행복주택·임대 아파트

NO	구	읍면동	입주	단지명	세대수
1	북구 (1,228세대)	도남동	2월	대구도남A2(국민임대)	800
2		도남동	2월	대구도남A2(행복주택)	400
3		침산동	5월	대구침산(행복주택) 산업단지형	28
총 3개 단지					1,228

164

□ '24년 대구 입주

민영 아파트

NO	구	동	입주시기	단지명	세대수
1	달서구 (4,732세대)	본리동	24.01	죽전역태왕아너스	230
2		용산동	24.02	대구용산자이	429
3		본리동	24.02	뉴센트럴두산위브더제니스	316
4		죽전동	24.02	죽전역에일린의뜰	959
5		감삼동	24.05	해링턴플레이스감삼Ⅱ	200
6		감삼동	24.06	힐스테이트감삼센트럴	393
7		본리동	24.06	달서SK VIEW	1,196
8		진천동	24.11	월배라온프라이빗디엘	555
9		두류동	24.12	두류중흥S클래스센텀포레	454
10	동구 (3,962세대)	신암동	24.02	동대구역엘크루에비뉴원	191
11		신암동	24.03	동대구역센텀화성파크드림	1,458
12		신천동	24.04	더샵디어엘로	1,190
13		신암동	24.04	동대구역골드클래스	329
14		효목동	24.07	동대구푸르지오브리센트	794
15	중구 (3,911세대)	도원동	24.02	힐스테이트도원센트럴	894
16		동인동1가	24.04	힐스테이트동인센트럴	410
17		동인동1가	24.06	센트럴대원칸타빌	410
18		서성로1가	24.07	중앙로역푸르지오더센트럴	298
19		남산동	24.08	해링턴플레이스반월당2차	419
20		삼덕동2가	24.09	동성로SK리더스뷰	335
21		태평로3가	24.10	힐스테이트달성공원역	320
22		대봉동	24.10	대봉서한이다움	541
23		남산동	24.12	명덕역루지움푸르나임	152
24		태평로1가	24.12	대구역한라하우젠트센트로	132
25	북구 (2,590세대)	고성동1가	24.02	힐스테이트대구역오페라	937
26		노원동1가	24.03	북구청역푸르지오에듀포레	499
27		고성동1가	24.04	대구오페라스위첸	854
28		침산동	24.09	더샵프리미엘	300
29	수성구 (2,373세대)	파동	24.03	수성레이크우방아이유쉘	394
30		두산동	24.06	호반써밋수성	301
31		파동	24.07	수성센트레빌어반포레	310
32		만촌동	24.07	만촌역태왕THE아너스	450
33		만촌동	24.09	엘크루가우디움만촌	41
34		수성동1가	24.11	수성자이르네	219
35		만촌동	24.12	힐스테이트만촌역	658
36	남구 (2,130세대)	봉덕동	24.05	힐스테이트앞산센트럴	345
37		이천동	24.10	교대역푸르지오트레힐즈	924
38		대명동	24.11	힐스테이트대명센트럴	861
39	서구 (1,404세대)	평리동	24.08	서대구역센텀화성파크드림	1,404
40	달성군 (568세대)	화원읍	24.10	화원동화성아이위시	568
				총 세대수	21,670

□ '25년~'26년 대구 입주

NO	구	동	입주시기	단지명	세대수
1	서구 (2,902세대)	내당동	25.07	두류스타힐스	840
2		비산동	25.07	힐스테이트서대구역센트럴	762
3		내당동	25.08	두류역자이	1,300
4	달서구 (1,961세대)	두류동	25.01	두류역서한포레스트	480
5		감삼동	25.02	이안엑소디움에이펙스	117
6		본동	25.06	빌리브라디체	520
7		감삼동	25.07	해링턴플레이스감삼III	363
8		본동	25.12	달서롯데캐슬센트럴스카이	481
9	북구 (1,934세대)	읍내동	25.02	화성파크드림구수산공원	520
10		관음동	25.02	태왕아너스프리미어	200
11		칠성동2가	25.03	빌리브루센트	258
12		칠성동2가	25.04	대구역자이더스타	424
13		고성동1가	25.07	태왕THE아너스오페라	532
14	중구 (1,723세대)	태평로3가	25.05	힐스테이트대구역퍼스트	216
15		태평로3가	25.05	힐스테이트대구역퍼스트2차	174
16		동인동1가	25.05	힐스테이트동인	941
17		공평동	25.11	더샵동성로센트리엘	392
18	수성구 (755세대)	파동	25.01	수성포레스트스위첸	755
19	남구 (660세대)	대명동	25.11	영대병원역골드클래스센트럴	660
20	동구 (257세대)	신천동	25.01	더센트럴화성파크드림	257
				총 세대수	10,192

NO	구	동	입주시기	단지명	세대수
1	남구 (3,000세대)	대명동	26.02	힐스테이트대명센트럴2차	977
2		대명동	26.04	대명자이그랜드시티	2,023
3	달서구 (1,265세대)	본리동	26.03	달서푸르지오시그니처	993
4		본동	26.06	더샵달서센트엘로	272
5	북구 (822세대)	칠성동2가	26.02	힐스테이트칠성더오페라	577
6		칠성동2가	26.04	대구역센트레빌더오페라	245
7	수성구 (399세대)	범어동	26.02	범어자이	399
				총 세대수	5,486

행복주택·임대 아파트

NO	구	읍면동	입주	단지명	세대수
1	북구 (446세대)	칠성동2가	1월	칠성호반써밋하이브파크(민감임대)	446
				총 세대수	446

새해 부동산정책의 변화 방향

'23년 새해를 앞두고 부동산정책의 변화가 예상됩니다.
부동산정책의 변화 내용을 '어쨌든 경제'에서 자세히 살펴봅니다.

MC 1　매년 새해가 되면 새롭게 바뀌는 부동산정책들이 발표됩니다. 변화하는 부동산정책에 대한 정리를 부탁합니다.

'22년 새 대통령의 취임으로 새로운 부동산정책들이 여러 번 발표됐습니다. 그 부동산정책들은 바로 시행할 수 있는 정책도 있지만, 법률 변경을 위해 입안 과정을 거쳐 국회에 통과해야 하는 법들도 있습니다. 또한, 법이 개정되어도 일정 부분 유예기간을 두는 예도 있고, 해가 바뀌면 제도 적용이 쉬운 부분도 있습니다. 바뀌는 내용은 주로 부동산 세제 부분과 청약제도, 그리고 금융지원 부분입니다.

MC 2　일반 시민들은 세금 문제에 매우 민감합니다. 부동산 세제 부분은 어떻게 달라지는지 궁금합니다.

우선 취득세부터 살펴보겠습니다. 지금까지는 개인이 부동산을 유상취득 또는 원시취득할 경우, 납세자가 신고한 액수나 시가표준액 가운데 더 많은 금액을 과세표준으로 적용하고 있습니다. '23년부터는 실거래가격만을 과세표준으로 적용합니다.

또한, 증여로 부동산을 취득할 경우, 취득세 과세표준은 시가보다 상대적으로 낮은 개별공시가격을 적용해왔습니다. '23년 증여 분부터는 시가 인정액으로 취득가격이 적용됩니다. 시가 인정액은 취득일 전 6개월부터 취득일 후 3개월 사이의 매매사례 가액, 감정가액, 공매가격 등을 시가로 보는 기준입니다. 증여도 일반 거래처럼 과세표준이 실거래가 수준으로 적용되기 때문에, 앞으로 취득세 부담이 커질 전망인데요.

증여를 계획하고 있다면 얼마 남지 않은 연내에 증여하면 절세를 할 수 있겠습니다.

MC 3 일반적으로 양도소득세에도 관심이 많습니다. 내년부터 양도소득세 이월과세가 적용된다고 하는데 무슨 내용인가요?

부동산가격이 폭등하던 지난 몇 년간 증여 거래가 대폭 증가했습니다. 부담하게 될 양도세보다 증여세가 적기 때문에 절세방법으로 활용된 거죠.

지금까지는 배우자 또는 자녀에게 부동산을 증여한 후 이월과세 적용 기간을 5년으로 정하고 있습니다. 증여 후 5년이 지난 후에 매도하면 증여자의 취득금액이 아니라, 증여받은 수증자가 증여받은 가액으로 양도차익을 계산하는 것이지요. 이 경우 취득금액은 높이고, 양도차익은 줄어서 양도세가 절세되는 효과가 있는 거죠.

하지만 '23년 증여 건부터는 양도세 이월과세 적용 기간이 5년에서 10년으로 늘어납니다. 증여 후 10년 이내에 팔 경우, 증여자가 최초 취득한 금액과 현재 매매가의 차액을 구하게 되면 양도세는 5년보다 훨씬 커질 것입니다. 물론 양도 차액이 없다면 상관없지만, 증여계획이 있다면 취득세처럼 '23년 내 증여하면 5년 적용으로 절세할 수 있습니다.

MC 4 종합부동산세 개편방안에 대한 변화도 여러 차례 나왔는데 '23년의 종합부동산세의 내용 중에 바뀌는 게 있나요?

종합부동산세는 여야 합의로 '23년 6월에 개정할 예정입니다. 기본공제금액이 1세대 1주택 자는 현행 공시가격 11억 원에서 12억 원으로 상향되고 다주택자의 기본공제는 현행 6억 원에서 9억 원으로 완화됩니다. 따라서 '23년 종부세 납부대상자는 올해보다는 많이 감소할 것으로 보이는데요. 2주택자의 종부세 중과제도는 폐지될 것으로 보이지만, 3주택 이상은 6월 개정 시점에 확인해봐야 할 듯합니다. 조정대상지역 2주택 이상 보유자는 중과세율 1.2~6% 부과체계에서 0.5~2.7% 세율로 낮아지고, 세 부담 상한율은 300%이던 것을 150%로 완화할 예정입니다.

MC 5 요즘 집값이 내려가면서 급매도 속출하는 상황이라 청약에 관심 두는 분들도 크게 줄었습니다. 앞으로의 청약제도는 어떻게 달라지나요?

무순위 청약의 경우 거주지역 요건이 폐지됩니다. 무순위 청약제도는 과거 청약 열풍이 불 때 정당계약 이후 임의분양인 잔여 세대 분양을 규제하기 위해 나왔습니다. 흔히 '줍줍'이라고 부르기도 하지요. 잔여세대

공급방식인 사업 주체의 임의분양에서 청약제도에 추가하며 규제를 강화했죠.

지금 같은 상황에서 마땅히 폐지되어야 하겠지만, 우선 내년부터 해당 시·군에 거주하는 무주택자로 제한된 거주지역을 폐지했습니다. 또한, 예비당첨자 명단을 180일로 연장하며 예비당첨자의 비율은 세대수의 500%까지 확대합니다. 청약경쟁률이 미달인데 무순위의 거주지역 폐지나, 예비당첨자 비율을 확대하는 게 의미는 없어 보입니다.

MC 6 청약제도 개편에 추가로 관심을 가지고 살펴볼 내용은 어떤 것이 있을까요?

공공분양 청약 시 신혼부부나 생애 최초 주택구매자 등 기혼자 중심의 특별공급 기회가 청년에게도 주어집니다. '청년·서민 주거안정을 위한 공공분양 50만 호 공급계획'에서 발표한 공공분양 3가지 모델 가운데 '나눔형'(시세 70% 이하 분양가+시세차익 70% 보장)과 '선택형'(임대 후 분양)에 미혼 청년을 위한 특별공급이 새롭게 신설됩니다.

대상자는 주택을 소유한 적 없는 19~39세 미혼자 중 1인 가구 월평균 소득 140% 이하, 순자산 2억 6,000만 원 이하인 청년층이 해당합니다. 단, 부모의 순자산이 상위 10%(약 9.7억 원)에 해당하면 청약자격이 제한될 수 있습니다.

MC 7 미혼 청년들의 특별공급자 지위 요구가 받아들여진 것으로 보입니다. 최근 정부가 수도권 재건축단지의 공급을 확대하기 위해 안전진단 제도를 개선한다고 발표했는데 우리 지역에 미치는 영향은 어떤 것이 있을까요?

안전진단 평가 시 개선된 내용으로는 구조안전 항목에 대한 가중치를 50%에서 30%로 줄이고, 주거환경과 설비 노후도 비중을 30% 높였습니다. 2차 안전진단도 지자체의 요청이 있는 경우에만 예외적으로 시행하기로 했습니다. 이 같은 재건축 안전진단 완화 배경은 장기적으로 서울의 주택공급 확대를 위한 정책입니다.

'왜 이렇게 어려운 시점에 공급확대 정책을 펴는가?' 생각할 수 있겠지만 지금 시행해도 오랜 기간이 걸리는 만큼 공급유지를 위해 필요한 정책이라고 볼 수 있습니다. 그러나 우리 대구는 현재 공급과잉이며 도시정비법 대상단지가 많아서 우리 지역에 미치는 영향은 크지 않아 보입니다.

MC 8　세간에 관심을 많이 받았던 임대차 3법에도 변화가 있는지 궁금합니다.

'21년부터 주택임대차 신고제 시행 이후 1년간 계도기간을 운영해 왔지만, 시민들의 적응 기간을 고려해 '23.5.31.까지 계도기간이 연장되었습니다.

계도기간이 종료되는 '23.6.1.부터는 신고기한 내 신고하지 않거나, 거짓 신고할 경우 100만 원 이하의 과태료가 부과될 수 있으니 주의해야 합니다.

지난 시간 임대차보호법 제도의 실효성을 높일 필요가 있다고 하셨는데 실효성의 측면에서 개선점이 반영되었나요?

주택이 경매나 공매로 넘어가면, 세금이 먼저 변제된 이후 남는 금액을 배분해 전세금을 돌려줬으나, 앞으로는 '국세 우선변제 원칙'에 예외를 적용해 세입자의 확정일자 이후 법정기일이 도래하는 세금이 있다 해도 세입자의 보증금을 먼저 변제해야 합니다.

또 전세 계약을 체결한 세입자가 임대인의 동의 없이도 미납 조세를 직접 확인할 수 있게 되었습니다. 앞으로는 임차개시일 전까지 세입자가 계약서를 지참해 세무서장 등에게 열람 신청을 하면 임대인의 세금 체납명세를 볼 수 있게 되지만, 사실상 계약체결 전에 확인할 수 있어야 더욱 실효성이 있을 것 같습니다.

최근 임대인이 갑작스럽게 사망하면서 전세보증금을 반환받지 못하는 문제가 발생해서 임차인들의 어려움이 매우 크다는 보도가 있었어요. 사회적인 문제로 발생하게 된 상황은 무엇 때문인가요?

최근 수도권 중심으로 무려 1,139채의 빌라를 갭투자로 사들여 임대사업에 이용한 속칭 '빌라왕'의 갑작스러운 사망으로 임차인들의 전세보증금 반환에 차질이 발생했습니다.

우선 당장은 상속 절차가 진행되는 수개월 동안은 현재 사는 곳에서 지낼 수 있겠지만, 빌라왕은 대부분 전세를 끼고 매입하는 무자본 갭투자 방식으로 임대 사업을 벌인 것으로 보입니다. 현재도 지난해 종부세 62억 원을 체납하고 있고, 올해 부과된 것도 미납상태라고 추측됩니다.

이 경우에 보증보험 계약을 체결한 세입자의 경우는 보증금 반환 기간이 상속자 지정으로 지연되는 상황이 있긴 하지만, 보증보험을 체결하지 않은 세입자의 경우 강제경매절차가 진행되면 선순위 채권자가 존재하거나, 집값이 시세보다 많이 하락하여 보증금을 상환받는 것이 불가능해질 위험에 그대로 노출됩니다. 그래서 임차인의 피해를 최소화하기 위한 정부의 지속적인 노력이 필요합니다.

MC 11 이 경우와는 다르지만, 우리 지역에도 임차인이 피해를 본 단지가 생겼다고 합니다. 우리 지역 임차인의 피해는 어떤 상황인가요?

달성군 유가읍의 공공건설 임대아파트로 '15년 입주가 된 아파트인데, 임대아파트 특성상 5년이 지나면 임차인이 아파트를 분양받을 수 있다는 점을 내세워 '분양 대금 잔금을 주면 소유권을 이전해주겠다'라고 유혹하여 임차인 120여 명이 이들에게 73억 원을 건넸습니다. 그러나 이들은 이미 전라도 무안, 군산 등에서 300억 원대의 사기행각을 벌이다 사실상 부도 상태였다고 합니다.

분양전환의 의지도 능력도 없는 임대사업자가 분양전환을 미끼로 한 사기인데 임차인들의 피해구제가 법률상 쉽지 않다는 게 문제입니다.

이처럼 법과 제도가 있다고 하더라도 항상 의심나면 확인하는 것을 잊지 말라고 당부하고 싶습니다. 내 재산은 스스로 지켜야 합니다.

NEWS ③

방송사별 인터뷰 영상

2023-01-23

[KBS] 공급과잉에 미분양증가...양도소득세 감면 혜택

2023-01-31

[KBS] 신규주택사업승인 전면보류... 공급감소 필요

2023-02-13

[KBS] 부동산 거래 소폭 회복, 추가 규제 완화는?

2022-06-30

[TBC] 첫 부동산 대책· 영향 미미...

2022-09-22

[TBC] 대구 수성구 조정대상지역 해제...

2023-01-03

[TBC] 전매제한 푼다. 부동산 시장 영향은?

종합부동산세! 어떻게 달라지는가?

　금리가 오르는 가운데 최근 집값은 계속 내려가고 있습니다. 더구나 12월은 종합부동산세 납부의 달입니다. 올해 납부해야 할 종합부동산세가 지난해와 어떻게 달라졌는지 '어쨌든 경제'에서 자세히 살펴봅니다.

MC 1　종합부동산세 납부시기가 되면 항상 말들이 많습니다. 올해는 지난해보다 종합부동산세 납부 대상자가 더 늘었다고 들었는데 상황이 어떤지 궁금합니다.

　집값이 내려가면서 여기저기 아우성이 많아지는데 종부세 납부 대상자는 증가하고 납부금액은 조금 내려갔습니다. '22년에도 공시가격이 상승해 주택분 납부 대상자는 '21년보다 31% 증가했는데요. '21년에 비해 주택분 납부 대상자가 28만 9,000명 증가해 122만 명이 됩니다.

　종합부동산세 납부금액은 '21년 4조 4천억 원이었으나 올해는 4조 1천억 원으로 3천억 원 줄었습니다. 이렇게 감소한 배경은 종부세 세율 부과체계인 공정시장가액 적용은 지난해 공시가격의 95%였으나 올해는 60%로 인하했기 때문인데요. 이렇게 낮추지 않았다면 납부세액이 더 많이 증가했을 겁니다.

종부세 납부 대상자가 증가한 것으로 들었는데 대구의 종부세 납부 대상자의 현황은 어떻게 되는가요?

'22년의 종부세 납부 대상자는 3만 4,500명으로 지난해보다 6,500명 증가했습니다. 전국의 종부세 납부 대상자 122만 명 중 서울과 수도권이 전체의 78%를 차지하고 있습니다. 그만큼 지방과 수도권의 주택가격 편차가 크다고 할 수 있겠죠.

주택 소유자 중 종부세 부과 대상자 비율을 보면 서울은 22.4%로 5명 중 1명은 종부세 납부 대상자인 겁니다. 전국으로 따져보면 주택 소유자의 8.1%가 납부 대상자이며, 인원별에서 가구별로 합산해본다면 대상 가구는 훨씬 많아질 겁니다.

가구당 평균 인원을 대략 2.5명으로 계산하면 전체 국민의 20% 가까이 종부세 납부로 경제적 부담을 느끼게 됐다고 볼 수 있습니다.

MC 3 집값이 내리고 조정대상지역에서 해제된 지역이 많아졌지만, 다주택자 중과 규제는 변함없이 그대로 적용되는 건가요?

공시가격은 매년 1월 1일 기준으로 발표하기 때문에 올해 내린 집값은 내년 공시가격에 반영될 겁니다. 종합부동산세는 부과기준일인 6월 1일 현재 소유자에게 부과되는 세금인데요. 재산세도 마찬가지입니다. 대구는 6월 말에 수성구를 제외한 전역이 조정대상지역에서 해제되었고, 수성구는 9월에 해제되었습니다. 그러나 6월 1일 시점이 규제지역이었기 때문에 다주택자의 중과세율이 적용되고요, 6월 1일 이후 주택을 매도해서 현재 주택이 없더라도 종합부동산세 납부 대상자로 분류

됩니다.

MC 4 '22년 주택분 종합부동산세를 계산할 때 지난해와 달라진 점을 알아보려면 어떤 점을 살펴봐야 할까요?

주택분 종합부동산세를 계산할 때 가장 크게 달라진 점은 공정시장가액 비율이 60%로 인하되었다는 점입니다. '21년의 공정시장가액 적용이 95%였고 '22년은 100%로 예정돼 있었는데, 조세저항을 우려해 세율은 그대로 두고 공정시장가액 비율로 부과 세액을 낮게 조정한 것이죠. 하지만 주택이 아닌 토지의 경우는 예정대로 공시가격의 100%가 적용되었습니다. 또한, 일시적 2주택과 상속주택, 지방 저가주택에 대한 특례가 도입되어 일정 요건을 갖춘 납세자의 경우는 신청에 따라 1세대 1주택자 계산방식을 적용할 수 있게 되어있죠. 무엇보다 중요한 것은 이러한 특례 제도가 국세청에서 알아서 산정해주는 것이 아니라 납세대상자가 스스로 신청해야 감면을 받을 수 있다는 점 또한 유념하셔야 합니다.

MC 5 요즘 새 아파트에 입주하면서, 살던 집이 안 팔려 걱정인 분들이 많습니다. 1세대 1주택자를 판정할 때 주택 수에서 제외되는 부분들에 대해 자세히 짚어주십시오.

일시적 2주택자는 1세대 1주택자가 종전 주택을 양도하기 전에 신규 주택을 대체 취득하고 2년이 지나지 않은 주택을 말합니다. 상속주택은 상속 개시일로부터 5년이 지나지 않은 주택이고, 5년이 지난 이후에도 지분율이 40% 이하이거나, 지분율에 상당하는 공시가격이 수도권은 6억 이하, 비수도권은 3억 원 이하이면 주택 수에서 제외됩니다. 그 이외에 지방의 저가 주택 중에서 공시가격이 3억 원 이하이면서 수도권, 광역시, 특별자치시 외의 지역에 소재하는 1주택은 주택 수에서 제외합니다.

정리해보면 일시적 2주택자는 2년, 상속주택은 5년까지 유예하고, 지방의 3억 원 이하 저가 주택은 주택 수로 보지 않겠다는 내용이죠. 위 사항은 신고해야 감면대상이 되지만, 최초 신고 이후 변동사항이 없는 경우는 계속해서 적용됩니다.

MC 6 주택 수에 따라 세율이 차등 적용되는 것으로 알고 있는데 주택 수에 따른 세율의 계산 방법에 대한 설명을 부탁드립니다.

주택 수에 따른 세율의 계산 방법은 재산세 과세유형에 따르는 것이 원칙입니다.

종합부동산세 세율적용 주택 수는 인원별로 합산하여 전국에 보유하는 주택을 합한 개수이고, 주택의 부속 토지만 보유한 경우는 주택 일부만 1개의 주택으로 보아 주택 수를 계산합니다. 상속주택과 무허가주택의 부속 토지를 소유한 경우 납세자의 신청에 따라 해당 물건은 세율적용 시 주택 수 산정에서 제외됩니다.

MC 7 지금의 종부세 중과 제도를 보면 고가주택 한 채보다 지방의 저가 주택 여러 채를 가진 다주택자 세금이 더 많다고 합니다. 그래서 비수도권의 불만이 증가하는 것에 대해서는 어떻게 생각하십니까?

대구에 집 2채를 갖고 있으면 다주택자가 되는데, 과세기준 6억 원은 '06년 이후 그대로입니다. 그런데 1주택 보유자는 11억 원까지 비과세 혜택을 누릴 수 있지만, 지방에 여러 채를 가진 경우 집값을 합쳐보면 서울의 똘똘한 한 채보다 가격이 아주 낮은데 오히려 중과세로 종부세를 더 내게 되니 불만이 나오는 것은 당연하다고 생각합니다. 앞으로 이런 불합리한 부분도 개선해 나가지 않을까 생각됩니다.

MC 8　요즘은 1주택을 배우자 또는 가족과 공동으로 소유하는 경우를 많이 보게 됩니다. 이런 경우의 종부세는 어떻게 되는지도 궁금합니다.

개인별로 보유한 주택의 공시가격을 합산한 가액이 일정 금액을 초과하는 부분에 대해 주택분 종부세를 매기고 있습니다. 여기에서 일정 금액이란 1세대 1주택자가 공시가액 11억 원까지 공제되며, 다주택자인 경우는 6억 원까지만 공제됩니다.

종합부동산세 1세대 1주택자란 세대원 중 1명만이 주택분 재산세 과세대상인 1주택을 단독으로 소유한 경우를 말합니다. 배우자 또는 세대원이 주택을 공동으로 소유하고 있는 경우에는 지분 소유자별로 각각 6억 원씩 공제하는 것입니다. 다만 부부 공동명의 1주택자는 신청에 따라 1가구 1주택 세액계산 방식을 적용받을 수 있습니다.

MC 9　주택을 부부 공동명의로 하는 것은 절세를 위한 경우가 대부분이라고 생각하는데 그 점에 대한 설명을 부탁합니다.

부부 공동명의 1주택의 납세의무자가 다른 주택의 부속 토지를 소유한 경우에도 1세대 1주택자 특례적용이 가능합니다. 다만 납세의무자가 아닌 배우자가 공동명의 1주택 외에 다른 주택의 부속 토지를 소유한 경우에는 1세대 1주택자 특례적용이 불가합니다. 이러한 합산배제와 과세특례 신청은 9월에 하는 것이 원칙이지만, 9월에 신청하지 못한 경우에도 12월 정기신고 기간에도 신청할 수 있습니다.

MC 10 정부가 공시가를 '20년 수준으로 되돌리겠다고 합니다. 만약 공시가를 되돌린다면 '23년에는 올해보다 세금이 더 줄어들게 될까요?

세금이 조금 낮아질 것으로 보입니다. 주로 아파트와 같은 공동주택에서 공시가격 현실화율이라는 게 있습니다. '공시가격을 시세에 어느 정도 근접해서 적용할 것이냐' 하는 비율인데, '22년 71.5%에서 '23년에는 69%로 낮아질 예정입니다. 또한, 최근의 주택가격 하락만큼 '23년 공시가격 산정에 반영되면 세금은 더 줄어들 것으로 보입니다.

MC 11 만약에 종부세를 내지 않거나, 잘못 신고한 경우의 불이익은 어떻게 되나요?

종부세의 납부기한일인 12월 15일이 지나면 3%의 납부지연 가산세가 부과되고 세액이 150만 원 이상이면 1일마다 0.022%의 가산세가 5년간 추징됩니다.

또한, 신고할 세액보다 적게 신고한 경우에는 적게 신고한 세액에 대해서 10%의 가산세가 부과되고 부당한 과소 신고는 40%의 가산세에 1일 0.22%의 가산세가 부과됩니다.

실거래가보다 공시가격이 높은 '역전 현상'

최근 집값이 급락하면서 실거래가보다 공시가격이 높은 '역전 현상'도 나타나고 있습니다. 정부는 지난 10일 부동산대책을 또 한 번 수정했는데요, 오늘 '어쨌든 경제'에서 자세히 살펴보겠습니다.

MC 1 부동산시장 경착륙을 막기 위해 정부가 또 한 번 대책을 내놓았습니다. 그렇지만 시장이 심각하다는 말로 모든 설명을 다 할 수는 없을 듯한데 어떻게 생각하십니까?

지난 10일 정부는 관계부처 합동으로 부동산시장 현안 대응방안을 발표했습니다. 전국의 미분양이 증가하고 있고, 무엇보다 거래가 되지 않는 가운데 가격하락 정도가 심각하다고 보고 있기 때문입니다.

싼 가격이라면 팔려야 하는데 가격이 싸도 살 사람이 없다는 게 문제인 거죠. 부동산 거래 절벽에 가격이 하락하면서 부동산 금융에 문제가 생겼고, 이는 앞으로 더 큰 문제를 초래할 것으로 정부에서 판단한 것 같습니다.

실질적으로 미분양이 쌓이면 건설사는 자금이 부족하게 되고 돈을 빌려준 금융사는 돈을 떼이지 않을까 하는 우려가 커지게 됩니다. 단기적으로 자금을 융통하기 위해 고금리대출을 사용하게 되고, 건설사의 리스크는 더 커져만 갑니다. 시장의 위험이 커지면 건설사는 장기적으로 공급을 줄이겠죠. 공급 감소 이후에는 또 어떻게 될까요.

부동산시장은 냉·온탕을 오가며 사회적 부작용이 나타날 겁니다. 부작용을 최소화하기 위해 정부가 부동산시장에 적극적으로 개입했다고 할 수 있겠습니다.

MC 2 그동안 부동산 관련 대책으로 나올 만한 대책은 다 나온 것 같습니다. 이번에는 어떤 내용이 추가되었는지 설명해 주십시오.

가장 눈에 띄는 내용은 주택공급기반 위축 방지를 위해서 PF대출 보증지원을 확대했다는 것입니다. 또한, 재건축 안전진단 평가항목을 개선하고, 최근 무의미해진 사전청약 의무를 폐지한 것, 등록 임대사업자의 정상화 방안을 모색하고 있다는 것입니다.

이외에도 서울과 인접 지역의 규제지역 해제 발표와 대출 규제완화의 조기시행이 이번 부동산정책에서 발표되었죠. 또한 중산층을 위해서도 생활안정자금 목적의 대출을 확대하고 임차보증금반환대출 보증한도를 확대하기로 했습니다.

MC 3 이번 부동산정책 발표를 보면 수도권마저 부동산 규제를 완화할 정도로 부동산시장의 상황이 심각한 것인가라는 생각이 듭니다. 이 점에 대한 의견은 어떠신지 말씀해 주십시오.

'22년 제4차 주거정책심의위를 개최하고 투기과열지구 및 조정대상지역 해제를 심의 의결했습니다. 지난 6월과 9월 두 차례에 걸쳐 지방은 세종을 제외한 전 지역이 규제에서 해제되었고, 이어 이번 조정대상지역 해제에서는 경기도 22곳과 인천 전역, 지방으로는 세종시를 포함하여 31곳이 포함됐습니다.

투기과열지구는 경기도 9곳을 해제했는데요. 주거정책심의위에서 지방은 완전 해제, 경기도는 대폭 해제했으며, 서울과 경기도 4곳만 규제지역으로 남게 되었습니다.

서울시는 주변 지역의 파급효과와 개발수요가 많고, 주택수요가 높은 점을 고려해 투기과열지구와 조정대상지역을 유지하기로 했지만, 앞으로의 시장 상황을 지켜봐 가면서 정부의 추가 해제도 계속 나올 거라 생각됩니다.

MC 4 수도권의 주택 신규 공급은 어떻게 전망하십니까?

현재 상황이 좀 힘들긴 하지만 수도권은 약속한 대로 지속적인 주택 공급이 필요합니다. 이를 위해 공급 위축 방지 대책을 내놨는데요. 즉 주택 공급 확대 정책이라고 볼 수 있겠죠.

금융 부분에서는 건설사업자의 리스크관리를 위해 PF대출 보증지원을 확대하기로 했습니다. 미분양 발생 시 사업자가 유동성 부족으로 공사를 계속 이어가기 어려울 수도 있으니까요. 이번 개선사항은 준공 전 미분양 사업장에 대해서도 PF대출을 받을 수 있도록 보증지원을 확대하기로 한 것입니다.

실물 부분에서는, 서울에는 재건축으로 공급 확대가 가능하지만, 안전진단 이후에도 재건축 통과율은 크게 하락해 정비사업이 위축되는 것을 우려하고 있습니다. 따라서 지자체에 배점 조정 권한을 부여해서 재건축 통과율을 높이겠다는 방안입니다. 재건축시장을 활성화해서 공급을 늘리겠다는 내용입니다.

MC 5 얼마 전 우리 지역에도 사전청약이 있었지만, 아파트 청약률이 낮아서 무용론도 있었는데 폐지가 결정된 것입니까?

주택 조기 공급을 위해 공공택지 사전청약을 의무화했지만 2~3년 뒤 본청약 시에 아파트 배치가 달라지는 문제점이 발생하고, 최근 청약률이 극히 저조하면서 무용론이 계속 불거져왔습니다.

향후 LH가 매각하는 공공택지에서는 사전청약을 폐지하기로 했고, 이미 매각된 토지는 계약일로부터 6개월 이내 사전청약하던 것을 2년까지 완화했습니다. 분양가격도 미확정인 상태에서 사전청약부터 실입주까지 5~7년이 걸리는데, 그야말로 희망 고문이죠, 부동산 조정기에 폐지하는 게 바람직합니다.

MC 6 등록 임대사업자를 정상화한다는 내용이 있었는데 이것은 어떤 내용인지 자세하게 설명을 듣고 싶습니다.

앞선 정부의 임기 중반까지 주택 임대사업자 등록을 적극적으로 유도하는 정책을 폈습니다. 취득세, 양도세, 종부세, 임대소득세에 혜택을 주겠다며 임대사업자를 적극적으로 유도했지요. 그런데 부동산가격이 급등하면서 임대사업자는 사업자 대출까지 받아가면서 갭투자를 하는 등 투기 양상으로 흘러갔습니다.

급기야 '20년 하반기 정부는 비아파트만 신규 등록을 허용하며, 아파트는 신규 사업자를 전면 불허했고, 기존 임대사업자들도 만기 4년, 8년이 되면 사업자등록이 말소되도록 했습니다, 이에 따라 비아파트의 10년 장기임대만 허용해 명맥만 남은 상황이죠. 지금처럼 어려운 시점에 주택 임대사업자가 부활한다면 미분양 문제도 해결되고 기존주택의 거래 활성화에도 도움이 될 것으로 보입니다.

공공 부분에서 해야 할 사항을 민간이 대신해 물량을 확보하고 비축하는 역할을 하게 되지만, 민간의 적절한 규제 수단도 뒤따를 것으로 생각합니다.

아파트 임대사업자 허용은 부동산 가격 급락을 막고, 거래에 일부 활력을 가져올 것으로 기대하는데요. 정부는 세제나 금융지원 등에 대한 종합적 평가를 거쳐 12월 중에 등록 임대사업자 정상화 방안을 발표하겠다고 합니다.

MC 7 처음에는 임대사업을 유도했다가, 하루아침에 철퇴를 내리고, 또다시 유도한다는 부동산정책의 변화를 보게 됩니다. 이렇게 정책의 일관성이 없어 보이는데 과연 잘 진행될까요?

물론 쉽지만은 않을 것으로 생각합니다. 불과 몇 년 전까지 정부에서 당근책을 쓰면서 민간 임대사업자 등록을 유도했었는데, 하루아침에 투기 주범으로 취급하며 혜택을 빼앗아버리는 바람에 정책에 대한 신뢰가 바닥까지 추락했습니다.

그런데도 민간임대주택들이 서민 주거안정에 기여하고 있는 것은 부인할 수 없는 사실입니다. 전체 가구의 40% 이상이 민간에서 빌려준 집에서 살고 있기 때문입니다.

정부에서도 고민스러울 겁니다. 등록 임대를 활성화하기 위해서는 다주택자들에게 당근을 줘야 하는데 과도한 혜택을 몰아줄 때 자칫 규탄의 대상이 되던 다주택자 배만 불린다는 소리와 투기수요를 부추길 수 있다는 문제점이 생길 것입니다. 그렇다고 반대로 혜택이 미미하면 시장 활성화는 물 건너가기 때문입니다.

등록 임대사업자는 좋은 제도입니다만, 정부가 정책 운용을 어떻게 하느냐에 따라 유불리가 달라질 수 있습니다.

MC 8 부동산시장에 매물이 많고 가격이 내려갈 때 실수요자들이 내 집 마련할 기회가 되면 좋을 것으로 생각됩니다. 이 부분에 대한 의견을 말씀해 주십시오.

규제지역 내 주택 가액별로 차등화되어있는 LTV 규제를 50%로 일원화하기로 했습니다. '22년 10월 27일 발표에서는 '23년 초 시행 예정이었지만 12월 1일부터 조기 시행하는 것으로 가닥을 잡았습니다. 대구·경북처럼 비규제지역은 LTV 70%까지 대출할 수 있습니다. 또한, 서울 투기과열지구의 시가총액 15억 원 초과 아파트에 대한 주택 담보대출을 금지하고 있지만, 앞으로 대출을 허용하기로 하였고요. 1주택자는 처분조건부 대출을 받을 수 있게 됩니다. 그런데 주택담보대출 비율이 증가한다고 하더라도 소득대비 총부채원리금상환비율인 DSR은 그대로여서 소득이 낮으면 활용할 수 없는 단점은 여전히 남습니다.

부동산정책 중에서 서민과 중산층 부담을 경감시키는 대책으로는 어떤 것이 추가됐는지도 매우 궁금합니다.

만 34세 이하의 무주택 청년 대상으로 저리의 전세자금 대출을 지원하기 위한 청년 맞춤형 전세대출 보증을 1억 원에서 2억 원으로 확대하기로 했습니다. 또 기존 보유주택의 생활 안정자금 목적의 주택 담보대출 최대한도가 2억 원이었는데, 대출 한도를 폐지하고 현행 LTV, DSR틀 내에서 대출 범위를 정하게 됩니다.

최근 임대차시장에서 전셋값이 하락하며 임차보증금을 반환하는 데 상당한 고충이 있었지요. 12억 원 이하 주택에 대해 대출 보증 한도가 1억 원이던 것을 2억 원으로 확대되니까 도움이 될 것입니다.

MC 10 주택 담보대출 상환이 곤란한 경우를 주변에서 보곤 합니다. 이렇게 주택 담보대출 상환이 곤란할 경우가 생겨도 지원을 받을 수 있나요?

현재 6억 원 이하 주택 차주에 대해서는 은행권 자체로 채무조정을 시행하고 있습니다. 대상은 주택가격 6억 원 이하 1주택자가 실직이나 폐업, 질병 등으로 대출금에 대한 상환이 어렵다면 차주의 상황에 따라 분할상환이나 원금상환유예를 최대 3년까지 해주고 있습니다.

이번 개정사항은 실직, 폐업, 질병 이외에도 매출액 급감과 금리 상승에 따른 상환 부담 급증으로 원리금의 정상 상환이 곤란한 차주에게도 채무조정을 적용하기로 했습니다. 내년 초 은행권의 협의를 거쳐 모범규준을 개정하기로 했습니다.

미분양 발생 상황에 대한 부동산정책?

최근 금리가 많이 오르는 가운데 국토부의 9월 주택 통계가 발표되었습니다. 통계를 살펴보면 부동산 거래가 위축되고 미분양도 많이 발생하는 상황에 대해 '어쨌든 경제'에서 자세히 짚어봅니다.

MC 1 부동산경기가 냉각되면서 미분양은 우리 지역만 아니라 전국적으로 크게 늘어나고 있다고 들었습니다. 현재 미분양 상황에 대한 설명을 부탁합니다.

미분양은 '20년 임대차 3법 시행 이후 부동산가격이 급등하면서 미분양이 많이 줄어들었습니다. 전국의 미분양은 1년 전 1만 4,000호였으나 '22년 9월 기준 4만 2,000호, 1년 전보다 3배 증가했습니다.

임대차 3법이 발표되기 전 수년 동안 5~6만 호의 미분양이 항시 남아 있었죠. 글로벌 금융위기 직후인 '09년에 16만 호의 미분양이 있었다는 것을 고려해보면, 현재의 미분양이 아직 그 수준은 아니라고 볼 수도 있습니다. 하지만 앞으로의 경제여건을 봤을 때 미분양은 현재보다 더 많이 증가할 것으로 보이고, 시장의 불확실성과 우려는 점점 커진다고 봐야겠죠.

부동산시장에서 미분양 증가뿐만 아니라 거래량까지 크게 줄었다고 하는데, 어느 정도인지 걱정됩니다.

현재 부동산 거래량은 계속 줄어들고 있습니다. 전국을 보면 전월 대비 8.8% 감소했습니다. 전년 동월과 비교하면 60% 감소했고요, 최근 5년간 9월 평균과 비교해도 58% 감소했습니다.

전국적으로 거래량 감소 추세지만 최근 들어서 집값이 많이 올랐던 서울의 거래량이 전국 평균보다 더 많이 줄고 있는데요. 전월 대비 15%, 최근 5년간 9월 평균과 비교하면 75% 감소했습니다.

이렇게 매매 거래량은 급격하게 줄어든 반면 전월세 거래량은 증가추세에 있습니다.

전년 동월 대비 14%, 최근 5년간 9월 평균에 비교하면 32%의 전월세 거래량이 증가한 것으로 보이는데요. 대출금리가 크게 올라서 전월세로 돌아선 것이라 볼 수 있겠습니다.

MC 3 무엇보다 대구의 미분양이 전국에서 가장 많다고 들었습니다. 대구의 미분양이 몇 달 사이에 또 늘었나 봅니다.

대구의 미분양은 9월 말 기준 1만 539세대로 11년 만에 1만 세대를 넘겼습니다.

경북은 6,520세대가 미분양입니다. 대구·경북의 미분양이 전국의 41%를 차지하고 있는데요. 우리 지역의 부동산 경기가 얼마나 어려운지 반증하고 있는 통계입니다. 대구에서 미분양이 가장 많은 지역은 수성구로 3,044호, 달서구가 2,300호, 남구·동구·중구도 각각 1천 호가 넘습니다. 미분양이 500호 이상인 지역은 미분양관리지역으로 지정돼 있는데 북구 502호, 서구 739호로 증가추세에 있습니다.

MC 4 분양시장의 풍향계인 주택 미분양 통계가 시장 상황을 제대로 반영하지 못하고 있다는 지적이 나오고 있습니다. 이 점에 대해 자세한 설명을 부탁합니다.

정부가 매월 미분양 통계를 취합해 공개하고 있지만, 민간분양시장에 대한 강제력이 없고 소규모 아파트와 주거용 오피스텔은 취합대상이 아니어서 미분양 규모가 축소되거나 왜곡되고 있다는 지적입니다. LH나 지역의 도시공사에서 분양하는 공공주택의 잔여세대 등 공공물량도 늘어나고 있지만, 국토부 통계에 미분양 주택으로 포함하지 않고, 또한 공공분양의 잔여세대를 공식적으로 발표하지 않습니다. 부동산 통계의 허점이라고 할 수 있겠죠. 그래서 미분양이 국토교통부의 통계보다는 더 많을 거라고 다들 추측하고 있지만, 그 규모가 얼마인지는 모른다는 겁니다.

MC 5 미분양 관리지역을 확대하는 것에 더해서 대구시 차원에서의 대책 마련은 어떻게 진행되고 있는지 알고 싶습니다.

대구아파트 미분양이 누적되고 있고 신규 공급도 이어지면서 위기감이 고조되고 있습니다. 그 가운데 지난 4일 대구시는 22개 주택건설사업자와 개최한 주택정책간담회에서 건설업체 의견을 수렴하며 부동산

시장이 급격히 냉각되는 것을 막기 위해 세제 금융지원과 주택정책 권한위임을 중앙부처에 건의하기로 했습니다.

또 지역에 6개월 이상 거주한 사람에게 공동주택청약 1순위 자격을 주는 지역거주자 우선공급제도를 완화하거나 폐지하는 방안까지 검토하고 있다고 하는데요.

대구시는 오는 15일 민간전문가들로 구성된 지역주거정책 심의위원회를 열고 지역거주자 우선공급제도 완화와 분양아파트의 임대주택전환 등을 논의할 계획이라 밝히고 있습니다.

MC 6 대구에 미분양이 이렇게 많은데도 불구하고 여전히 신규 분양을 하고 있습니다. 미분양이 많은 상황이므로 신규 분양을 조금 늦추거나 안 할 수는 없는 건가요?

주택사업은 하루아침에 이뤄지는 게 아닙니다. LH에서 공급하는 택지를 보면 아파트를 공급하기 위해 지구를 지정하고, 환경영향평가를 하고, 토지보상을 위한 협의와 보상이라는 절차가 있습니다. 또 토지를 공급하기 위해서는 기반시설을 먼저 조성해야 하지요. 건설사는 토지를 공급받은 이후에 계획 설계를 하고 인허가절차를 거친 이후 분양하고요. 그러니까 이 모든 것이 진행되기까지 상당한 시간이 소요됩니다.

도시정비법으로 진행되는 재건축재개발 사업도 10년 가까이 걸리고 있습니다. 이렇게 오랜 기간 준비해왔는데 현재 상황이 어렵다고 안 할 수도 없는 처지인 거죠. 연기할 수 있는 자금 여력이 있다면 지금 같은 불황에 분양하고 싶지는 않겠죠. 분양사업의 주체인 시행, 시공, 금융,

신탁사 모두의 셈법이 다르기 때문에 분양 연기도 쉽지만은 않은 현실입니다.

MC 7 미분양이 될 수 있다는 걸 알면서도 분양을 한다면 분양가격을 조금 싸게 하면 되지 않을까? 라는 생각이 듭니다. 현실적으로 분양가격이 너무 비싸져 부담이 큰 것 아닌가요?

부동산경기가 어렵다는 것을 모두 알고 있습니다. 가계도 어렵지만, 사업을 하는 기업들도 모두 어렵습니다. 예를 들면, 원자잿값도 대폭 올랐죠. 인건비도 많이 올랐습니다. 또한, 안전을 강화하기 위해 근무시간 준칙 등으로 건설사의 공사기간도 늘어나게 되었지요.

주거품질이 좋아지고 있고 주차장시설과 커뮤니티시설 등 주민 편익시설도 많이 좋아지고 있습니다. 이러한 모든 것들이 분양가에 얹어지는 거라고 보시면 됩니다.

소비자는 주거품질과 편의시설이 좋아진 것에 비해 더 많이 올랐다고 체감하실 겁니다. 주택도시보증공사의 민간아파트 분양가격지수를 보면 '14년 기준 100인데 전국은 173이며, 대구는 203입니다. '14년 분양가격에 대비해서 지금은 두 배 올랐다고 보시면 됩니다.

소득은 두 배 오르지 않았는데 분양가는 두 배 올랐으니 집값이 비싸다고 생각할 수밖에 없습니다. 그런데도 건설사는 비싸진 금융비용만큼을 또 분양가에 전가할 수밖에 없으니까 분양가격은 더 오를 전망입니다. 미분양이 증가하고 공급은 넘쳐나는데 비싸게 분양한다면 또 어떻게 될까요. 해결하기 힘든 어려운 과제입니다.

MC 8 지금 분양가격은 1㎡당 평균 얼마에 분양하고 있는지 알고 싶습니다.

주택도시보증공사의 기준을 보면 우리 대구는 1㎡당 500만 원 정도이며, 평으로 환산하면 1평에 1,680만 원 수준입니다.

이 분양가격은 대구지역 평균인 점으로 참고하시면 되고요. 가장 비싼 수성구와 상대적으로 저렴한 지역의 가격 차이가 발생하고 있습니다. 분양가격에 추가되는 금액이 더 있는데요. 중도금 이자 후불제와 발코니 확장비 또 에어컨과 붙박이장 등 추가되는 옵션 품목은 별도입니다. 아파트 현장마다 다르겠지만 추가비용도 만만치 않은 금액이지요.

1㎡당 분양가격이 500만 원을 넘는 곳은 서울 수도권과 부산, 울산, 대구가 있고요. 전국평균은 1㎡당 450만 원이며. 서울은 1㎡당 850만 원으로 두 배 가까이 높게 나타나고 있습니다.

MC 9 지난 시간에 경산 대임지구에서 사전청약이 진행된다고 들었는데 사전청약의 결과는 어떻게 되었는지 걱정됩니다.

지난주 경산 대임지구에서 3개 단지에서 1,400여 세대의 사전청약이 있었는데요. 청약경쟁률은 매우 낮았습니다. 고금리나 부동산 경기 하락 영향도 있었지만, 무엇보다 앞으로 2~3년 뒤에 본 분양이 이뤄질 것을 고려해서 건설회사가 물가 인상분을 선반영시켜 분양가격을 높게 책정한 것이 가장 큰 원인이라고 생각됩니다.

경산 대임지구는 지하철 2호선 임당역 앞 50만 평 부지 위에 1만1,000

세대를 공급하는 대규모 택지입니다. 대임지구는 일반분양과 신혼 행복주택과 국민임대 아파트가 대규모로 들어서는 단지로, 향후 시세보다 저렴한 LH의 신혼 행복주택에 관심을 가져보는 것은 괜찮을 듯합니다.

MC 10 요즘 금리가 많이 오르면서 가계부담이 커지고 있는 가운데 정부에서 안심전환대출 상품을 내놓았는데 어떤 상품인지 궁금합니다.

정부는 변동금리 주택담보 대출을 고정금리로 바꿔주는 안심전환대출을 주택가격 6억 원까지 확대하기로 했습니다. 11차 비상경제민생회의에서 7일부터 2단계를 시행하겠다고 밝혔습니다.

주택가격 기준은 4억 원이었던 것을 6억 원으로 확대하고, 소득기준은 부부합산 7천만 원 이하이던 것을 1억 원까지 확대한다고 합니다.

대출한도는 2억 5천만 원에서 최대 3억 6천만 원까지 늘어나고 무엇보다 장점은 변동금리에서 고정금리로 전환되며 거치기간에 따라 최저 연리 3.7%~4%에 이용할 수 있습니다. 기존 1단계에서 신청하신 분도 추가 대출이 가능하고요, 1·2차 한도가 25조 원 규모인데 모두 소진되면 신청은 불가하다는 점 참조해야겠습니다.

국내 경제 상황과 부동산시장 동향

　최근 정부는 금융시장의 불안심리 확산과 유동성 위축을 방지하기 위해 50조 원 규모의 자금을 투입하기로 했습니다.

　오늘은 국내 경제 상황과 부동산시장 동향을 살펴보겠습니다.

MC 1　최근 레고랜드 사태로 자금시장이 경색되며 그 여파가 컸습니다. 지자체가 보증한 기업어음을 부도처리했으니 채권자로서는 누구를 믿을 수 있을까 하는 불안이 크게 번진 것 같습니다.

　레고랜드의 부도에 따른 강원도의 보증 거절로 아주 긴박했던 10월 이었습니다. 10월 17일 한국도로공사와 한전 회사채 2,200억 원이 아무도 살 사람이 없이 유찰됐지요. 18일에는 철도공단, 인천교통공사 채권이 유찰되고, 지자체인 음성군이 보증한 자산유동화기업어음이 연장 발행에 실패했습니다.

　이후 과천 도시공사 600억 원 유찰, 둔촌주공 PF자금 상환액 7천억 원의 연장 발행이 실패하게 되고, 이어서 부산교통공사와 한전의 공사채를 아무도 살 사람이 없이 유찰됐습니다. 이런 상황이 되자 정부는 23일 휴일에도 기획재정부, 한국은행, 금감원 등이 참석한 긴급비상회의를 열고 50조 원의 유동성을 시중에 공급하기로 결정한 것입니다.

정부의 50조 원 유동성을 시중에 공급한다는데 그중 부동산 PF금융에 10조 원 규모의 보증을 지원한다고 했습니다. 부동산 PF가 뭔가요?

예전에는 건설사들이 아파트를 공급하기 위해서는 많은 땅을 매입했습니다. 그 때문에 아파트 부지확보를 위해서 대출을 이용하게 되며 부채율이 1,000%를 넘나들었죠. 그런데 IMF 외환위기를 맞게 되며 대출금리는 하루가 멀다고 치솟으며 이자 부담은 커지는데 현금 마련을 위한 아파트 용지가 팔리지도 않는 겁니다.

돈을 구할 수 없고, 아파트 부지가 팔리지 않게 되며 부도가 나게 됩니다. 우리 지역의 청구, 우방, 보성, 협화, 제림, 에덴, 신아, 창신, 금류, 삼산 등의 회사가 그 예입니다.

이후 2000년 초반부터 등장한 PF(project Financing)은 부동산 개발사업의 수익성을 담보로 이뤄지는 대출을 말합니다. 시행사가 아파트 사업을 담보로 금융사로부터 돈을 빌리게 되고, 건설사는 시행사를 앞세우고 PF자금을 대여한 은행에 지급보증을 해주게 됩니다. 시행사를 앞세운 안전장치라 생각했지만 무리한 지급보증은 '08년 세계금융위기에 또 한 번 건설사에 좌절을 안겨줍니다. 그래서 최근에는 시행사가 있고, 자금을 차입하는 금융사, 관리하는 신탁회사, 건설사는 주로 책임준공 위주로 리스크관리를 해오고 있습니다. 예전보다는 리스크관리를 잘 해오고 있지만, 자금 규모가 매우 커져 있어 대형 프로젝트가 실패하게 되면 심각한 상황이 올 수도 있습니다.

MC 3 부동산가격이 하락하고 미분양이 증가하는 게 부동산 PF와 관련이 있는 것으로 봐도 될까요?

글로벌 금융위기로 위축되었던 부동산시장에 경기가 좋아지며 '13년 말 35조 원이던 PF대출이 '22년 6월 112조 원으로 3배 이상 증가했습니다. 부동산 경기가 침체하며 PF대출 부실에 대한 우려가 커지고 있는데요. PF대출 잔액을 보면 은행권 28조 3천억 원, 비은행권 83조 9천억 원으로 비은행권의 비율이 75%나 높습니다. '08년과 비교해보면 은행권은 52조 원이던 것이 28조 원으로 많이 감소했지만, 비은행권은 24조 원에서 83조 9천억 원으로 60조 원이나 증가했습니다. 최근 증권사 부실 우려 얘기가 나도는 것 또한 비은행권의 자금이 부동산 자금으로 많이 유입되었기 때문입니다.

MC 4 미분양이 증가하는 가운데 부동산 PF대출은 은행권과 비교해 비은행권이 좀 더 불안한 것으로 생각되는 것이 맞습니까?

은행권은 비교적 안정적이지만 제2금융권인 보험사, 저축은행, 증권사, 여신전문회사들은 금융 위험이 크다고 할 수 있겠습니다. 최근 고금리 영향으로 전국이 부동산 거래절벽 현상을 보이며 주택 가격이 하락하고 있지요. 여기에다 미분양이 발생하고 있으니, 신규 사업장에 돈을 빌려준 금융사들은 빌려준 돈이 떼이지 않을까 하는 불안한 위치에 놓이게 되는 겁니다. 그래서 대출 연장이나 신규대출을 꺼리게 되는 거죠. 얼마 전 둔촌주공 PF 자금 7천억 원의 만기를 연장해주지 않아 건설사 4곳이 자기 자금으로 상환하게 된 일이 있었습니다.

지역에서 관심이 많은 대구백화점 본점 건물매각도 PF대출 영향을 받고 있다고 들었습니다. 현재 어떤 상황인가요?

'22년 1월 대구백화점 본점 부지와 건물을 2천 125억 원에 매각하는 계약을 체결했습니다. 그런데 매수자가 지난 6월에 중도금을 내지 않았고 중도금을 포함한 잔금 지급 날짜를 두 번이나 연기하면서 계약을 수정했지만, 잔금 지급일인 어제도 잔금이 들어오지 않았다고 합니다.

만약 매수자가 또 잔금 지급일 연장을 요구할 경우 수용할지 아니면 아예 새로운 매수자를 물색할지를 결정해야 하는 상황인데 아직 결정된 건 없지만 최근 자금시장이 얼어붙어 PF대출로 2천억 원 넘는 자금을 확보하는 게 쉽지 않을 것이라는 전망이 나오고 있습니다.

MC 6 부동산 PF대출이 부실해지면 국내 경제에 미치는 영향도 적지 않을 듯합니다.

부동산 PF대출 부실은 대출 취급 금융기관들의 직접적인 재무건전성 악화뿐만 아니라, 부동산 PF를 기초자산으로 하는 유동화 증권과 채무보증 등 파생금융상품들의 동반 부실이 초래되어 자본시장 전반에 적지 않은 충격을 줄 가능성이 있습니다.

정부에서는 부실 가능성에 대한 선제대응이 필요한데요. 부동산 PF대출 부실 위험을 줄이는 방법은 부동산의 과감한 규제완화가 신속하게 이뤄져야 합니다. 정상 추진이 가능한 사업들에 대해서는 PF대출이 원활하게 작동할 수 있도록 금융사들의 금융 지원이나 신용보강이 필요하겠습니다.

정부도 지난주에 부동산 규제완화 조치를 발표했습니다. 정부에서 발표한 부동산 규제완화 조치에 대한 설명을 부탁합니다.

정부는 거래 위축과 과도한 규제 등으로 내 집 마련과 주거 이동에 어려움을 겪고 있는 실수요자들을 위해 청약 당첨자의 기존주택 처분기한 연장과 중도금 대출 보증 확대를 결정했습니다.

청약 당첨자의 기존주택 처분기간 연장은 조정대상지역, 투기과열지구 등에서 기존주택 처분을 조건으로 청약에 당첨된 1주택자는 입주가능일 이후 6개월 내 기존 주택을 처분해야 하던 것을 2년 내 처분하면 되도록 했습니다. 대구는 투기과열지역과 조정대상지역이 모두 해제됐지만, 과거 규제지역 당시에 처분조건부로 당첨됐다면 현재도 그 당시의 규제가 적용돼, 2년 내 기존주택을 처분하면 됩니다.

MC 8 요즘 집이 안 팔려서 걱정하는 사람들이 많은데 부동산 규제완화 조치로 여유가 좀 생긴 것 같습니다. 중도금 대출은 어떻게 달라지나요?

중도금 대출보증을 확대했습니다. 주택도시보증공사나 주택금융공사에서는 중도금 대출보증은 9억 원 이하 주택에만 적용하고 있었지만, 이번에 분양가 12억 원 이하 주택까지 확대해서 건설사와 개인 모두 안전하고 저렴한 보증 대출을 이용할 수 있게 됐습니다.

그러나 서울의 경우 12억 원 넘는 분양 아파트가 많은데 12억 원 초과 주택에 적용되지 않은 것은 서울 부동산시장은 좀 더 지켜보겠다는 의미로 해석됩니다.

MC 9 앞으로 정부의 부동산대책에는 또 어떤 내용이 추가될 것 같습니까?

금융 규제 정상화 방안도 있었는데요, 아무래도 규제지역인 서울 수도권에 거래 활성화 조치가 될 것으로 보입니다.

투기과열지구 내 15억 원을 초과하는 아파트 주택 담보대출을 금지하고 있었는데, 무주택자와 1주택자는 처분조건부 동의 시 15억 원 초과 아파트에 대해서도 LTV 50%를 적용해주기로 했습니다. 정부는 지난 6월 말 주거정책심의위를 열고 대구의 7개 지역을 조정대상지역에서 해제했고, 9월 21일 43곳의 조정 지역을 해제한 바 있습니다. 11월 중으로 주거정책심의위를 열어서 투기과열지구 39곳, 조정대상지역 60곳의 추가 해제를 검토하겠다고 합니다.

MC 10 정부는 공공 분양 50만 호를 공급하며, 청년과 서민들의 내 집 마련 기회를 늘려주겠다고 했습니다. 최근 우리 지역에서는 처음으로 경산의 택지지구에 사전청약을 한다고 했습니다. 사전청약에 대한 설명을 부탁합니다.

택지지구에서 일반적인 청약 시기보다 2~3년 앞당겨 내 집 마련이라는 당첨자의 지위를 미리 확정하는 청약제도입니다. 당첨 후 언제든지 포기해도 불이익이 없습니다. 경산지역 대임지구에 3개 건설사의 1,400여 세대의 사전청약 접수를 하는데 1순위는 11월 1일, 2순위는 11월 2일 자로 사전청약을 받고 있습니다. 그러나 부동산경기 침체와 높은 분양가격으로 사전청약하는 사람은 많지 않을 것으로 보입니다.

□ 대구 아파트 청약 현황

[출처 : 청약홈 단지별 경쟁률]

2020年

시군구	단지	총세대수 합계	일반공급 합계	1순위 청약자 수	전체 청약자 수	1순위 평균경쟁률	전체 평균경쟁률
동구	9개	7,653	4,149	86,550	89,170	20.86	21.49
중구	11개	6,378	3,561	133,492	135,965	37.49	38.18
서구	4개	5,654	2,923	42,194	45,525	14.44	15.57
달성군	4개	2,636	2,063	10,211	11,360	4.95	5.51
북구	4개	2,623	1,727	25,448	25,565	14.74	14.80
달서구	10개	2,902	2,141	68,712	69,962	32.09	32.68
수성구	4개	1,976	999	8,047	9,409	8.06	9.42
남구	2개	911	463	13,034	13,034	28.15	28.15
합계	48개 단지	30,733	18,026	387,688	399,900	21.51	22.19

2021年

시군구	단지	총세대수 합계	일반공급 합계	1순위 청약자 수	전체 청약자 수	1순위 평균경쟁률	전체 평균경쟁률
동구	11개	5,594	4,465	4,883	7,317	1.09	1.64
중구	7개	2,716	2,535	2,735	4,365	1.08	1.72
서구	1개	1,404	619	2,380	3,682	3.84	5.95
달성군	2개	637	500	1,826	3,012	3.65	6.02
북구	4개	1,528	1,208	4,560	5,504	3.77	4.56
달서구	8개	5,111	2,542	6,627	7,250	2.61	2.85
수성구	9개	4,478	3,188	18,667	23,287	5.86	7.30
남구	5개	3,223	2,101	8,328	10,532	3.96	5.01
합계	47개 단지	24,691	17,158	50,006	64,949	2.91	3.79

2022年

시군구	단지	총세대수 합계	일반공급 합계	1순위 청약자 수	전체 청약자 수	1순위 평균경쟁률	전체 평균경쟁률
동구	0개	–	–	–	–	–	–
중구	1개	152	98	6	7	0.06	0.07
서구	3개	2,902	1,023	470	633	0.46	0.62
달성군	1개	69	69	48	77	0.70	1.12
북구	6개	2,224	2,018	1,700	2,428	0.84	1.20
달서구	4개	1,793	1,400	89	169	0.06	0.12
수성구	9개	3,351	3,231	782	1,272	0.24	0.39
남구	4개	3,091	2,536	293	411	0.12	0.16
합계	28개 단지	13,582	10,375	3,388	4,997	0.33	0.48

기준금리 변동에 따른 물가의 변화

> 지난주 한국은행에서는 기준금리를 0.5% 인상하여 이제 기준금리는 3%가 됐습니다. 금리 인상은 부동산이나 가계에 상당한 부담이 될 것으로 예상됩니다.
> '어쨌든 경제'에서 오늘은 기준금리에 관해 이야기해 보겠습니다.

MC 1 한국은행의 기준금리가 지난주에 또 올랐는데 금리는 1년에 몇 번까지 올릴 수 있는 건가요?

한국은행의 금융통화위원회는 1년에 여덟 번 개최되고 있는데 현재까지 일곱 차례 위원회가 열렸고 여섯 번 금리를 올렸습니다.

지난 연말 1%의 기준금리는 1월에 0.25% 올렸고 2월에는 동결시켰지만 4월과 5월에 각각 0.25% 올려 기준금리가 1.75%가 되었고요. 그 사이 물가의 고공행진이 이어지면서 7월에는 0.5% 인상했습니다.

지난 십수 년간 처음 있는 일이었는데요. 물가 상승이 엄청났다는 의미가 되겠습니다. 다시 8월에 0.25%, 10월에 0.5% 큰 폭으로 인상해 기준금리가 3%에 도달하게 되었습니다.

MC 2 '22년 한국은행 금융통화위원회는 한 번 더 남았는데 기준금리 얼마나 인상하게 될 것으로 예상하십니까?

미국의 연준은 11월과 12월 두 차례 남아있지만 우리나라는 11월 24일 한 차례 남아있습니다. 여러 가지 여건을 고려해서 결정하겠지만 금리 인상은 불가피한 것으로 보입니다. 인상 폭이 0.25%가 될 것인지, 0.5%가 될 것인지에 대한 문제만 남았다고 할 수 있겠죠. 금리 인상은 끝이 아니라 앞으로 몇 차례 더 오를 것이라는 시장 인식이 지배적입니다.

MC 3 금리가 올라가면 가계나 산업에 미치는 악영향도 많은데 전 세계가 미국 금리를 따라갈 수밖에 없는 상황으로 보십니까?

네, 미국이 빅스텝, 자이언트스텝으로 한 번에 0.5%나 0.75% 금리 인상을 단행하면서 한국과 미국 간 금리가 역전되면 우리나라는 자본유출에 직면하게 됩니다.

미국이 금리를 올려 국제 이자율이 상승하면 한국에 들어와 있던 외국자금이 더 높은 이자율을 향해 자금이 빠져나가겠죠. 자본유출이라고 거창하게 표현했지만 쉽게 생각하면 우리가 시중은행에서 이자를 많이 주는 곳이 있거나, 대출을 싸게 받을 수 있다면 은행을 바꾸는 경우와 같은 겁니다. 우리나라에 들어와 있는 외국자금도 마찬가지로 언제라도 돈을 빼 나갈 수 있기 때문에 미국을 따라 적절히 금리를 인상 시킬 수밖에 없는 상황입니다.

MC 4 미국이 금리를 올리면 원화 가치가 떨어집니다. 원화 가치가 떨어지지 않도록 환율 방어도 매우 중요해졌습니다. 환율 방어 정책에 대한 설명을 부탁합니다.

아무리 영향력이 강한 미국도 달러로 한국에서 투자할 수는 없기에 원화로 환전을 하며 빠져나갈 때는 원화를 달러로 환전하게 됩니다. 이 과정에서 달러 수요는 늘고 원화 수요는 감소해서 원화 가치가 하락하게 됩니다. 1달러에 1,200원 하던 환율이 1,400원이 넘었습니다. 원화 가치가 떨어지는 것을 방어하기 위해 금리 인상이 불가피한 경우가 된 거죠.

일본은 금리 인상을 하지 않아서 OECD 국가 중에서 달러 대비 엔화의 가치가 가장 많이 하락했습니다. 수출 국면에 유리한 부분도 있지만, 물가 상승을 억제하는 힘은 약해질 수밖에 없을 것입니다.

MC 5 금리를 올리는 또 하나의 이유가 물가를 잡기 위해서라고 생각됩니다. 금리와 물가의 관계에 대하여 설명해 주시기 바랍니다.

이자율이 오르면 투자와 소비가 감소하여 총수요가 억제되고 그에 따라 물가는 안정되고 서서히 하락하게 됩니다. 아무리 공급 발 인플레이션이라고 하더라도 공급자 측은 통제하기 어려우니까 수요라도 억제해서 인플레이션을 잠재우는 것이 차선책으로 쓰이고 있습니다.

인플레이션은 한번 시작되면 지속할 거라는 심리가 형성되는데요. 기대 인플레이션이라는 것은 무성하게 자라는 잡초와 같아서 초반에 잡아주지 않으면 끝없이 자라나서 상승시키는 영향을 미치게 됩니다. 금리 인상 이후, 경기가 어려워졌을 때, 금리를 인하할 것이라는 인상을 주게 되면 물가 안정에는 도움이 되지 않기 때문에 단호하게 금리 인상을 유지하거나 인하 계획은 없다는 얘기를 합니다.

MC 6 금리를 인상하는데도 물가가 오르는 이유가 궁금합니다.

　코로나19에 따른 경기하강에 대응하기 위해 한국을 비롯해 세계 중앙은행들이 많은 양의 돈을 찍어냈고 또 정부는 시중에 많은 돈을 풀었습니다. 시중에 풀린 엄청난 유동성 자금들이 물가 상승에 기여하게 된 것입니다. 그리고 코로나19의 양면성이 물가 상승에 한몫했다고 볼 수 있습니다. 중국의 일부 지역이 완전히 폐쇄되면서 제품의 유통이 막히며 물가는 상승했고, 세계 각국에서는 팬데믹 사태로 억눌렸던 소비심리가 증가하면서 보복 소비로 이어져 물가가 상승하기 시작합니다.

　또 하나는 러시아와 우크라이나 전쟁에 따른 석유, 가스 등의 에너지가 급등하면서 연쇄적으로 물가가 상승했습니다. 러시아는 유럽으로 가는 가스를 차단해 올겨울 유럽은 몹시 추운 겨울을 보낼 거라고 예고하고, 전쟁으로 우크라이나의 곡물 공급에 차질이 생기면서 농산물 가격도 많이 상승하고 있지요.

　설상가상 극심한 가뭄과 이상고온으로 농산물의 작황 재배가 예전 같지 않은 점도 물가 상승의 한 원인으로 보고 있습니다.

MC 7 시중에서 월급 말고는 모두 올랐다고 하는데 물가는 얼마나 올랐나요?

　통계로 나오는 수치보다 체감하는 물가는 훨씬 더 높은 것 같습니다. 우선 물가지수를 보면 코로나 첫해인 '00년 0.5% 상승했는데 '22년 7월에 6.3%, 8월 5.7%, 9월은 5.6% 상승하고 있습니다. 미국은 6월에 9%까지 치솟았던 물가가 7~9월에는 8%로 여전히 높은 상승률을 보입니다. 유럽연합 EU는 8월 말 현재 물가상승률이 10.1%로 계속 상승추세에 있는데요. 우리나라의 물가도 상승에 무게를 두고 있는 상황입니다. 기름값은 올랐다가 하락하고 있지만, 유류세 완화로 어느 정도 상승 억제를 보완하고 있습니다. 전기, 가스비의 비용 증가도 정부가 한국전력에 막대한 적자를 떠안게 하면서까지 물가 상승을 억제하고 있는데요. 언제까지 적자를 볼 수는 없지 않겠습니까? 조만간, 가스나 전기요금의 상승은 불가피할 것으로 보입니다.

MC 8 물가, 금리, 유가 모두 오르니 가계나 기업들이 계속 잘 견뎌낼 수 있을지 걱정이 큽니다.

금리가 오르면 우선 가계부채 부실이 우려됩니다. 코로나19 팬데믹 상황에서 약 1,900조 원으로 커진 가계부채는 한국경제의 뇌관으로 꼽힙니다. 정부도 글로벌 불확실성이 커지고 있는 데다 물가 상승세가 이어지고 가계부채가 OECD 회원국 중 가장 빠르게 증가하고 있어 우려를 표하고 있습니다.

많은 기업은 이미 영업이익으로 이자 비용을 감당할 수 없는 한계에 임박했다고 호소하고 있습니다. 신용등급이 낮아 회사채 시장에서 자금조달이 어려운 기업들은 비싼 금리를 주고라도 은행 돈을 빌려와야 하지만 은행권마저 기업 대출을 조이면서 자금조달을 하지 못하는 한계 기업들이 늘어나고 있는데요.

금리 인상은 당분간 유지될 것으로 보여 기업은 무리하게 투자하기보다는 현금 확보에 주력하는 것으로 보입니다. 물가를 잡겠다고 금리를 올리는 것은, 경제는 침체하더라도 감내하겠다는 의지로 봐야 할 것 같습니다.

MC 9 저금리일 때 돈을 벌어보겠다고 아파트에 투자한 가계는 어떻게 해야 할지 참 답답할 것 같습니다.

한국은행이 금리를 인상한 게 '21년 8월이었으니까, 그전까지는 대출금리가 2%로 저렴하게 이용할 수 있었습니다. 예금금리는 0.9~1.2% 수준이었기 때문이죠. 많은 사람이 빚을 내서라도 오르는 아파트에 투자해서 돈을 벌겠다는 욕심을 냈습니다. 그런데 불과 1년 2개월 사이에 대출금리가 약 2배 뛰었습니다. 일반적인 근로소득자는 소득이 쉽게 늘어나지 않으니 불어나는 이자를 감당하기가 쉽지 않죠. 집값이 내려가고 있어 불안하기만 한데 시장에서는 수요자가 없으니 팔 수도 없습니다. 가계도 한계기업처럼 근로소득으로 원금과 이자 상환마저 어렵다면 결정을 해야 합니다. 개별 주택에 따라 다르겠지만 손해를 보면서까지 싸게 팔아야 하는 때도 있습니다. 급매가 되겠죠.

지금 손실을 털고 갈 것인지, 아니면 고통을 감수하면서 수년 뒤에 있을 반등 시기를 기다릴 것인지, 둘 다 고통을 수반하는 것은 어쩔 수 없습니다. 지금은 버틸 힘이 있느냐 아니면 버리고 차후를 도모할 것인가? 선택의 시간이 다가오고 있습니다.

[대구 부동산 시장 대해부 高금리까지…겪어 보지 못한 주택시장 위기 "개인부담 더 커져"]

영남일보 임호·최소연 기자

**내년까지 신규 입주물량 많아
거래절벽…하락세 지속 전망
전매제한 해제·DSR 완화 등
부동산 규제 추가로 풀어야**

대구경북부동산분석학회 송원배 이사

대구지역 부동산시장이 침체기로 접어들면서 어느 때보다 향후 시장의 변화에 관심이 집중되고 있다. 국민 가계자산 중 부동산 비중이 62%에 이르고, 미국의 외벌이 근로자가 11년새에 동안 월급을 한 푼도 안 쓰고 모아야 아파트 한 채(전용 84㎡)를 살 수 있을 만큼 부동산은 중요한 개인자산이기 때문이다. 대구지역 아파트 매매가는 최근 수년간 지속 기초 속에 급등했다가 지난해 11월 이후 단 한 차례 반등 없이 꾸준히 하락세다. 그간 아파트 가격 급등으로 서러이 시름이 깊어졌지만, 상황이 반전되자 이제는 부담으로 돌아왔다. 스스로 내 집 마련했던 이들이 '집값 하락'이란 또 다른 고통을 맛보고 있다. 부동산 시장 급변이 미친 영향과 전망 등 지역 경제의 한 단면처럼 우리 삶도 요동치고 있다. 영남일보는 '스마인진우부동산산마관리연구소장 스송원배 대구경북부동산분석학회 이사 스대명 대구지역 부동산 전문가들을 만나 침체일로에 선 지역 부동산 시장을 심층진단하고 그 해결방안을 모색해봤다.

◆ 건설사보다 개인 부담 클 것

최근 부동산 시장 하반세로 부동산 경기 10년 주기설이 주목받고 있다. 전문가들은 1997년 외환위기, 2008년 금융위기 당시와 비교하더라도 현재의 상황은 심지 않다고 진단했다. 이진우 소장은 "금융위기 당시 대구지역 아파트 입주물량 상당수가 미분양을 겪어내야 건설사와 건설사의 협력업체 및 협인건설제를 통해 어려움을 해소해왔지만 지금은 아니다. 금융시장의 불안까지 겹쳐서 개인 부담이 더 큰 상황이다. 아서운 실수요자에게 다소 숨통을 틔워줄 뿐이다. 대구지역 부동산 시장 추가하락은 불가피하다"고 했다.

◆ 주택 구입 시 신중 기하고, 경부자 물건 특히 주의

실수요자의 움직임은 여전하다. 최근 대구 복구의 한 신규분양 단지는 높은 계약률을 보였다. 하지만 전문가들은 수요자의 신중한 판단을 요구한다.

송원배 이사는 "특정 지역에 필요한 점매 수요자는 항상 있지만 실수요자는 늘 신중해야 한다. 가격, 상품, 조건, 입지 모든 아파트마다 비교해 볼 필요가 있다"고 말했다. 이어 "기간 '전세를 낀 집'이었다면 HUGO 전세보증금반환보험을 꼭 들려고 큰 단지의 저조가 있기보다 적정하는 것보다 저렴하다"고 덧붙였다. 이들 가운데 그믐리, 매물부계제라 지속 중이다. 이를 해소하려면 분양권 전매제한 해제, 입주 임대등록사업자 등록 허용, 다주택자 취득세 중과세 허용, 매물규제 완화가 필요하다"고 지적했다.

◆ 부동산 시장의 '위기' '기회'로 전환될까

주택가격 하락을 받기며 바라보는 시각도 적잖다. 국토통부가 발표한 8월 대구 미분양 주택은 8천 301가구로 전국 17개 시·도 중 가장 많다. 최근 분양단지의 미계약 가구까지 포함하면 대구지역 미분양 물량은 1만여 가구로 추산된다.

송원배 이사는 "수성구 투기과열지구 해제 및 대구 전역의 조정대상지역 해제조치가 있었지만 시장에 반전을 가져올 정도는 아니었다. 한 푼의 지금이라도 아

국내 경제 상황과 부동산시장 동향

부동산시장의 침체 속에 대구에 마지막 남은 수성구도 조정대상지역에서 해제됐습니다. 또, 재건축 단지의 초과이익 부담금의 합리화 방안도 발표되었습니다.

'어쨌든 경제'에서 자세히 짚어봅니다.

MC 1　대구의 조정대상지역 지정과 해제에 이르기까지 그동안 부동산시장에는 어떤 변화들이 있었는지 한번 짚어보면 좋겠습니다.

대구는 지난 6월 말 7개 구·군이 조정대상지역에서 해제됐습니다. 수성구는 투기과열지구만 해제됐고 조정대상지역 해제 발표는 9월에 있었습니다.

조정대상지역으로 지정되었던 '20년 12월 당시에는 아파트 가격이 폭등하고 거래도 폭발적으로 증가해, 과열을 억제하기 위해서 규제지역으로 지정하게 된 거죠.

조정대상지역으로 지정되면서 청약시장에서는 1순위 자격이 6개월에서 2년으로 바뀌고 세대주만 청약할 수 있게 됐습니다. 또 전 세대원이 5년 내 당첨 사실 또한 없어야 1순위 청약 자격이 되었죠. 분양조건이 강화되며 청약시장은 서서히 찬바람이 불기 시작했습니다. 청약률은 극히 저조해지고 미분양이 대거 발생하게 됐죠.

대구가 조정지역으로 묶이면서 실제로 아파트 거래는 얼마나 줄었습니까?

대구가 조정대상지역으로 묶이면서 아파트 거래는 '20년 대비 77% 감소했습니다. 대출을 억제하고 양도소득세 감면을 받기 위해서는 실거주해야 하는 조건이 붙었고 새 주택에 입주하기 위해서는 기존주택을 처분하도록 했습니다. 또한, 다주택자는 취득세, 양도세, 종부세 등 모든 세제에 중과세했으니 거래가 안 되는 거죠. 부동산 하락이 지속하고 있으며 상승의 풍선효과가 없을 것이라는 판단이 서자 정부는 5월부터 조금씩 부동산 규제를 완화하고 있습니다. 하지만 거래를 다시 활성화하기에는 힘들어 보입니다.

MC 3 대구 수성구가 조정대상지역에서 해제됐으니 실수요자는 어떤 기대를 할 수 있는지 궁금합니다.

수성구가 조정대상지역에서 해제됐다 하더라도 실수요자에게는 조금의 숨통을 틔워주는 수준에 불과하고 시장의 큰 변화를 기대할 수준은 아니라고 할 수 있습니다.

다만, 자금이 부족한 실수요자는 주택담보대출인정비율 LTV가 50%에서 70%까지 높아지는데 이 조치는 큰 도움이 될 것으로 생각됩니다.

MC 4 현재 대구지역의 미분양과 거래량은 어느 정도인지 구체적으로 설명을 부탁합니다.

대구지역의 8월 미분양은 8,300세대로 늘었습니다. 조정대상지역 해제로 7월에 400여 세대 미분양 감소가 있었지만, 신규 공급시장에서는 분양률 저조로 전체 미분양은 증가한 것으로 보이는데요. 대구의 주택 총 거래량은 6월 1,180건, 7월 1,220건, 8월 1,240건입니다. 40건, 60건 증가는 아주 미미한 것으로 보이지만 같은 기간 전국의 주택 거래량이 감소한 것과 대비하면 조정대상지역 해제 효과는 적지 않았다 할 수 있습니다. 그러나 언제까지 이어질지는 미지수이며, 추가 대책이 없다면 다시 감소할 수도 있겠죠.

MC 5 대구 수성구가 조정대상지역에서 해제되면서 미분양 관리지역으로까지 지정되었습니다. 그렇다면 대구의 부동산시장이 정말 침체된 것으로 받아들여도 될까요?

맞습니다. 대구의 4곳(중구, 동구, 남구, 달서구)이 지난 8월부터 미분양 관리지역으로 지정되어 있었습니다. 미분양 관리지역 지정 조건은 미분양 주택 수가 500세대 이상이면서 미분양이 증가하고 있거나, 또 발생한 미분양 해소가 저조한 지역, 마지막으로 추가 미분양이 우려되는 요건에 해당하면 지정됩니다.

10월부터 수성구가 미분양 관리지역으로 지정되어 대구는 5곳으로 늘어났습니다. 8월 말 기준으로 수성구는 2,000세대 이상 미분양이 있는데요. 분양한 주택을 고려하면 더 증가할 것으로 예상합니다.

MC 6 대구지역 전체 미분양 수는 어느 정도 발생하고 있는지 말씀해 주십시오.

8월 말 현재 대구지역 전체 미분양 수는 8,300세대로 매월 증가 추세에 있습니다. 미분양 증가의 주요 요인을 살펴보면,

첫째, 금리 인상입니다. 한국은행 기준금리가 지난 0.5%이던 것이 현재 2.5%가 되었습니다. 대출을 이용하는 체감 금리도 2%대였던 것이 5%까지 치솟고 있습니다.

둘째, 부동산 공급 증가입니다. 기존주택을 팔려고 나온 매물도 예년보다 몇 배 증가했습니다. 입주물량 또한 매물로 나오면서 부동산 공급이 증가하고 있습니다. 부동산가격이 하락하면서 투자자들이 보유 중인 물건까지 가세해 이중, 삼중의 공급 증가로 수요심리는 많이 하락하고 있습니다.

셋째, 신규 분양하는 아파트의 계약률이 매우 저조합니다. 올해 대구에 공급되는 아파트 물량이 많은 것은 아니지만 대부분 단지에서 청약미달사태를 보이고 있습니다. 이는 계약률 저조로 이어져 미분양 증가의 악순환에 빠져들기 때문입니다.

MC 7 정부에서는 재건축부담금 합리화 방안을 발표했습니다. 어떤 배경이 작용한 것으로 분석하십니까?

재건축부담금은 재건축조합원이 개발을 통해 인당 평균 3,000만 원 넘게 이익을 얻으면 초과이익의 10%에서 최대 50%를 환수하는 제도입니다.

재건축부담금 제도는 '06년 도입된 이후에 두 차례 유예기간을 거치며 정상적으로 시행하지 못한 채 종전의 기준을 그대로 유지하고 있는

데요. 그동안 집값 상승과 시장 상황의 변화에도 불구하고 과거 기준을 그대로 적용하다 보니 불합리한 수준의 부담금이 산정되는 문제가 초래되었습니다. 따라서 그동안 많은 전문가가 제도개선의 필요성을 제기해왔습니다. 개선방안의 큰 원칙은 재건축에 따른 과도한 초과이익은 환수하되 도심 내 주택공급이 원활해지도록 부담금 수준을 합리적으로 조정하는 데 중점을 두었습니다.

MC 8 재건축부담금은 어떻게 조정되는지 궁금합니다.

지금까지는 가구당 재건축 초과이익에 따른 부담금을 3,000만 원까지 면제했지만, 이번 방안으로 1억 원까지 면제해 줍니다. 또 재건축부담금 부과 구간도 기존 2,000만 원 단위에서 7,000만 원 단위로 넓혔습니다. 초과이익의 부과율을 보면 1억 1천만 원 초과 시 50% 부과하던 것을 앞으로 3억 8천만 원 초과 이익금부터 50%를 부과하게 됩니다.

그간 50% 부과율을 적용하는 아파트 단지가 절반이 넘을 만큼 불합리한 문제가 발생하고 있었지요. 그래서 면제금액을 높이고 부과 구간을 합리적 수준으로 확대 조정한 것입니다.

MC 9 재건축 초과이익금이 조정되어도 1세대 1주택자는 장기보유 감면 혜택은 받을 수 있을까요?

주택을 오래전부터 소유한 장기보유 1주택자에게 일률적으로 과도한 부담금을 부과하는 것은 해당 주택에 거주를 어렵게 하고 주거안정을 저해하는 요인으로 보고 감면하기로 했습니다. 1세대 1주택자로서 해당 주택을 6년 이상 보유한 경우에 부담금을 10% 감면하고, 10년 이상은 최대 50%까지 감면할 계획입니다. 다만, 준공 시점까지 1세대 1주택자여야 하며, 보유 기간은 1세대 1주택자로 해당 주택을 보유한 기간만 포함합니다.

MC 10 재건축 아파트의 초과이익 환수법 개편으로 부담금이 많이 줄어들게 되었습니다. 비수도권도 영향을 많이 받을까요?

이번 개편으로 전국 84개 단지에 부과하는 가구당 재건축부담금은 9,800만 원에서 4,800만 원으로 약 51% 줄어들 것으로 예상합니다. 지역별 아파트 재건축부담금은 비수도권에서 감소 효과가 더 큰데요. 32개 단지 가운데 21곳이 부담금 면제를 받는 데다 평균 부담금도 2,500만 원에서 400만 원 수준으로 약 84% 감소할 것으로 전망하고 있습니다. 지난주 국토교통부가 발표한 개편방안은 법률 개정사항인 만큼 입법 과정을 거쳐야 최종 확정이 됩니다.

□ 대구 아파트 매매거래 추이

[출처 : 한국부동산원 R-ONE]

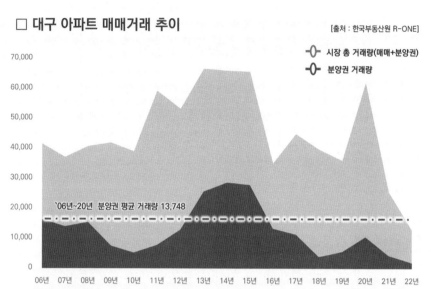

연간추이	아파트 매매	분양권	합계
'06년	25,243	16,324	41,567
'07년	23,130	13,992	37,122
'08년	25,313	15,421	40,734
'09년	34,355	7,589	41,944
'10년	33,777	5,253	39,030
'11년	51,434	7,788	59,222
'12년	40,340	12,911	53,251
'13년	40,986	25,633	66,619
'14년	37,270	28,658	65,928
'15년	37,774	27,852	65,626
'16년	21,732	13,281	35,013
'17년	33,480	11,362	44,842
'18년	35,778	3,943	39,721
'19년	30,382	5,639	36,021
'20년	51,395	10,567	61,962
'21년	21,231	4,248	25,479
'22년	11,045	1,907	12,952

집 없는 서민을 보호하는 주택임대차보호법

아직도 우리 사회에서는 집을 갖지 못한 세대가 전체 가구의 43%가 됩니다. 집 없는 서민들을 보호하는 특별법으로 주택임대차보호법이 있지만, 여전히 사각지대가 많습니다. 오늘 '어쨌든 경제'에서 주택임대차보호법에 대해 자세하게 알아보겠습니다.

MC 1 임차인을 쉽게 얘기해서 세입자라고 합니다. 그런데 세입자 중에서 아무리 조심해도 전세 사기를 당하는 경우가 허다하게 발생하는 것을 보게 되는데 이 점을 어떻게 생각하십니까?

집주인이 밀린 세금 때문에 또는 은행에 빌린 돈을 갚지 못해서 임차인, 즉 세입자가 피해를 보는 경우가 많이 발생하고 있습니다. 세금과 관련해서는 한국자산관리공사는 임대인의 국세, 지방세, 공과금 체납 시, 주택을 압류하고 소유 재산을 공매 처분해서 체납세액을 회수합니다. 이때 주택을 처분한 금액으로 임대인의 밀린 세금을 충당하지 못하면 세입자는 보증금을 돌려받을 수 없게 되는데요. '22년 7월까지 임대인의 세금 미납으로 세입자가 돌려받지 못한 보증금은 122억 1,600만 원이라고 합니다.

피해를 보지 않으려면 전세 계약을 체결할 때 꼭 임대인의 국세완납을 확인해야 하겠습니다.

세입자의 피해를 막기 위해 주택임대차보호법을 제정했는데도, 여전히 허점이 발생하고 있는데 이 문제는 개선이 이뤄지지 않을까요?

임대차보호법은 1981년에 제정되었습니다. 사회적 약자라고 보는 임차인 즉 세입자의 권리를 보호하고 국민 주거생활의 안정을 위해 제정된 법률입니다. 주거용 건물의 임대차에 관한 민법의 특별법으로 규정하고 있는데요. '20년 개정된 임대차 3법은 임차인의 권리 보호를 한층더 강화한 것입니다. 임대차보호법은 특별법 우선 적용 원칙으로 민법에 우선 적용하고 강행법규이기 때문에 이 법에 어긋나는 내용의 계약은 무효가 됩니다.

MC 2 세입자를 보호하기 위한 주택임대차보호법이 시행된 지도 벌써 40년이 흘렀습니다. 주택임대차보호법이 민법의 특별법으로 제정된 까닭은 무엇인가요?

현행 민법에도 전세권과 임대차에 관한 규정이 있으나 이들 규정은 주택뿐 아니라 부동산과 동산 모두 포함하고 있습니다. 또한, 주택 임대차에 관한 구체적인 조항을 두지 않아서 임차 기간이나 보증금 환수에 있어 세입자 권리를 보호하기 어려운 측면이 있었습니다.

민법상 세입자가 자신의 권리를 보호하기 위해서는 전세권 설정이나 임차권 등기를 해야 하는데, 집주인이 주택의 담보가치가 하락하는 것을 염려해 설정에 동의해 주지 않는 경우가 많습니다. 민법상 등기하지 않은 전세는 2순위에 해당하는 채권으로 우선변제권이 없으므로 임차인들이 피해를 보게 됩니다.

1981년 주택 임대차 문제를 해결하기 위해 민법의 특별법으로 제정되었고, 주요 내용은 임대차 기간의 보장과 대항력 확보, 임차보증금 회수의 보장 등 세입자 보호 규정을 강화하는 것이 주 내용입니다.

MC 3 주택이 경매에 넘어가면 대항력 있는 임차인이 있다, 없다, 이것부터 먼저 본다고 합니다. 대항력이라고 하면 어떤 조건을 갖춰야 하나요?

대항력은 '임차된 주택이 경매에 넘어가더라도 내 보증금을 돌려받을 힘'이라고 보시면 됩니다. 세입자가 등기하지 않아도 실질적으로 입주해서 살고 있고 주민등록 전입신고만 하면 다음 날부터 제3자에게 임대차의 내용을 주장할 수 있는 대항력이 생깁니다. 즉 임차주택이 매매되거나 경매된 경우에 세입자는 매수자 또는 낙찰자에게 보증금을 돌려달라고 요구할 수 있는 권리가 있습니다. 단, 세입자가 대항력을 가지기 위해서는 은행과 기타의 근저당권보다 시기적으로 먼저 대항요건을 갖추고 있어야 합니다.

MC 4 세입자가 보증금을 떼인다는 건 상상도 하기 싫은 일입니다. 세입자를 위한 우선변제권은 어떤 상황에 해당하나요?

임대차 계약서상에 확정일자를 갖추면 후순위 권리자에 대해 우선변제권을 획득할 수 있습니다. 확정일자는 법원 등기과 또는 동사무소에서 임대차 계약서의 사실관계를 인정해 주는 것으로 그 날짜에 임대차가 있었다는 것을 증명하는 효력을 가집니다.

대항력을 갖춘 세입자가 확정일자를 받으면 그날을 기준으로 우선변제권을 갖게 되는데요. 혹시라도 임차주택이 경매 또는 공매되는 경우 확정일자 순위에 따라 보증금을 우선하여 변제받을 수 있습니다.

MC 5 세입자 중에는 소액 보증금일 때도 있잖아요. 예를 들면 몇백만 원, 몇천만 원 보증금에 월세를 내는 등 소액으로 계약한 세입자도 똑같은 기준이 적용되는지 걱정됩니다.

이 경우에도 최우선변제권 제도가 유효하게 적용됩니다. 세입자의 보증금이 해당 지역에서 정한 일정 금액 이하의 소액이면 보증금 중 일정액을 다른 담보물권자보다 최우선으로 하여 변제받을 수 있는 권리입니다.

광역시는 보증금액이 7,000만 원 이하이면 은행의 앞선 담보물건이 있다고 하더라도 최고 2,300만 원은 최우선으로 지급받을 수 있습니다. 기타지역은 보증금 6,000만 원 이하이면 최고 2,000만 원까지 최우선 변제받을 수 있고요.

〈**국토교통부 개편 방안**〉 2022.11.21.
소액임차인의 범위 및 최우선변제금 상향
서울특별시 1억 6,500만 원 이하, 5,500만 원 변제
과밀 억제권역, 용인, 화성, 세종, 김포 1억 4,500만 원 이하,
4,800만 원 변제
광역시, 안산, 광주, 파주, 이천, 평택 8,500만 원 이하, 2,800만 원 변제
그 밖의 지역 7,500만 원 이하, 2,500만 원 변제
* 주택 가액의 1/2 범위 내에서만 최우선으로 변제받을 수 있습니다.

최우선 변제를 받기 위해서는 우선 경매 시 배당 요구기간 내에 신청해야 하고, 경매 낙찰금액의 50%에 해당하는 금액까지만 우선변제 효력이 있습니다.

MC 6 임대차 기간이 끝난 후에도 세입자가 보증금을 반환받지 못할 때의 해결 방법을 설명해 주십시오.

임대차 계약에선 우선변제권과 저항력이란 게 있습니다. 세입자가 전세금을 받지 못한 채 그냥 이사를 나가버리면 우선변제권과 저항력을 잃게 되는데요. 이런 경우 정말 길바닥에 나앉을 수도 있습니다. 이사는 가야 하는 상황이고, 보증금의 권리를 지키기 위해 세입자가 살던 집에 등기를 설정하는 제도가 임차권등기명령 제도입니다. 집주인의 동의 필요 없이 법원이 강제로 등기를 하는데, 임대차 계약이 종료되고 이사 가기 전에 하게 됩니다. 그래야 보증금을 못 받고 이사 가더라도 우선변제권과 대항력을 잃지 않습니다. 집주인이 보증금 일부만 돌려줄 테니 임차권 등기를 취소해 달라는 경우에도 응하면 안 됩니다. 반드시 보증금 전부를 돌려받은 후 취소해 주는 게 맞습니다.

MC 7 세입자의 사정에 따라 6개월이나 1년 단기로 계약할 수도 있습니다. 임대차의 기간은 최소 얼마로 봐야 하나요?

임대차 기간을 정하지 않거나 2년 미만으로 정한 임대차는 그 기간을 2년으로 봅니다. 다만, 세입자는 2년 미만으로 정한 기간이 유효함을 주장할 수도 있습니다. 임대차가 종료한 때에도 세입자가 보증금을 반환

받을 때까지는 임대차 관계가 존속하는 것으로 보고 있습니다. 임대차 계약서 작성 시 6개월이나 1년으로 기간을 정했다면, 세입자는 단기 기간을 주장할 수도 있고, 때에 따라 길어진다면 2년까지는 임대차 기간을 보장받을 수도 있습니다.

MC 8 주택이 아닌 오피스텔이나, 상가 같은 곳을 주택으로 개조해서 사용하고 있다면, 임대차보호법을 적용받을 수 있는지 궁금합니다.

주택 즉 주거용 건물의 전부 또는 일부에 대해 임대차한 경우에 적용되고 그 임차주택의 일부를 주거 외의 목적으로 사용해도 적용됩니다.

판례에서 보면 주거용 건물에 해당하는지는 공부상의 표시만으로 하는 것이 아니라 실제로 사용하고 있는 용도에 따라 적용됩니다. 또 건물 일부가 임대차 목적으로 주거용과 비주거용으로 겸용되는 경우에는 임차인이 그곳에서 일상생활을 영위하는지 여부 등을 고려하여 판단합니다.

예를 들면, 임대차 목적물이 공부상 소매점 식당으로 표시돼 있지만, 방이 2개 있고 절반은 식당과 홀로 구성된 상태에서 세입자가 가족들과 함께 살면서 음식점을 영업한 경우라면 주거용 건물로 보고 임대차보호법이 적용됩니다.

미등기 무허가 건물인 경우에도 주거생활의 용도로 사용되는 주택에 해당한다면 그 건물이 등기하지 않았거나 등기가 될 수 없는 사정이 있다고 하더라도 다른 특별한 규정이 없는 한 주택임대차보호법을 적용받습니다.

MC 9 임대차보호법이 사회적인 약자를 위해 잘 만들어져 있는 것 같습니다. 그런데도 임대차보호법이 적용되지 않는 예도 있을 것으로 봅니다. 어떤 경우가 있을까요?

여관의 방 하나를 내실로 사용했다면 비주거용 건물에서 주거의 목적으로 사용은 했지만, 임대차보호법에서 제외될 수 있습니다. 여관 자체는 잠자는 기능을 하는 곳이지 밥을 해 먹는 취사시설을 설치할 수 있는 곳은 아니라고 보는 것입니다.

또 하나는 일시 사용을 위한 임대차가 명백한 경우에는 적용되지 않습니다.

MC 10 임대차 계약서를 쓰긴 하지만 계약서에는 표시하지 않는 내용도 있는 것으로 알고 있습니다. 예를 들면, 수리할 곳이 생기면 애매해서 갈등이 생기기도 하는데 임차인은 어느 정도까지 요구할 수 있습니까?

판례를 보면, 세입자가 별 비용을 들이지 않고 손쉽게 고칠 수 있을 정도의 사소한 것이라면 임대인은 수선 의무를 부담하지 않습니다. 하지만 수선하지 않으면 임차인의 계약 목적에 따라 사용·수익할 수 없는 상태라면 임대인은 그 수리 의무를 부담합니다.

집에 사용하는 형광등이 나가거나 사용상 부주의로 싱크대가 막혔다면 세입자가 부담해야 하겠지만 난방시설인 보일러가 낡아서 교체해야 한다면 별 비용을 들이지 않는 사소한 것이라고 보지 않기 때문에 임대인이 수선 의무를 부담하게 됩니다.

임차인은 임대인이 주택을 수선해 주지 않는 경우,

1) 손해배상을 청구할 수 있고

2) 수선이 끝날 때까지 차임의 전부 또는 일부의 지급을 거절할 수 있으며

3) 사용·수익할 수 없는 부분의 비율에 따른 임대료 감액을 청구할 수 있고

4) 임차의 목적을 달성할 수 없는 경우에는 계약 해지도 가능합니다.

MC 11 임대차보호법에서는 세입자의 권리를 좀 더 우선하니까 임대인들은 이런 부분을 충분히 알고 있어야겠습니다.

임차인은 임대차 기간을 반드시 2년으로 체결할 필요도 없고 1년으로 정한 경우에도 2년 기간을 보장받을 수 있는 권리가 있습니다.

또 임차인은 차임감액 청구권도 있습니다. 임대차계약 중에 경제사정의 변동으로 보증금이나 월세가 적절하지 않다고 판단되면 낮춰달라고 청구할 수 있습니다.

다음 시간에는 주택임대차보호법에서 실제 적용사례에 관해서 얘기 나누도록 하겠습니다.

깡통전세! 사기당하지 않는 주택임대차보호법

'어쨌든 경제'
오늘은 지난 시간에 이어 사기당하지 않는 주택임대차보호법에 대해 자세하게 알아보겠습니다.

MC 1   전세 거래가 실종되면서 세입자가 보증금을 돌려받지 못하는 '깡통전세' 경고음이 커졌습니다. 전세금을 돌려받지 못하는 사기 피해의 사례를 알려주십시오.

실제로 요즘 전세금을 시세보다 높게 주어서 피해를 보는 '깡통전세'가 생겨나고 있습니다. 심지어는 집주인이 아닌데 집주인인 척하는 사람에게 돈을 주어 사기를 당하는 사례도 발생하였죠.

또, 등기사항전부증명서(구, 부동산등기부등본) 미확인으로 선순위 권리자가 있는 경우 피해를 보는 사례 등이 있습니다.

MC 2   전세금을 돌려받지 못하는 사례가 많은데 우선 깡통전세 사기부터 한번 알아보면 좋겠습니다.

소위 말하는 깡통전세는 갭투자하는 물건에서 다수 발생하고 있습니다. 갭투자자들이 1억 원에 아파트를 매수해서 5천만 원 대출받고, 전세

224

를 5천만 원에 놓으며 일부 월세를 받거나, 아니면 1억 원에 그냥 전세를 놓습니다.

그런데 시세는 1억 2천만 원은 되니까 별문제 없다고 하는 겁니다. 그렇지만 집값이 요즘처럼 하락하면 전세를 5천만 원에 놓을 수 없게 됩니다. 그래서 세입자가 나간다고 할 때 돌려줄 전세보증금이 없고, 추가 대출도 불가능한 상황에서 결국 돌려줄 돈이 없다면 경매로 넘어가게 됩니다. 경매하게 되면 마음고생은 이만저만 아닙니다. 그리고 보증금 중 일부는 어쩔 수 없게 떼이게 되므로 정신적이나 물질적으로 피해를 보게 됩니다.

피해를 보는 또 다른 경우는 다가구주택에서 볼 수 있습니다. 통상 원룸주택이라고 합니다. 계약 당시 등기부등본상 대출금은 시세의 40% 정도 됩니다. 그리고 다른 주택은 대부분 월세를 받고 있으므로 전세는 열 가구 중 두 가구라고 했는데 나중에 막상 알고 보니까 열 가구 중 여덟 가구가 전세였습니다. 이런 경우에는 당연히 후순위인 세입자는 경매 시 보증금 전액을 구제받기 힘들게 됩니다.

MC 3 전세를 구할 때 집주인이 거짓말을 하고 세입자를 구하는 경우가 종종 있는 것 같습니다. 이런 피해를 보지 않으려면 어떻게 해야 안전한 방법인지 안내를 부탁합니다.

전세를 구할 때 가장 좋은 방법은 대출이 있으면 아예 안 들어가는 방법입니다. 그러나 현실에서는 그럴 때 전세물건을 구하기 힘들 수도 있습니다.

갭투자 물건의 피해를 예방하려면 임대물건의 시세를 정확하게 파악해 봐야 합니다. 사실 갭투자인지 아닌지 세입자가 알 수는 없습니다. 통상적으로 공인중개사나 임대인은 주변 시세가 얼마 정도 하니까 괜찮다고 합니다. 그런데 이때 주의해야 할 점은 시세와 실제 거래가격은 다른 경우가 많습니다. 호가에 혹해서는 안 됩니다. 그러므로 개인이 인터넷으로 조회를 해보시거나, 다른 부동산을 돌면서 시세를 파악해 보는 것도 피해를 줄이는 방법입니다.

또 하나, 원룸주택의 경우는 통상적으로는 월세가 많습니다. 만에 하나 담보대출이 있으면서 전세물건이 여럿 있다면 위험해집니다. 집은 마음에 드는데 위험이 감지된다면 임차인 계약서를 모두 보여 달라고 요청하여 안전한지 확인해 볼 필요가 있는데요. 이때 임차인 계약서를 모두 보여주지 않거나, 신뢰가 없다면 포기하는 것도 안전을 선택하는 하나의 방법이 되겠습니다.

MC 4 전세 등을 계약할 때 집주인이 아닌 사람에게 돈을 주는 사례도 있다고 했습니다. 그런데 계약할 때는 누가 생각해도 당연히 돈은 집주인에게 줘야 한다고 생각할 텐데 이걸 모르는 사람이 있을까 생각됩니다. 이런 피해를 당하는 것을 보면 이해가 되지 않습니다.

누가 생각해도 전세 계약을 할 때 집주인에게 돈을 줘야 하는데, 집주인이 아닌 사람에게 돈을 지급하는 일은 언뜻 이해가 잘 안 될 겁니다. 이런 경우에는 대부분 월세 사는 세입자가 마치 자기가 주인인 양 행세하며 전세를 놓은 경우입니다. 월세를 계약하면서 집주인의 신분증까지

복사해두었던 것을 위조해서 통장까지 개설한 경우도 있습니다. 이런 경우에는 안타깝게도 누구라도 대처를 하기 힘든 상황입니다.

또 다른 경우는 대리인입니다. 원룸 같은 물건은 부동산에 위임한 예도 있고, 일반적으로 집주인을 대신해서 다른 가족이 오는 예도 있습니다.

보통 집주인의 아버지니까, 자식이니까, 배우자니까 괜찮을 것으로 생각하지만 예외는 없습니다. 본인이 아니면 모두 제3자가 되는 것입니다. 대리인이 왔다면 항상 위임장과 첨부된 인감증명서를 반드시 확인해야 합니다.

MC 5　주택을 임차할 때 등기사항전부증명서(구, 부동산등기부)를 확인하지 않아 당하는 피해사례에 대해 말씀해 주십시오.

주택을 임차하려면 부동산을 방문하게 되고, 이런저런 집들을 보게 됩니다. 처음에는 주의를 기울이다가 일정 시간이 지나면 믿게 되고 방심하게 됩니다. 그래서 집주인의 말만 믿고 등기부를 확인하지 않게 되는 경우가 많습니다.

주택을 임차할 때는 반드시 등기부등본을 확인해야만 소유자를 정확하게 알 수 있고 또한 권리관계를 확인해서 선순위의 담보물건 여부를 확인할 수 있는데요. 등기부등본을 확인하지 않았음에도 다행스럽게 전세사고가 발생하지 않기도 하지만, 부동산은 사고가 나게 되면 단위금액이 매우 커서 피해 또한 만만치 않습니다. 그러므로 주택을 임차할 때는 항상 모든 주의를 기울여 계약할 것을 당부드립니다.

MC 6 가끔은 집주인이 국세를 내지 않아서 세입자가 피해를 보는 예도 있다는 이야기를 들었습니다. 주택을 임차할 때는 국세완납증명서도 요구하는 것이 필요합니까?

신종 전세 사기 수법은 집주인의 국세가 체납된 경우 임차인의 전세보증금 반환채권보다 국세체납이 우선이라는 점을 악용한 유형입니다. 개인사업자가 체납금액이 쌓이면서 고의로 1억 5천만 원에 오피스텔을 구매한 후 시세의 80%인 1억 2천만 원에 전세를 놓습니다. 세입자에게는 전 소유자와 임대조건을 동일하게 한다고 안심시키고 몇 달 뒤 갑자기 부동산 권리침해 사항으로 집이 경매에 넘어간다는 압류장을 받게 됩니다. 이유는 집주인이 세금을 체납했기 때문입니다.

세입자가 전입신고와 확정일자를 받았더라도 이보다 먼저 체납한 세금이 있다면 집이 공매로 넘어갔을 때 우선순위에서 밀려납니다. 세금체납은 등기부등본에 2~3달 늦게 공시되기 때문에 당장에 부동산등기부를 본다고 해도 확인할 수 없습니다. 안전하게 하는 방법은 국세 및 지방세 완납증명서를 요청해서 확인해 보는 수밖에 없습니다만 현실에서 적용되기는 쉽지 않습니다.

MC 7 생각보다 부동산 사기가 이렇게 많은데, 등기부등본은 과연 믿을 수 있을까요?

등기부등본이 법률상의 공신력은 없지만, 기본사항이며 공시의 기능은 있으니까 어느 정도는 믿을 수 있습니다. 그렇다고 마땅한 대체수단도 확보되어 있지 않은 상황입니다.

또한 부동산등기부등본은 통상적으로 계약할 때만 확인해보고 있는데 중도금 잔금은 계약 후 일정 기간이 지난 후에 지급하게 됩니다. 이 시점에 자금이 급하게 필요한 임대인은 근저당권설정도 할 수 있으며, 압류가 들어올 수도 있는 겁니다. 그러므로 등기부등본은 중도금과 잔금 납부 전에도 반드시 재확인이 필요합니다. 그런데 이게 마지막이 아닙니다.

MC 7-1 등기부등본만 확인할 게 아니고 마지막으로 확인할 게 또 있나요?

그렇습니다. 임대차보호법은 주소 이전하고 확정일자 받고 다음 날에 대항력이 발생합니다. 그런데 잔금 납부하고 확정일자 받은 날, 바로 그날 오후에 근저당권설정이나 압류가 들어올 수도 있으니 그다음 날에도 확인해 볼 필요가 있는 것입니다.

통상적으로 은행은 선순위 저당권설정을 위해 임차인이 들어와 있는 집은 대출을 꺼리거나 근저당설정을 회피하거나 대출금액을 축소합니다.

MC 8 확정일자 받고 하루 사이에도 사고가 날 수 있다니, 이런 점들은 확실하게 알아두셔야겠습니다. 무주택 서민이 전세금을 안전하게 지키는 확실한 방법에 대해 궁금합니다.

무주택 서민이 전세금을 안전하게 지키는 방법으로 전세 계약이 끝났을 때 집주인이 세입자에게 보증금을 돌려주지 못하면 보증기관이 세입자에게 대신 지급하는 일종의 보험 상품인 전세 반환보증이 있습니다. 전세보증금을 제때 못 받거나, 전세로 사는 집이 경매에 넘어가면 스스로 법적인 조치를 하기 어려운 세입자들에게 적합합니다.

전셋값이 급등하면서 나중에 돌려받지 못하게 되는 위험과 불안이 커지면서 일반 세입자들의 전세 반환보증 가입이 늘고 있는데요. 보통 세입자는 임대차보호법에 따라 우선변제권을 갖기 때문에 전세권 설정, 확정일자 등으로 법적 대항력을 갖추면 별도로 반환보증에 가입하지 않는 경우가 많습니다.

이 경우 매매가와 보증금 차이가 거의 없으면 우선변제권이 있어도 보증금 전액을 돌려받기 어려운 상황이 될 수도 있습니다. 또 경매가 진행되는 동안 보증금 반환이 지연되기도 합니다. 그렇지만 전세금 반환보증 가입자는 보험사로부터 먼저 보증금을 돌려받고 보험사는 임대인에게 구상권을 청구하게 되는 제도로 임차인에게 더욱 유리합니다.

MC 9 이제까지의 설명으로 정리해 보면 주택을 임차할 때 전세보증금 반환보증 제도가 가장 확실하게 세입자 피해를 막는 방법인 것 같습니다. 그렇다면 전세보증금 반환보증제도에 가입하는 방법을 설명해 주시죠.

전세보증금 반환보증제도는 우선 보증신청 기한은 신규 전세 계약의 경우 잔금지급일 이후부터 전세 계약 기간의 1/2이 지나기 전까지 가입 가능합니다. 갱신하는 경우에도 동일하게 적용되고요. 보증대상 주택은 단독, 다세대주택 아파트와 주거용 오피스텔까지 웬만하면 모두 해당됩니다. 단, 오피스텔은 주 용도란에 주거용으로 표기가 되어 있어야 합니다.

전세보증금 반환보증제도는 보증금액과 보증한도가 있는데요. 보증한도는 주택가격에서 선순위 채권(즉 전세보증금보다 우선변제권이 인정되는 담보채권)을 제외한 금액이 됩니다. 아파트는 1가구만 거주하지만, 단독 다가구 주택의 경우는 보증신청인보다 다른 세입자들의 선순위 전세보증금의 합계를 포함한다는 것을 기억해야 합니다.

MC 10 전세보증금 반환보증제도도 전세권 설정처럼 임대인의 동의가 있어야 가입할 수 있습니까?

전세보증금 반환보증제도는 임대인의 동의 없이 신청 가능하고요. 일반적인 사항으로 보증의 몇 가지 조건은 있습니다. 우선 전입신고와 확정일자를 받아야 합니다. 무엇보다 주택 소유권에 대한 권리침해가 없어야 하죠. 등기부등본에 경매, 압류, 가압류, 가처분 등이 없어야 하며, 선순위 채권이 주택가격의 60% 이내여야 합니다.

전세 계약서상의 확인사항은,
1. 전세 계약 기간이 1년 이상 남아있어야 할 것
2. 공인중개사를 통해 체결한 전세 계약서일 것
3. 전세보증금이 수도권은 7억 원, 그 외 지역은 5억 원 이하
4. 전세보증금 반환채권의 담보나 양도를 금지하는 특약이 없을 것
이외에도 임대인이 보증공사의 보증금지 대상자가 아니어야 합니다.

전세보증금 반환보증제도가 임차인의 피해를 예방하는 방법으로는 안전하지만, 수수료가 부담되지는 않을까요?

전체적으로 보증금의 0.11~0.15%의 수수료를 부과합니다. 2억 원을 초과한 아파트의 보증 수수료는 0.122%인데, 2억 원을 1년으로 계산해보면 244,000원이 됩니다. 2년이면 488,000원입니다.

2년으로 한정해보면 전세권설정 등기비와 수수료보다는 조금 저렴합니다. 무엇보다 보증금을 돌려받지 못하면 전세권은 경매신청해서 보증금을 찾아가지만, 전세보증금 반환보증은 보증사에서 임차인에게 선지급해 준다는 큰 장점이 있습니다.

임차인의 재산보호를 위한 사기 피해구제대책

일명 깡통전세 우려가 커지는 가운데, 주택도시보증공사의 전세보증금 사고 발생 건수도 증가하고 있습니다. 정부는 최근 임차인 재산 보호와 주거안정 지원을 위한 전세 사기 피해방지 방안을 발표했습니다.

오늘 '어쨌든 경제'에서 사기 피해구제대책에 대해 좀 더 알아보겠습니다.

MC 1　　집주인이 세입자에게 보증금을 돌려주지 않아 발생한 전세보증금 반환보증 사고의 현황을 알고 싶습니다.

임대인이 전세금을 세입자에게 돌려주지 못하면 전세보증금 반환에 가입한 세입자는 보험사로부터 보증금을 돌려받게 됩니다. 주택도시보증공사의 보증 사고 건수가 '16년 27건이던 것이 '21년은 2,800건으로 무려 100배 증가했습니다. 보증 사고 금액을 보면 '21년은 5,790억 원으로 피해액이 급증했습니다. '22년 8월까지 5,368억 원으로 연말까지 가면 피해액은 더 커질 것으로 보이는데요. 전세 사기 피해는 청년, 신혼부부가 다수를 차지하고 있습니다. 20·30세대의 사고 금액이 전체의 68%를 차지하고 있는 상황입니다.

MC 2　　역시 부동산거래 경험이 적은 청년층의 피해가 큰 것으로 보이네요. 주택도시보증공사를 통해 드러난 피해가 이 정도라면 드러나지 않은 피해는 더 클 것으로 예상됩니다.

주택도시보증공사의 전세보증금 반환보험제도가 '13년에 도입되었고 '21년 말까지 가입률이 18%에 지나지 않기 때문에 보험에 가입하지 않은 피해 건수는 현재처럼 드러난 것에 비해 훨씬 많다고 할 수 있겠습니다.

MC 3 임차인의 재산에 막대한 피해를 주는 깡통전세 문제점에 대해 정부에서는 어떤 대책으로 예방하고 있습니까?

우선 깡통전세 예방책을 보면 계약 주체 간의 부동산가격 정보 비대칭이 발생하고 있습니다. 적정 전셋값 또는 매매가격, 악성 임대인까지 위험 거래를 판단할 수 있는 정보가 부족해서 임차인이 전세 피해 위험에 쉽게 노출되고 있는 상황입니다. 임차인이 개별로 확인하기 번거롭고 또 신축빌라 시세나 악성 임대인 명단 등은 정보 자체가 없습니다.

정부는 전세 계약 시 확인해야 할 주요 정보들을 한눈에 제공하는 자가진단 안심 전세 앱을 구축하여 배포할 예정이라고 하는데요. 주요 정보는 임차인의 입주 희망 주택에 대한 적정 시세 정보와 악성 임대인 명단, 공인중개사 등록 여부, 등록 임대사업자의 임대보증 가입 여부를 확인하여 의심 매물인지, 위험 정도를 사전에 판단하고 계약 여부를 결정하게 됩니다. 근저당권은 계약 시 필수정보를 확인할 수 있게 하고 전입신고와 확정일자 등 후속 조치의 필요사항을 안내합니다. 앱은 '23년 1월에 나올 예정이라고 합니다.

임차인의 재산을 보호하기 위한 여러 가지 예방책이 있다고 하더라도 깡통전세 사기를 모두 차단할 수는 없을 것 같습니다.

주택도시보증공사 보증가입을 했다면 신축빌라 등 시세 파악이 어려운 주택은 실제보다 높게 부풀려 깡통전세 계약을 유도하는 사례가 있습니다. 임차인은 전세가와 매매가가 같더라도 보증가입을 통한 보증금 보호가 가능하므로 임대인의 깡통전세 계약체결 요구를 승낙할 가능성이 큽니다.

개선사항은 적정 시세가 반영되도록 의뢰인과 감정평가사 간 결탁이 없도록 감정평가 시 감정평가사협회 추천제를 활용하고 공시가 적용비율의 현실화율은 더욱 강화하기로 하였는데요. 공인중개사나 임대인이 보증보험에 가입하면 안전하다고 유혹하는데 제대로 된 시세확인이 반드시 필요해 보입니다.

체납 세금을 세입자가 확인할 수 없어서 피해를 보는 예도 있었는데, 어떤 대책이 나왔나요?

지금까지는 세금 체납과 선순위 세입자의 보증금을 임차인이 임대인의 협조 없이는 확인할 수가 없었습니다. 그러나 이번 개선을 통해 선순위 권리관계에 관한 확인 권한을 임차인에게 부여했습니다.

계약 전 임차인이 체납 사실 여부의 선순위 보증금 확인을 요청하는 경우 임대인이 해당 정보를 제공하여야 한다고 주택임대차보호법 개정을 통하여 명문화하기로 했습니다. 또한, 중개사법 개정을 통하여 정보 요청 권한과 제공 의무를 공인중개사 설명 의무 대상에 포함해 임대차 표준계약서에 반영하기로 했습니다. 그리고 계약 후 임차개시일 전까지 임차인은 임대인 동의 없이 미납세금을 확인할 수 있도록 국세징수법 또한 개정 발의하기로 했습니다.

MC 6 임차인이 임대인의 동의 없이 미납세금을 확인할 수 있는 국세징수법의 빠른 법 개정이 꼭 필요한 부분인 것 같습니다. 그 이외에도 또 다른 대책이 있나요?

현재 주택임대사업자의 임대보증금 보증가입이 의무화됐지만 임차인의 보증가입 여부 확인이 어렵고 미가입 사업자가 다수 발생하는 문제도 있습니다.

앞으로는 임대인이 보증에 신청할 경우 임차인에게 통보하고 보증가입 의무 준수 여부도 상시 점검하기로 했습니다. 또 하나는 공인중개사의 시장 감시기능을 확대하기로 했는데요, 전세 사기, 의심 매물 등에 대한 시장 내 자발적인 신고가 미흡하기 때문에 신고 시 포상금 지급을 하기 위해 공인중개사법을 개정하기로 했습니다.

MC 7 임차인의 재산을 보호하기 위한 직접적인 피해 구제책도 있나요?

임대차 계약 직후 주택을 매도하거나 근저당을 설정하고 보증금을 속여 뺏는 사례를 막는 대책도 나왔습니다. 임대차 표준계약서에 임대인의 담보권 설정 가능 시점 등을 계약서 특약에 명시하고, 임대인이 근저당권설정 금지 및 위반 매매계약 체결 시, 계약해지가 가능합니다. 임대인이 임차인에게 손해배상 해야 한다는 표준계약서 특약을 기재하게 합니다.

MC 8 임차인 중에 보증금반환 보험에 가입되지 않은 경우가 82%나 된다고 하는데 전세 사기 피해를 당했을 경우, 어떻게 도움을 받을 수 있습니까?

전세 사기 피해자는 적절한 법적 대응방안이나 자금조달 방안 등을 몰라서 신속한 자력구제가 곤란했습니다. 또 지원을 위한 창구가 있다 하더라도 일부 시민단체나 지자체 등에서 단순 법률상담 위주의 피해지원 서비스에 불과했죠. 그러나 이번에 개선되는 내용을 보면 주택도시보증공사에 전세피해 지원센터를 설치하기로 했습니다. 금융서비스, 임시거처, 임대주택 입주와 법률상담 등을 원스톱으로 제공하겠다고 밝혔습니다.

MC 9 보증금을 돌려받지 못한 임차인을 위한 실질적인 피해구제가 가능할까요?

보증금을 돌려받지 못한 임차인은 주거이전을 위한 자금조달이 어렵습니다. 이에 정부는 전세 사기 피해 임차인을 대상으로 주택도시기금에서 가구당 1억 6천만 원 대출을 지원하고 최대 10년 동안 연 1%의 저리 긴급자금 대출을 받을 수 있도록 지원합니다.

전세피해 자금을 보전할 수 있는 보증상품이 있지만, 가입률이 18%로 저조한 상황입니다. 정부는 전세 사기 노출 위험이 상대적으로 높은 청년, 신혼부부 등에 대해서는 보증료를 추가 지원하여 보증가입을 유도할 예정이라고 밝혔습니다.

특히 전세사기 피해가 발생하면 신규계약 전까지 상당한 주거 불안에 직면하는데요.

자금을 확보하고 적정 거주지를 물색하는 등 많은 시간이 소요되는 만큼 긴급 거처가 필요하죠. 그동안 지원이 많이 미흡했습니다. 정부는 주택도시보증공사가 강제관리 중인 주택과 긴급지원 공공임대의 지원을 받아서 시세의 30% 이하로 최장 6개월 거주할 수 있도록 임대를 지원하기로 했습니다.

MC 10 전세 사기가 증가하고 피해가 크다 보니 시장에서는 월세를 더 많이 찾는다고 합니다. 정부의 대책이 나왔지만, 세입자들이 더 주의해서 꼼꼼하게 살펴봐야겠습니다.

아직도 우리나라 전체 가구의 43%가 무주택 가구입니다. 부동산업계에서는 전세가율이 80%를 넘으면 깡통전세 위험이 크다고 합니다. 세입자가 접근할 수 있는 정보가 늘어난 만큼 위험을 회피할 가능성이 충족되고 있다는 정부의 시각이지만 그런데도 세입자가 직접 확인해야 한다는 점은 달라지지 않았습니다. 임대차 계약 시 더욱 꼼꼼하게 살펴보시고 또한 예측 불가능한 사기 피해를 예방하기 위해 전세보증금 반환보험에 꼭 가입하셨으면 합니다.

종합부동산세 개정 방향이 궁금해요

정부가 '22년 세제개편 안을 확정 발표했습니다. 오늘 '어쨌든 경제'에서 부동산 분야는 어떤 내용을 담고 있는지 자세하게 알아보겠습니다.

MC 1 '22년 세제개편 안은 기업과 국민이 부담하는 전반적인 모든 세제를 포함하고 있습니다. 전체적인 틀은 세 부담의 완화라고 생각해도 되겠습니까?

전체적으로 지난 정부에서 부과하던 세율을 인하하고 공제는 확대하는 정책으로 세금부담을 완화했다고 할 수 있겠습니다. 부동산 세제 정상화도 중요한 부분인데요. 현재까지 주택분 종합부동산세 산출 시 다주택자에 대해 중과세율을 적용하고 있습니다. 1주택, 2주택, 3주택 보유 여부에 따라 과세표준 금액의 합산이나 다주택 여부를 따져 아주 많은 세율을 부과하고 있습니다. 문제는 서울의 1주택 고가보유자는 지방의 여러 채를 보유한 사람의 합산금액보다 과세표준 금액이 높지만 1주택이라는 이유로 다주택자보다 세율을 낮게 부과했는데요. 이번에 종부세 개편 내용이 많이 차지하고 있습니다.

MC 2 정부에서 발표한 종합부동산세 개정 방향이 궁금합니다.

1주택자와 다주택자 간 주택 수에 따른 세 부담 격차를 해소하고 납세자의 담세력에 맞는 과세를 위해, 다주택자 중과제도를 폐지하고 가액기준 과세로 전환했습니다. 즉 주택 수 기준이 아닌 과세표준 금액 합산으로 세율을 부과하겠다는 것입니다.

지난해 기준 0.6%~6%까지 부담하던 종부세율을 0.5%~2.7%까지 부과해 종부세율을 인하하기로 했으며, 세 부담 상한 비율도 300%에서 150%까지만 적용하기로 했습니다.

MC 3 종부세의 기본공제금액은 기존과 어떻게 달라지는지 설명해 주십시오.

'21년도에 정부는 1세대 1주택자의 기본공제금액 9억 원에서 11억 원으로 공제를 확대했습니다. '22년에는 한시적으로 1세대 1주택자에 대해 3억 원 추가 특별공제를 1년간만 적용하기로 해, 올해는 14억 원이 공제될 예정입니다. 그런데 '23년에는 11억 원으로 돌아가는 것이 아니라 1억 원 상향한 12억 원이 기본공제가 됩니다. 또 다주택자도 6억 원 기본공제에서 9억 원으로 상향조정될 예정이죠.

> * 입법 과정 중 국회의 동의를 구하지 못해 1세대 1주택자의 3억 원 추가 특별공제와 다주택자의 기본공제 6억 원에서 9억 원 상향은 2022년 종부세에 적용되지 않음.

`MC 4` 종합부동산세의 기본공제금액을 높이게 된 배경은 현실적으로 집값이 많이 올랐기 때문에 개선된 내용이 맞습니까?

네. 맞습니다. '05년 종부세 도입 이후 기본공제금액은 조정이 없었고 주택가격 상승에 따른 과세인원이 증가하고 있어서 기본공제금액 현실화가 필요하게 된 것입니다. 주택분 과세인원이 '17년 33만 명에서 '21년 93만 명으로 5년간 3배 증가한 게 단적인 예입니다. 기본공제금액 상향으로 종부세 납부대상자가 줄어드는 효과가 있습니다.

`MC 5` 그동안 종부세와 관련된 여러 가지 민원이 많았던 것으로 압니다. 종부세의 불합리한 부분들은 이번 개정에 어떻게 반영되었습니까?

이번에 발표된 종부세의 특히 달라진 부분은 일시적 2주택자, 상속주택, 지방 저가 주택에 대한 1세대 1주택자 주택 수 산정의 종부세 특례를 신설했습니다. 이를 적용하면 1세대 1주택자 판정 시 주택 수에서 제외하고 우선 일시적 2주택자는 신규주택 취득 후 2년 내 종전 주택을 양도한 경우로 한정합니다. 양도세의 일시적 2주택자 특례규정과 같은 거죠.

다음은 상속주택인데요. 1세대 1주택자가 상속을 원인으로 취득한 주택을 함께 보유하는 경우인데 상속 개시일부터 5년이 지나지 않은 주택입니다. 예외적으로 5년 기한을 적용받지 않는 경우는 저가 주택 공시가격 수도권 6억 원, 비수도권 3억 원 이하 주택과 상속지분 40% 이하인 경우는 5년이라는 기한을 적용받지 않고 계속 1주택으로 본다는 내용입니다.

마지막은 지방의 저가 주택입니다. 수도권과 광역시가 아닌 지역의 3억 원 이하 주택은 주택 수에서 제외합니다. 그러나 주택 수에서 제외할 뿐이지 과세표준에 합산해 일반세율로 과세합니다. 예를 들면 과세표준 금액으로 수성구에 12억 원, 경북 성주에 3억 원짜리 주택을 소유하고 있다면 합산금액은 15억 원입니다. 이 경우 중과주택으로 보지 않고 1주택으로 간주해 일반세율을 부과하게 된다는 내용입니다.

MC 6 부동산 세법은 사례마다 달라서 필요한 부분은 따로 떼서 잘 살펴보셔야겠습니다. 이번 세제개편 안에서 양도소득세 이월과세도 중요한 내용이라고 하던데 자세한 소개를 부탁합니다.

우리가 통상 배우자나 자녀에게 부동산 증여를 많이 합니다. 지난 정부에서 다주택자는 팔면 양도세 중과세, 보유하고 있으면 종합부동산세 중과세를 내게 되니까 차라리 증여하는 것이 절세하는 방법으로 주목받았죠. 그래서 증여가 많이 이루어졌습니다.

그런데 증여는 증여일로부터 5년 이내 양도하면 증여 당시의 취득금액이 아니라 증여자가(즉 배우자나 부모님이) 최초에 취득한 날로부터 적용해서 양도소득세를 부과하게 됩니다. 양도 차액이 커지면 세금이 많아지겠죠.

그런데 이번에 바뀌는 내용은 그 적용 기간이 5년이 아니라 10년으로 확대됩니다. 증여 후 10년 이내에 양도하면 최초 취득일부터 취득금액을 계산한다는 것인데요. 배우자나 자녀에게 증여를 통한 양도세 회피방지를 위해 기간적용이 확대되는 것입니다.

적용 시기가 '23년 1월 1일부터 적용하기에 증여계획이 있으시다면 '22년에 하시는 게 유리할 수 있겠습니다.

MC 7 서민 주거비 부담완화를 위한 세액공제율은 어떻게 달라지는지 궁금합니다.

총 급여 7천만 원 이하의 근로자이거나 종합소득금액 6천만 원 이하 무주택 근로자와 성실사업자일 때 월세액의 12%까지 공제합니다. 소득금액이 5,500만 원 이하일 경우는 17%까지 공제율을 높였고요. 무주택 근로자가 빌린 주택임차자금의 소득공제율은 40% 적용하고, 공제 한도는 400만 원으로 높였습니다.

적용 시기는 '23년 1월 1일 이후 신고하거나 연말정산 분부터 적용됩니다.

MC 8 '22년 세제개편 안 가운데 부동산 관련 내용 중에서 금융투자 소득세 도입은 어떻게 되나요?

금융투자 소득세 도입은 2년 유예됐습니다. 금융투자 소득세는 금융투자에서 발생한 모든 소득에 대해 세금을 부과하는 것입니다. 기존 해외 주식과 국내 주식에서 대주주에게만 부과하던 양도소득세를 모든 투자자에게 확대했다고 보시면 될 것 같은데요. 통상적으로 예금에 따라 이자가 발생하면 15.4% 이자소득세를 납부하는데 주식은 이익과 관계없이 거래세만 부담했죠. 금융투자 소득세는 3억 원 이하는 20%, 3억 원 초과는 25%의 세금을 부과하겠다는 정책이었습니다. '23년부터 적용하려던 것을 '25년부터 적용하기로 했습니다.

MC 9 며칠 전 대구의 상당한 지역에서 미분양 관리지역으로 지정이 되었습니다. 이것은 이미 예상했던 일인가요?

네. 이미 예상된 일이었습니다. 우선 미분양 500세대가 넘는 중구, 동구, 남구, 달서구가 적용됐습니다. 6월 말 수성구를 제외한 전 지역이 조정대상지역에서 해제된 이후에 미분양 관리지역으로 지정됐습니다. 요건은 이전부터 갖추고 있었지만, 그동안에는 상반되는 정책을 동시에 적용할 수는 없었죠. 조정대상지역으로 지정된 상황에서는 고분양가 관리지역으로 분양가격 통제를 받고 있으니까 미분양 관리지역으로 지정할 수 없었던 것입니다. 6월 말 대구 전체 미분양 세대수는 6,718호로 전월에 비하면 100세대 줄었습니다만 여전히 전국에서는 가장 많은 미분양 세대수를 나타내고 있습니다.

MC 10 미분양 관리지역으로 지정되면 어떤 영향을 받게 되나요?

아파트를 선 공급하려면 반드시 분양보증을 받아야 하는데, 미분양 관리지역 내 보증을 받기 위해서는 예비심사 또는 사전심사를 받아야 합니다. 미분양 관리지역에서는 예비심사나 사전심사를 통해 분양 시기를 조절하거나 높은 분양가격으로 미분양이 우려된다면 분양가격 인하를 권고하기도 합니다. 이러한 심사를 통해 미분양 관리지역의 공급물량을 통제하거나 시장에 맞는 분양가격을 통해 미분양 해소와 주택가격 안정을 도모하기 위한 목적이라고 보시면 되겠습니다.

MC 11 경북에서도 미분양 관리지역이 지정된 곳이 있습니까?

이번에 대구 4개 구를 포함해 전국 9개 지역이 미분양 관리지역으로 지정되었습니다.

경북지역은 포항과 경주가 올해 3월부터 미분양 관리지역으로 지정돼 규제를 받고 있는데요. 경북 미분양 4,800세대 중 포항 2,500세대, 경주 1,200세대로 이들 두 지역에 3,700세대의 미분양이 쌓여있습니다. 이들 지역의 미분양 해소가 저조한 가운데 신규공급이 예정되어 있어 시장 상황이 개선되고 있지 않기 때문입니다.

□ 주간 아파트 매매가격지수 ('23.02.06.)

[출처 : 한국부동산원 / 지수값 100 = '21.6]

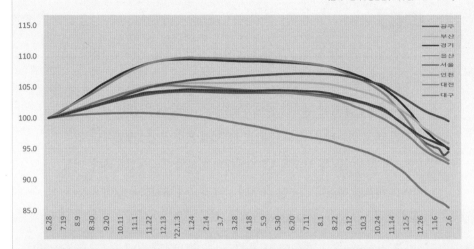

지역	광주	부산	울산	경기	서울	인천	대전	대구
지수값 100 ('21.06.28)	100	100	100	100	100	100	100	100
'23.02.06 기준	99.5	95.9	95.1	94.9	94.5	93.1	92.6	85.5
상승률	-0.50%	-4.10%	-4.90%	-5.10%	-5.50%	-6.90%	-7.40%	-14.50%

지역	대구	남구	북구	중구	서구	동구	수성구	달성군	달서구
지수값 100 ('21.06.28)	100	100	100	100	100	100	100	100	100
'23.02.06 기준	85.5	91.1	90.8	88.8	87.8	87.7	83.5	83.0	82.1
상승률	-14.50%	-8.90%	-9.20%	-11.20%	-12.20%	-12.30%	-16.50%	-17.00%	-17.90%

생활형 숙박시설은 어떤 종류가 있을까요?

단독주택이나 아파트 외에도 우리 주변에는 주거로 사용하는 건축물이 다양하게 있습니다. '어쨌든 경제'에서 오늘은 생활형 숙박시설에 대해 자세히 알아보겠습니다.

MC 1　생활형 숙박시설은 정확하게 어떤 걸 말하는지 설명을 부탁합니다.

숙박시설에는 일반형과 생활형 숙박시설로 나눕니다. 일반 숙박시설은 여관, 모텔 등 취사가 불가능하고 잠만 잘 수 있는 것을 말하고, 생활형 숙박시설은 취사를 할 수 있는 숙박시설을 말합니다. 즉 취사도구로 식사를 해결할 수 있는 시설과 세탁실도 설치되어 있다는 얘기입니다.

MC 2　생활형 숙박시설이 레지던스와 같은 형태로 생각해도 되는 걸까요?

네. 맞습니다. 예전에는 레지던스라고 많이 불렀습니다. 건축법상의 정식 명칭은 생활형 숙박시설입니다. 레지던스라고 하면 조금 고급스러움을 나타내기도 하는데요.

가정집과 같은 분위기에 호텔 수준의 서비스가 제공되는 숙박업소입니다. 호텔보다는 가격이 조금 저렴하고 가족 단위의 투숙객을 주요 고객으로 하고 있습니다.

생활형 숙박시설이라는 법상 명칭은 '12년부터 도입되었고 이전에는 통칭 레지던스라고 불렀습니다.

MC 3 생활형 숙박시설에 투자하는 건 임대 수익률을 보겠다는 것으로 생각됩니다.

저금리 시기에 투자 상품으로 많은 주목을 받았습니다. 물론 휴양지인 제주도, 강원도, 부산에서는 현재도 많이 공급되고 있기도 합니다. 우선 주택법이 아닌 건축법 적용을 받으면서 주택으로 보지 않기 때문에 투자 상품이 된 것입니다. 특히 아파트나 오피스텔과 비교하면 규제가 느슨한 편입니다. 예를 들면 아파트는 주차장 비율이 세대당 1.5대까지 되지만 숙박시설의 주차는 일반영업장과 비슷한 수준이기 때문에 건축비가 저렴하고, 공급가격도 주거시설에 비하면 저렴하다고 할 수 있죠. 저렴한 분양가격에 주거상품으로 월세를 놓게 되면 수익률이 높아지니까 투자수요가 늘어난 것입니다. 또한, 관광지의 호텔이나 다른 숙박시설에 비하면 저렴한 비용으로 이용할 수 있는 장점이 있기도 합니다.

MC 4 일반적으로 숙박시설로 운영하려면 여러 조건을 갖춰야 할 것 같은데요.

숙박업 사업자등록을 하고 숙박시설로 이용해야 하지만 한 채, 두 채 가지고 사업자등록을 하는 게 현실적으로는 무리라고 생각하는 사람들이 있고 관리상의 어려움이 따르기도 합니다. 그래서 일부는 숙박업 사업자등록 없이 불법으로 운영하는 곳이 생겨나기도 합니다. 이런 어려움이 있으니까 숙박시설 전체를 위임받아 관리하는 업체도 있습니다. 임대인으로부터 위임받은 호수에 대해 숙박시설로 대여하고 관리해주면서 수익금을 임대인에게 돌려주는 방식입니다.

MC 5 생활형 숙박시설을 짓는 게 규제도 느슨하고 건축비용이 상대적으로 적게 든다는 뜻인데 숙박이 아닌 거주용으로 사용하는 경우도 있습니까?

생활형 숙박시설을 임대가 아닌 실제로 거주하는 예도 있습니다. 도심의 비싼 집값 대신 상대적으로 저렴한 가격이면서 원·투룸 구조가 아닌 아파트 24~33평 수준으로 공급한 숙박시설이 있습니다. 숙박시설로 건축되었으니까 주차시설이 완화되었고 그래서 일부 지역에서는 주차 대란이 발생하는 문제점이 드러나고 있습니다. 이에 따라, 정부는 '21년 1월 14일 건축법 시행령 개정 법안을 발의했습니다. 생활형 숙박시설은 주택 용도로 사용할 수 없고 숙박업 신고가 필요한 시설임을 명시했죠. 또 생활형 숙박시설을 주택으로 사용할 수 있는 것처럼 광고하는 경우, 허위 과장 광고로 사업자를 고발 조치하도록 하고 있습니다.

MC 6 현재 생활하고 있는 생활형 숙박시설 거주자는 어떻게 해야 하나요?

생활형 숙박시설을 적법한 용도변경 없이 주거용 건축물로 사용하는 경우가 다수 발생하고 있다는 지적이 '20년 국정감사에서 나왔습니다.

그래서 국토교통부는 관계기관 의견 수렴을 통해 불법 전용 방지방안을 마련했죠. 신규 시설은 생활숙박시설 용도에 적합하게 건축될 수 있도록 별도 건축기준을 제정하기로 했고요. 건축 심의와 허가 단계에서 숙박시설의 적합 여부나 주거·교육환경 등 주변 환경을 고려하여 허가를 제한하기로 했습니다. 주택 불법사용을 사전 차단하기 위한 방침이죠.

기존 시설은 코로나19로 인한 숙박 수요 감소와 임차인 등 선의의 피해자가 발생하지 않도록 오피스텔 등 주거가 가능한 시설로 용도변경을 안내하고 2년의 계도기간 동안 이행강제금 부과를 한시적으로 유예하기로 했습니다.

MC 7 현재 살고 있는 생활형 숙박시설이 오피스텔로 전환된다고 하면 문제점은 없는가요?

부산 해운대에 초고층 레지던스 즉 생활형 숙박시설이 있습니다. 거의 호텔급이다 보니 평수가 꽤 큰 것도 많이 있습니다. 오피스텔은 난방 가능 면적이 지난해 85㎡에서 120㎡로 늘었지만 여전히 난방 규제를 적용받고 있습니다.

이번 법 개정으로, '23년 10월 14일까지는 이미 사용 승인된 생활형 숙박시설을 오피스텔로 변경하는 경우, 바닥난방 설치 제한과 발코니 설치 금지 적용을 받지 아니하고, 또 전용 출입구 설치를 별도로 하지 않아도 됩니다. 하지만 주차시설이 넉넉하지 못한 곳이 많아 주차의 어려움은 많을 것으로 예상합니다.

세법 시행 이전에 분양공고를 하거나 공사 중인 단지는 어떻게 되나요?

허가사항을 변경하면 오피스텔로 용도변경이 가능합니다. 기존 적용된 발코니 설치와 바닥난방의 면적 기준 제한이 없고, 전용 출입구 설치 없이 설계변경이 가능합니다.

오피스텔은 전용면적 산정방식에서 안목치수를 적용해야 하지만 법 개정 사업장은 중심선 치수로 면적 산정을 인정해주고 있습니다.

국토교통부는 생활형 숙박시설이 주택으로 불법사용 방지를 위해 계도기간 이후에도 숙박업 신고를 하지 않거나 주거용 건축물로 용도변경을 하지 않은 경우에는 단속 적발을 추진할 계획이라고 밝혔습니다.

MC 9 오늘은 생활형 숙박시설에 대해 알아보고 있는데 도시에도 민박사업이 있는 것으로 알고 있습니다. 에어비앤(Airbnb)처럼요.

이런 경우는 관광진흥법에 따른 외국인 관광도시 민박업에 해당합니다. 우선 농어촌지역은 제외하며 주인이 직접 거주해야 합니다. 에어비앤비(Airbnb)처럼요. 외국인 관광객에게 한국의 가정문화를 체험할 수 있도록 적합한 시설을 갖추고 숙식 등을 제공합니다.

시설은 단독주택, 다가구주택, 연립, 다세대주택을 포함하지만, 오피스텔은 우선 업무시설로 분류되고 있어서 원룸 또한 도시민박업에 불가능한 시설로 보고 있습니다.

추가적인 등록요건을 보면 외국인과 의사소통을 할 수 있는 체계를 갖추어야 하며 위생 수준을 보장할 수 있어야 합니다. 또한, 일산화탄소 경보기 설치와 소화기를 갖춰야 하기도 하죠.

MC 10 도시민박업은 꼭 외국인만 대상으로 해야 하는지 궁금합니다.

예외적으로 도시재생 활성화 및 지원에 관한 법률에 따라 외국인 관광객의 이용에 지장을 주지 않는 범위 내에서 해당 지역을 방문하는 내국인 관광객을 받을 수 있습니다.

MC 11 공유 숙박 플랫폼 에어비앤비를 두고 합법인지, 불법인지의 논란이 있는 점에 대해서 어떻게 생각하십니까?

사업자가 외국인 관광도시 민박업 등록요건을 갖추면 합법이지만, 갖추지 않고 있으면 불법이 됩니다. 에어비앤비 자체가 합법이냐, 불법이냐를 따지는 것은 아닙니다.

아시다시피 에어비앤비는 '08년 미국 샌프란시스코에서 시작된 공유형 숙박서비스로 세계적 기업이 되었습니다. 창업자인 이들은 집세를 낼 형편이 되지 않자 어떻게 집세를 충당할 수 있을까 고민하다가, 당시 아이디어 중 하나가 거실과 부엌, 방 세 개가 있는 넓은 아파트를 활용해 방을 빌려주고 음식을 제공하며 돈을 벌자는 취지에서 생겨난 형태입니다. 외국이나 우리나라 모두 도시의 소시민들은 조금의 불편을 감수하더라도 이익을 얻고자 하는 마음들이 결국은 공유형 플랫폼인 숙박사업의 토대가 되었다고 할 수 있겠습니다.

MC 12 일반적으로 많은 사람이 이용하는 펜션은 어떻게 분류를 해야 하나요?

펜션도 여러 종류가 있습니다. 일반펜션과 관광펜션 및 휴양펜션이 있습니다.

일반펜션과 관광펜션은 공중위생관리법에 따라 숙박업 등록을 하는 것과 농어촌민박사업 시설이 있습니다. 일반적으로 많이 이용되는 것은 도회지의 농어촌민박사업시설인 펜션입니다.

농어촌민박사업을 신고하려면 별도의 조건을 갖추어야 하는데요. 농어촌이나 준농어촌지역의 주민이어야 하고 또 해당 지역에 6개월 이상 계속해서 거주하고 있어야 합니다. 신고자가 거주하거나 소유하고 있는 단독주택이어야 하고요. 이러한 조건으로 우리가 이용하는 펜션을 가보면 주인이 직접 거주하는 안채가 따로 있는 경우를 많이 보게 됩니다. 끝으로 휴양펜션은 제주특별자치도 특별법으로 제주도에서만 가능한 휴양펜션이 있습니다.

투기과열지구 해제로 인한 부동산시장의 변화

지난 6월 30일, 수성구가 투기과열지구에서 해제되고 대구 7개 구·군과 경산시가 조정대상지역에서 해제됐습니다. 이번 결정이 대구 부동산시장에 어떤 영향을 줄지 자세히 알아보겠습니다.

MC 1 대구가 조정대상지역에서 해제됐다는 소식에 지역에서는 모두 반가워했습니다. 현재 부동산시장의 분위기는 어떤가요?

우리 지역이 지난해 연말부터 조정대상지역 해제를 얼마나 기다렸습니까. 거래 절벽이 된 주된 요인이 여러 가지 있겠지만 결국은 부동산 거래를 막는 규제정책이었습니다. 이번 조정대상지역과 투기과열지구 해제는 부동산시장이 반등하기보다는 최소한의 거래를 할 수 있게 겨우 숨통을 틔워준 수준입니다.

오랜 가뭄 끝에 단비가 한 번 내린 경우로 부동산시장에 일시적인 거래 활성화는 조금 도움이 되겠지만 지속 여부는 경제여건 상황을 함께 지켜볼 필요가 있겠습니다.

MC 2 조정대상지역 해제 여부가 불확실한 가운데 막판에 대구가 해제로 가닥이 잡혔다고 하는데 정부도 끝까지 고민이 많았던 것 같습니다.

전국의 조정대상지역 112곳 가운데 11곳이 해제된 가운데 대구 7곳, 경산 1곳으로 대구가 조정대상지역에서 대폭 해제되었습니다. 투기과열지구는 49곳 가운데 6곳이 해제되며 세종을 제외하고 지방은 모두 해제되었으며 그 안에 수성구도 포함되었습니다.

국토교통부는 형평성과 풍선효과를 우려해서 12월로 연기하려는 움직임이 있었지만, 대구시와 지역의 국회의원, 대한주택건설협회 대구시지회의 큰 노력이 있어서 대구가 부동산 규제 대폭 해제를 끌어낸 것으로 보입니다.

MC 3 무엇보다 이제 대출 규제가 완화된다는 것에 기대하는 분들이 많을 것 같습니다. 앞으로 달라지는 점에 대한 설명을 부탁합니다.

조정대상지역에서는 무엇보다 담보대출비율인 LTV 50%가 70%까지 완화되고, 2주택자의 대출이 허용됩니다. 중도금 대출은 세대당 1건에서 2건으로 증가하고, 1주택의 처분조건부, 실입주조건도 완화됐습니다.

MC 4 정부의 조정지역 해제로 인해 세금 규제는 어떻게 바뀌는지 무척 궁금합니다.

6·21 대책에서 한시적 완화 및 일부 완화 발표가 있었습니다. 다주택자의 양도세 중과세 완화요건이 있었고 양도세 비과세 적용을 받기 위해 필요했던 2년 거주 조건이 폐지되고, 앞으로는 2년 보유 조건만 충족되면 1가구 1주택 양도세 비과세에 해당합니다. 또한, 일시적 2주택자

의 비과세 적용을 위한 종전 주택의 처분기한이 1년에서 2년으로 완화되었다가 규제 해제로 3년 내 처분하면 세금을 면제받을 수 있습니다.

다주택자의 장기보유 특별공제 30%가 적용되고, 다주택자의 취득세 중과 부분도 일부 완화돼, 전체적으로 완화된 세금 혜택을 볼 수 있습니다.

MC 5 앞으로 신규 분양시장에서 청약제도나 분양권 전매도 달라지는 건가요?

- 1순위 청약통장 2년 가입 기간은 6개월로 단축
- 무주택 세대의 세대주 청약요건이 해제돼 세대원 누구나 청약 가능
- 5년 내 전 세대원 당첨 사실 여부가 해제
- 7년 재당첨 제한 금지 요건이 해제
- 분양권 전매 제한은 광역시 전매제한 3년으로 변동 없음
- 100실 이상의 오피스텔 전매제한 해제
- 조정대상지역 해제로 자금조달계획서 6억 원 미만 제외

청약제도에서는 큰 변화가 있지만, 침체된 청약시장에 활력을 불어넣을 수는 없을 것으로 보입니다.

MC 6 수성구는 투기과열지구만 해제되고 조정대상지역은 그대로 남았습니다. 이 두 가지에는 어떤 차이가 있는지 설명을 부탁합니다.

투기과열지구와 조정대상지역의 규제사항이 비슷하면서도 조금씩 다릅니다. 우선 주택 담보대출 비율인 LTV가 40%에서 50%로 완화되고, 9억 원 초과의 고가주택은 9억 원 초과 금액에 대한 LTV 비율이

20%에서 30%로 완화됩니다. 투기과열지구의 전매제한 5년은 3년으로 변경되고 수성구에서 3년 이상 된 분양권은 즉시 전매가 허용됩니다. 또한, 투기과열지구에서 자금조달계획서 증빙자료 제출 의무가 없어지고 신고 의무로 변경되어 부담을 줄여줍니다.

MC 7 수성구의 투기과열지구 해제의 영향을 가장 크게 받는 분야는 어떤 분야가 될까요?

도시정비 사업인 재건축·재개발 사업지의 규제가 큰 폭으로 완화됩니다.
- 재건축 사업 조합원당 재건축 주택공급 수 제한(1주택)
  재건축 사업 조합원 지위 양도제한 (조합설립 인가 후 소유권이전 등기까지)
- 재개발 사업 조합원 지위 양도제한(관리처분 계획 인가 후 소유권이전 등기까지)
- 정비 사업 분양주택 재당첨 제한 5년

투기과열지구 해제와 함께 위의 규제사항들이 모두 해제되었습니다.

분양가상한제의 가격 제한의 탄력적 적용 및 임대차 3법

> 새 정부의 부동산정책이 연일 뉴스에 오르내립니다. 분양가상한제의 가격 제한을 탄력적으로 적용하고 임대차 3법의 보완대책도 이번 주 나오는데요, 부동산정책 변화 자세히 알아보겠습니다.

MC 1   정부는 주택 공급 확대를 위해 분양가상한제 개편과 고분양가 심사제도 개편을 예고했습니다. 이번에 분양가상한제 개편과 고분양가 심사제도 개편의 정확한 내용이 나왔습니까?

'22년 6월 21일 관계부처가 합동으로 발표했습니다, 아파트 공급을 확대하려는 방안으로 분양가상한제를 현실화한다는 내용입니다. 아파트 분양가를 결정하는 3요소는 토지비와 건축비, 추가로 비용을 인정해주는 가산비로 나뉩니다. 이번 상한제 개편 안에는 자잿값 인상분을 공사비에 적기 반영하도록 하는 방안과 재정비사업에 있어서 포함되지 않았던 명도 소송비, 주거이전비, 영업손실보상비, 이주지원 금융비, 총회운영비 등이 담겨있습니다.

분양가상한제의 기본형 건축비는 매년 3월과 9월에 고시하고 있는데 '22년 3월 고시된 가격은 3.3㎡당 최고 680만 원 수준인데요. 치솟는 원자재비용이 포함되지 않다 보니 민간에서는 분양가상한제 분양가격으로 공급할 수 없는 지경에 이른 겁니다. 정부의 이번 조치가 일부 개선은 되겠지만 인상분을 모두 반영한 사항은 아니어서 건설업체의 아파트 공급 증가로 이어질 수 있을지는 조금 더 지켜볼 필요가 있겠습니다.

MC 2 분양가상한제 개편과 고분양가 심사 제도를 개편하면 분양가격이 상승할 것 같습니다. 수도권과 비수도권 상황이 다른데 분양시장에는 어떤 영향을 미칠까요?

분양가상한제는 공공택지와 수도권 투기과열지구에서만 적용되고 있습니다. 수도권은 분양가상한제로 인해, 수익은 별로 나지 않고 리스크가 커서 민간 건설업체에서는 공급을 꺼리고 있습니다. 어쩌다 공급하는 신규 분양 아파트는 주변 시세보다 많이 저렴하니까 수십 대 일, 수백 대 일의 청약 경쟁률을 보이면서 조기 분양 완료되곤 했죠.

하지만, 조정대상지역에 지정된 고분양가 심사제도는 주로 서울 수도권과 광역시에 해당합니다. 대구는 달성군 일부를 제외하고 전역이 조정대상지역이기 때문에 고분양가 심사제도 지역인데요. 사업주체로서는 분양가격 상향을 반기겠지만, 지역 경제계는 가뜩이나 미분양이 쌓여있는 상황에 오른 분양가격을 수요자가 외면하면 미분양이 급증할 것이고, 지역 경제가 더욱 악화할 거라는 우려도 나옵니다.

MC 3 임대차 3법 개정 이후 후폭풍이 상당했었는데, 이번에 개편되는 내용을 좀 살펴보면 좋겠습니다.

정부는 다음 달, 새 임대차 법 시행 2주년을 기점으로 계약 갱신청구권이 만료된 세입자가 늘어나 전세난이 야기될 수 있다는 점을 고려해 임대차 보완대책을 준비했습니다. 크게 바뀌는 것은 없어 보이는데요. 우선 전셋값 상승으로 서민 주거 불안이 커질 것에 대비해 국민주택기금의 버팀목 전세자금 대출 지원을 확대합니다.

대출자의 소득 기준 대상자를 확대하고 대출 한도를 높여 주는 방안으로 보입니다. 세입자의 세 부담 경감을 위해서 소득공제율을 확대했는데요. 임대인은 신규나 갱신과 무관하게 직전 계약 대비 임차료를 5% 이내 인상하게 되면 1가구 1주택 양도세 비과세 및 장기보유 특별공제 적용을 위한 실거주 2년 요건을 면제합니다.

양도세 비과세 혜택을 받기 위해 불필요하게 자가로 이주하고 임차인이 퇴거할 수밖에 없는 불가피한 상황을 방지할 수 있겠습니다.

MC 4 새 정부의 경제정책 방향이 지난주 발표됐습니다. 그렇다면 보유세에 대한 부담은 어떻게 달라지는지 설명을 부탁합니다.

새 정부에서 열린 당·정 협의회의 경제정책 방향에서 1세대 1주택자의 보유세 부담을 가격급등 이전인 20년 수준으로 환원하기로 했습니다. 종부세의 공정시장가액 비율은 100%에서 60%로 하향 조정되고, 재산세는 공정시장가액 비율 60%에서 45%로 낮아지게 됩니다. 결국, 보유세율은 그대로 두고 공시가격에서 부과기준이 되는 공정시장가액 비율을 내려서 내는 세액을 줄여주겠다는 취지입니다.

MC 5 대통령의 큰 공약사항이었던 생애 최초 주택 구매자에게 대출을 80%까지 확대한다는 방안은 어떻게 정리되고 있습니까?

생애 최초 주택 구매자에게는 주택 담보대출 비율이 최대 80%까지 늘어나고 대출한도가 6억 원으로 확대됩니다. 대상자가 되기 위해서는 세대 구성원 모두가 과거 주택을 소유한 사실이 없어야 하며 과거 주택을 소유했다가 처분한 무주택자는 대상이 되지 않습니다.

일률적으로 80% 되는 것은 아니고, 지역이나 주택 종류별에 따라 80%보다 낮을 수도 있는데 이럴 때 주택 담보대출 보험을 통해 추가로 대출할 수 있도록 하고 있습니다.

적용 시기는 금융권 감독규정 개정을 거쳐 시행되는데요. '22년 3분기 이후 신규대출 신청분부터 적용하지만, 규제 시행일 이전에 대출을 신청했는데 아직 실행되지 않은 대출도 적용됩니다. 시행일 이전에 분양권을 소유하고 시행한 이후 잔금대출을 받을 때도 생애 최초 주택 구매로 간주합니다.

MC 6 주택담보대출비율을 80% 하더라도 일반적으로 소득을 보고 대출을 해주는 것으로 알고 있습니다. 그 점에 대해서 설명을 부탁합니다.

청년 등의 대출이 제약되지 않도록 DSR 산정 시 장래 소득 반영 폭을 확대하도록 하였습니다. 금융사들이 적극적으로 장래 소득 인정기준을 활용하도록 유도하고, 대출만기를 확대하는 것도 DSR 규제 완화에 도움이 될 것입니다.

50년 만기 정책 모기지를 활용하는 방법도 있는데 아무래도 대출금액을 더 늘려 받을 수 있겠죠. 만34세 이하 또는 7년 이내 신혼부부에게는 대출 상환기간을 늘리면 DSR 적용에서 보다 유리할 수 있습니다.

MC 7 국토부가 제2의 대장동 사건을 막기 위해 도시개발법 개정을 한다고 합니다. 그 개정안에는 어떤 내용을 담고 있는지 궁금합니다.

국토부는 민관 공동개발사업에서 민간사업자의 이윤이 총사업비의 10% 이내로 제한하는 도시개발법 시행령을 22일부터 시행한다고 밝혔습니다.

대장동 사건처럼 민간사업자에게 막대한 이익이 돌아가는 것을 법률 개정으로 최대이윤을 제한하기로 한 것입니다. 다만 이윤의 상한선을 3년마다 타당성을 검토해 변경 혹은 유지할 수 있도록 했습니다.

오피스텔은 업무용? 아니면 주거용?

오피스텔은 업무용인가요? 아니면 오피스텔은 주거용인가요?

오늘은 업무용과 주거용으로 사용 가능한 오피스텔에 대해 자세히 알아보겠습니다.

MC 1　오피스텔은 건축법상으로는 업무용으로 분류하고 실제로 다수는 주거용으로 사용하고 있다고 들었습니다. 그렇다면 오피스텔은 정확히 업무용인가요? 아니면 주거용인가요?

오피스텔은 오피스와 호텔을 합친 형태의 건축물입니다. 일하면서 거주도 할 수 있게 만든 건축 유형입니다. 주택법상에는 준주택으로 분류되고 있는데요. 주택은 단독과 공동주택으로 나뉘는데, 주택이 아니면서 주거로 이용 가능한 시설을 말합니다.

준주택의 유형은 네 가지가 있습니다. 첫째, 기숙사가 있습니다. 둘째, 다중생활 시설 즉 고시원입니다. 셋째, 노인복지주택인데 흔히 실버타운이라고 부릅니다. 넷째, 오피스텔을 포함해 준주택으로 분류합니다. 오피스텔은 건축법상 여전히 업무용 시설로 분류가 되기 때문에 주택법 적용을 받지 않은 조금은 애매한 시설입니다.

MC 2 오피스텔은 아파트와 달리 욕조도 설치되지 않고 일부는 바닥난방이 설치되지 않는다는데 왜 그렇게 하는지 궁금합니다.

오피스텔은 아파트와 상호 보완적 관계에 있습니다. 법상 지위가 건축법이다 보니 초기에는 주거로 보지 않았습니다. '84년 처음 도입되었고 관련법은 '86년에 제정됐습니다.

초기 오피스텔은 주거로 사용할 수 없도록 바닥난방이 되지 않았습니다. 샤워기 설치도 금지됐고 욕실은 1.5㎡(0.45평)이하로 설치됐죠. 주거로 사용할 수 없도록 엄격한 규제로 꽁꽁 묶어두었습니다. 현재는 바닥난방이 가능하고 욕실의 면적 제한도 없습니다. 오피스텔이 준주택이 되면서 1~2인 가구에서 3~4인 가구까지 생활할 수 있는 주거의 편리성을 확대해주고 있기 때문인데요. 아파트 공급이 부족한 서울 수도권에서 주거 부분을 대체할 수단이 되고 1~2인 가구가 생활하기에 적합하도록 소형이어서 아파트에 비하면 가격도 조금 저렴한 편입니다. 주로 교통과 생활이 편리한 지역에 건설되고 있습니다. 초기에 바닥난방을 금지했다가 '06년부터 전용 50㎡까지 바닥난방을 허용했고, 추가로 전용 60㎡까지 확대했습니다. 그러다가 '09년부터 전용 85㎡까지 가능하던 것을 '21년부터 120㎡까지 확대하고 있습니다.

MC 3 오피스텔에서 말하는 전용면적 85㎡와 아파트 85㎡를 보면 면적 차이가 나는데 어떻게 다른가요?

아파트와 오피스텔의 전용면적 85㎡를 평으로 환산하면 25.7평으로 같은데, 실사용 면적에서는 큰 차이가 납니다. 오피스텔과 아파트의 규제내용이 다르고, 면적 표기 방법이 다른 점에 있는데요.

우선 오피스텔은 법적으로 발코니를 설치할 수 없기 때문에 서비스 면적이 없습니다. 그러나 아파트는 전용면적 85㎡이지만 앞뒤 발코니가 서비스 면적으로 주어지니까 그 부분을 확장해서 전용면적으로 사용하고 있습니다. 통상적으로 서비스 면적이 8~12평 정도 되니까 오피스텔 대비 실사용 면적이 커지는 거죠.

오피스텔은 서비스 면적이 없고, 아파트는 서비스 면적이 있고의 차이입니다. 그래서 오피스텔 85㎡는 전용 60㎡ 아파트의 확장한 면적과 같은 수준이 됩니다. 오피스텔이 120㎡까지 바닥난방이 가능해짐에 따라 아파트 전용 85㎡와 비슷한 면적이라고 보면 됩니다.

MC 4 오피스텔은 때에 따라 주택이 되거나 또는 업무시설이 되기도 하며, 세법상 복잡하다고 들었습니다. 오피스텔 형태에 따른 세법상의 차이에 대한 설명이 필요합니다.

오피스텔은 준주택이라는 특성상 세법 공법 등 각종 법규에 따라 주택으로 보는 경우와 업무시설로 보는 경우가 있습니다. 세법상 기본적으로 오피스텔은 공부상 업무시설이기 때문에 업무시설에 대한 세금이 부과됩니다. 양도소득세 부과기준은 실제 사용기준으로 판단하기에 오피스텔이 업무용으로 사용되었다면 업무시설에 대한 세금이, 주택용으로 사용되었다면 주택과 같은 세금이 적용됩니다. 취득 시점에는 업무시설로 준공되니까 우선 취득세는 주택이 아닌 업무용으로 보고 취득세율 4%가 일괄 적용되는데요. 오피스텔이 공시가격 1억 이상이라면 주택 수에 포함되므로 일반 주택을 취득할 경우 주택 수에 합산되는 점을 유의하셔야 합니다.

취득 이후에도 재산세, 종부세, 양도세가 부과되는데요. 과세 대장상 주택으로 분류하면 주택분 재산세나 종부세가 부과되는데 유불리가 있습니다. 재산세 부과세율은 주택이 낮고 업무용은 높게 책정이 됩니다. 양도세 및 종부세까지 고려하면 어떤 게 절세가 될지 따져볼 필요가 있습니다.

또 양도소득세는 실제 주택으로 사용하였다면 주택으로 간주하게 됩니다. 그래서 1주택 보유자가 오피스텔 1실을 가지고 있다가 주택을 매매하며 비과세가 되는 줄 알고 처분하면서 2주택으로 간주하여 세금을 부담하기도 합니다. 주택으로 인정되는 규제를 피하려고 임차인이 주소 이전을 못 하도록 특약을 하는 편법이 생겨나기도 합니다.

MC 5 아파트 청약 시 오피스텔이 주택 수에 포함되는지도 많이 궁금해 합니다.

주택청약과 관련해서는 등기부등본 상 주택만을 주택 수에 산입합니다. 오피스텔은 건축법시행령에서 업무시설로 분류되기 때문에 등기부등본에 업무시설로 등재됩니다. 오피스텔이 주거용으로 사용되고 있으면 주택분 재산세를 내고 있더라도 주택청약 시에는 주택 수에 포함되지 않습니다. 오피스텔 수십 채를 가진 소유자도 다른 주택이 없다면 주택청약 시에는 무주택자 자격으로 청약할 수 있습니다.

MC 6 지난해 대구지역에도 오피스텔 80여 실 공급에 청약이 5만 건씩 몰리는 등 인기가 있었는데 어떤 이유에서 오피스텔의 인기가 높아지는지 설명해 주십시오.

가장 큰 이유는 전매가 되기 때문입니다. 아파트는 전매 제한 3년, 5년으로 묶여있어 분양권 전매를 못 하지만 오피스텔 100실 이하는 전매가 허용되죠. 또 아파트는 청약자격에 일정한 기준과 제한이 있고 지역에 한정되지만, 오피스텔은 공급 수의 90%는 지역 관계없이 성인이면 누구나 청약통장 없이도 청약할 수 있기 때문입니다.

또 하나는 각종 대출과 같은 권리관계에서도 실질적인 이용 상황이 아니라 공부상 주택이 아니므로 주택 담보대출 상품을 이용할 수 없고 비주택 담보대출 상품을 이용하게 됩니다. 주택에 적용 중인 LTV 규제 적용을 받지 않으니까 오히려 규제의 사각지대에 놓여있는 셈이죠.

오피스텔 전세자금 대출은 건축물 자체를 담보하는 것이 아니라 전세보증금을 기반으로 한 보증상품으로 진행됩니다. 전입신고 가능한 주거용 오피스텔의 경우 일반적인 주택과 전세자금 대출 취급에 있어서 큰 차이는 없습니다.

MC 7 과거에는 소규모의 원룸형 오피스텔 공급이 주를 이루다가 최근에는 전용 85㎡의 3~4인용 오피스텔이 대세를 이루던데 이런 변화는 어떤 이유 때문인가요?

현재 시장에 가장 많이 공급된 오피스텔은 전용면적 50㎡ 이하의 소형 오피스텔입니다. 참여정부 시기 오피스텔 투기 붐이 일자 오피스텔을 규제하며 전용 50㎡ 이하 면적에만 바닥난방을 허용했습니다. 대체로 1~2룸 형태로 공급되었기 때문이고, 이러한 소형 오피스텔은 주로 도심지의 편리한 역세권 등에 한 동 건물 형태로 공급돼, 1~2인 거주자가 많고 업무 용도로 쓰이는 경우가 많은 편이었습니다.

최근 들어 아파트 가격이 급등하자 오피스텔이 아파트 대체상품이 되고 있죠. 신혼부부나 어린아이를 키우는 젊은 계층에서 인기를 끌면서 면적이 커지고 있습니다. 조만간 전용 120㎡까지 공급하게 되면 도심에 소규모 단위로 공급 확대가 이어질 것으로 보이지만, 오피스텔은 언제나 투자에 대한 위험성을 내포하고 있습니다.

MC 8 실제로 오피스텔의 월세가 소형 아파트 임차비용과 맞먹는 것을 보았습니다. 임차비용이 이렇게 비싼데도 오피스텔을 선호하는 이유가 있습니까?

임차인 관점에서 소형 아파트에 들어간다고 가정해보겠습니다. 집 상태가 어떻습니까. 공간만 제공되는 빈집의 형태입니다. 실생활에 필요한 냉장고, 에어컨, 세탁기, 전자레인지, 옷장, 탁자 등 준비할 게 너무 많습니다. 그런데 오피스텔은 옵션 완비로 모두 갖춰져 있어 몸만 들어가면 됩니다.

우선 월세 비용이 조금 더 들더라도 이사 시의 번거로움을 줄이고 여러 가지 물품구매를 하지 않으므로 시간과 비용을 아낄 수 있는 장점이 있죠. 또 원룸에 비하면 방범과 안전, 생활의 편의성까지 갖추고 있어서 선호도가 높다고 할 수 있겠습니다.

MC 9 오피스텔이 장점만 있는 게 아니라 단점도 있다고 생각합니다. 오피스텔의 단점은 어떤 것이 있을까요?

오피스텔의 가장 큰 단점은 관리비가 비싸다는 것입니다. 원룸은 공동 관리비가 몇만 원대이지만 오피스텔은 몇십만 원대로 올라갑니다. 아파트는 기본적으로 많은 세대수로 나누지만, 오피스텔은 소규모다 보니 인건비 등 비용부담이 커질 수밖에 없는 구조입니다. 두 번째는 층간 소음이나 벽간 소음입니다. 주택법과 건축법상의 바닥 두께가 다른데요. 주거용이 아니라 업무용에 맞춰 건축기준을 수립하다 보니 아파트보다 층간 소음이나 벽간 소음이 있는 편입니다. 그런데, 아파트는 아이들 장난치고 뛰는 소리가 층간소음의 주된 원인이 되지만 오피스텔은 성인 1인, 2인이 주로 거주하니까 소음 발생빈도가 높지 않을 수는 있겠습니다. 세 번째는 주거용으로 이용하는 오피스텔 옆에 사무용으로 이용되면 여러 사람이 자주 드나들면서 사생활에 방해될 여지도 많습니다. 오피스텔을 구하기 전에 이것저것 꼼꼼히 따져볼 필요가 있겠습니다.

MC 10 오피스텔 투자를 고려한다면 매수 찬성과 반대가 있을 듯합니다. 어떤 부분을 염두에 두고 보면 좋을까요?

일반적으로 오피스텔은 임대수익을 위한 투자용 부동산으로 분류되지만 최근 들어 면적이 커지면서 실거주용으로 사는 사람도 생겨나고 있습니다. 취득세나 보유세 부담이 아파트에 비해 높지만, 분양가격이 유사한 아파트 가격보다 조금 낮게 책정하므로 가격 측면의 장점이 있습니다. 무엇보다 아파트는 너무 비싸거나 청약해도 당첨되지 않고 좋은 위치에 살고 싶을 때 오피스텔을 실거주용으로 사게 됩니다. 투자용이라면 소형 오피스텔에 투자해야 수익성을 맞출 수 있습니다.

오피스텔 매수를 반대하는 견해에서는 보유하더라도 투자성이 없다는 것입니다. 아파트는 시세보다 저렴하게 월세를 놓거나 전세를 놓아도 장래에는 항상 가격이 오르죠. 우리나라 주거특성에서 이해하지 못할 부분이 전세제도인데, 집값이 오르지 않는다면 이해불가인 형태인 거죠. 그런데 오피스텔은 최초의 분양가격보다 내려가기도 하고 보합세인 경우가 많습니다. 물론 최근 몇 년간 아파트 가격급등으로 위치 좋은 오피스텔은 매매가 상승이 일부 있었지만, 아파트에 비하면 상승률이 낮은 편이라고 볼 수 있죠.

오피스텔 매수에 대해 찬성이냐 반대이냐는 시장상황에 따라 많이 달라질 수 있는데요. 지난해 같은 경우는 아파트 규제로 인해 오피스텔이 반사이익을 누려 매수우위 시장을 보였습니다. 그러나 현재는 금리가 상승하면서 투자수익률이나 시세차익을 내기가 쉽지 않은 상황이 되었습니다.

오피스텔은 부동산경기나 주택의 수급 상황에 따라 얼마든지 변할 수 있는 상품입니다. 오죽하면 주택도 아닌 업무시설도 아닌 준주택으로 분류했겠습니까. 아파트 공급이 부족해지면 오피스텔 공급을 위해 규제를 완화하기도 하고 또는 아파트 공급이 많아 문제가 되면 오피스텔 공급 규제를 강화할 수도 있는 애매한 투자 상품입니다.

그런데도 오피스텔을 이용하려는 수요자는 앞으로 더 증가할 것으로 보이는데요. 앞으로 투자한다면 역세권과 도심의 주변 환경이 우수한 곳에 투자해야 효과적인 결과를 얻을 수 있겠습니다. 부동산은 위치도 중요하지만, 아파트 가격에 대비해서 가격경쟁력이 있어야 하겠죠.

달라지는 양도소득세법이 궁금해요!

정부가 다주택자 양도소득세 중과를 한시 배제한다는 소득세법 시행령 개정을 발표했습니다. 달라지는 양도소득세법에 대해 자세히 알아보겠습니다.

MC 1 다주택자의 양도소득세를 조정하게 된 배경부터 좀 살펴보고 싶습니다.

주택을 매매하면 양도 차액에 대해 양도소득세율 6~45%를 내게 됩니다. 그런데 다주택자에게는 양도 시 20~30% 추가 과세를 하니까, 지방소득세 포함 최대 82.5%를 세금을 내게 됩니다. 팔 이유가 없는 거죠. 그래서 오히려 매매하기보다 보유를 선택하는 문제점이 있었습니다.

그간 기획재정부와 국세청 등에 제기된 양도세 관련 민원에서 가장 큰 비중을 차지했고, 대통령 선거를 치르는 동안 대표적 부동산정책공약사항이었지요. 국민의 과도한 세 부담을 적정 수준으로 조정하는 한편 부동산시장 안정화를 위해 필요한 조치라는 판단에 따른 겁니다.

MC 2 다주택자들의 중과세를 완화해 매매로 돌아서게 만드는 효과를 기대하고 있어요. 주요 개정사항의 내용에 대한 설명을 부탁합니다.

'22년 5월 10일부터 '23년 5월 9일까지 1년간 양도세 중과 없이 기본세율 6~45%를 적용합니다. 배제되었던 장기보유 특별공제도 최대 30%까지 공제받을 수 있게 되니까, 양도세 납부금이 줄어드는 효과가 발생하지요. 적용 주택은 2년 이상 보유주택이 해당합니다.

MC 3 양도소득세의 중과세 완화 기간이 1년으로 한시적인데 다주택자들이 과연 움직일까요?

윤석열 대통령이 대선후보 시절 공약사항은 2년간 완화하겠다고 했지만 1년간으로 한정했습니다. 이것은 매물이 시장에 빨리 나오게 하려는 것이지요. 만약 2년이라면 사람들이 또 기다려보자는 심리가 발생할 수 있는데, 1년이면 팔 사람은 팔게 됩니다.

금리가 많이 오르고 있고 집값이 오르지 않는 현 상황이라면 다주택자 매물은 많이 증가할 수도 있을 겁니다. 최근 신규공급이 더욱 감소한 서울 수도권에서는 민간 매물출회가 이어지면서 시장을 안정시킬 수 있다고 보이는데요. 그러나 매물출회가 반드시 계약으로 이어질지는 장담할 수 없겠죠. 이는 여전히 대출 규제가 지속하고 있기 때문입니다.

MC 4 대출한도가 증가되지 않으면 집을 살 수 있는 실수요자도 줄어들게 됩니다. 얼마 전 생애 최초 주택 구매자에게는 주택담보 대출비율을 높인다고 하지 않았나요?

현재 서울 수도권의 투기과열지역에서는 15억 원 초과 매매가는 대출을 전혀 받을 수 없고, 9억 원 이상은 9억 원 초과분의 LTV 20%만 적용되고 있습니다. 거기에다 규제지역인 투기과열지구는 LTV 40%, 조정대상지역은 LTV 50%를 적용합니다. 또한, 총부채상환비율 DSR도 여전히 적용 중인데요. 대통령 취임 전 인수위에서 생애 최초 주택 구매자는 규제지역의 LTV를 20% 추가 상향해 준다고 했지만, DSR 규제를 적용하면 한계가 있습니다. 제대로 시장에 영향력을 주려면 LTV 완화에 DSR 40%를 50~60%까지 확대할 필요가 있겠지요. 대상자도 생애 최초자뿐만 아니라 현재 2년 이상 무주택자까지 확대 적용을 검토할 필요가 있다고 보입니다.

MC 5 무주택자들이 집을 살 수 있도록 좀 더 규제를 풀어주기 위한 소득세법 개정안에는 어떤 내용이 포함됐나요?

다주택자가 다른 주택을 매도하고 현재 1주택인 경우 양도소득세 비과세 보유와 거주기간의 재기산 제도가 폐지됐습니다. 재기산 제도는 양도세의 비과세 요건인 2년을 새로 시작한다고 보시면 됩니다. 다주택자가 주택을 팔고 남아있는 1주택이 비과세 요건이면 언제 팔아도 비과세를 할 수 있었지요.

'21년부터 다주택자의 경우 1주택을 제외한 나머지 주택을 팔면 최종적으로 1주택자가 된 날부터 보유나 거주기간을 재기산 함으로써 반발이 많았죠.

집주인이 2년 거주기간을 채우기 위해 임차인을 내보내고 다시 입주해야 하는 부작용이 발생했던 것입니다. 5월 10일 개정을 통해 실제 보유, 거주한 기간을 인정하는 것으로 제도를 합리화하고 다주택자들은 1

주택이 된 시점에 즉시 비과세 적용받고 매도 가능해집니다. 세금으로 억제하지 않을 테니 매도를 하라는 뜻입니다.

MC 6 재산세와 종합부동산세 부과기준일이 6월 1일입니다. 이런 완화조치가 매도자와 매수자 중에서 누구에게 유리할까요?

재산세 부과기준일이 6월 1일입니다. 매도자는 5월 31일까지 잔금을 받거나 소유권 이전을 한다면 재산세나 종부세 부담을 하지 않게 되지만 매수자는 며칠 보유했다는 이유로 세금을 지게 되니 오히려 꼭 필요하지 않다면 6월 1일 이후에 매수하는 게 절세를 할 수 있겠지요.

그러나 고가의 주택이 아니면서 다주택자가 아니라면 재산세 부과세율은 아주 높지는 않아요. 집이 꼭 필요한 수요자라면 매도자에게 6월 1일 기준 세금부담도 있으니 매매가격을 조금 조정해서 매수하는 것도 방법이 될 것 같습니다.

MC 7 부동산가격이 급등한 곳이 많아 올해도 높아진 공시가격으로 세금이 부과될 텐데 공시가격 조정은 어느 정도 반영되었는지 궁금합니다.

공동주택 공시가격은 '21년 전국평균 19% 상승했지만 '22년에도 17% 상승했고 대구는 13% 상승했습니다. 새 정부의 재산세 인하 조치방법은 2가지가 있는데요. 첫째는, 재산세율을 인하하는 방법입니다. 그러나 재산세율은 현재도 '21~'23년까지 특례세율을 적용해서 0.05~0.35% 부과하기 때문에 세율 조정은 어려워 보입니다. 둘째는, 공정시장가액 비율을 인하하는 방법입니다. 정부는 여기에 비중을 두고 있는데요. 현재 재산세를 부과하는 방식은 시세가 1억 원인 아파트가 있다면 공시가격은 시세의 70%를 적용해 7천만 원이 됩니다. 여기에 공정시장가액 비율 60%를 적용하면 재산세 과세표준은 4,200만 원이 되는 거죠.

정부는 공시가격 상승분을 '21년 기준에 맞춰 세금을 완화하기 위해서는 공정시장가액 비율을 60%에서 45%로 인하할 수 있습니다. 재산세 납부 기간은 1차는 7월 16~31일이며, 2차는 9월 16~30일입니다. 정부에서는 재산세 고지서를 발급하기 전 6월 중에 완화지침을 마련할 것으로 보입니다.

MC 8 얼마 전 증여세 한도를 5천만 원에서 1억 원으로 상향하는 법안이 발의되었어요. 증여세법 개정 전망에 대한 설명을 부탁합니다.

우선 증여세법 1인당 최대 5,000만 원 공제받을 수 있는 기준이 만들어진 게 8년 전이었습니다. '14년부터 현재까지 성년 5,000만 원, 미성년 2,000만 원으로 공제해주고 있습니다.

대통령직인수위원회의 국정과제 이행계획서에 따르면 정부는 이 같은 내용을 담은 상속세 및 증여세법 개정안을 올해 국회에 제출할 예정이라고 했는데요. 지난달 국민의힘 유경준 의원이 발의한 개정안은 성년 직계비속 인적공제액 1억 원, 미성년은 5,000만 원으로 상향하는 내용을 담고 있습니다. 8년 전보다 부동산 등 자산 가격이 많이 상승했고 화폐가치도 많이 하락했지요. 여러 가지 상황을 고려하면 증여세법 개정이 필요한 시점으로 보입니다. 법 개정이 국회를 통과하기를 기다려

봐야 할 듯합니다..

MC 9 증여세란 부모 재산을 물려줄 때 내는 세금인데 부자감세라는 비판은 피할 수 없을 것 같습니다.

우선 증여세에서 공제금액이 확대되면 증여세 부담이 감소할 것으로 보입니다. 그로 인해 증여가 많이 이루어지게 되면 경제는 더욱 활성화되겠지만 한편에서는 무상증여 확대에 따른 대상이 결국은 고소득자에게 혜택이 돌아가는 만큼 사회 양극화가 심화할 것이라는 비판도 나오고 있습니다. 하지만 증여금액이 10년간 총 1억 원으로 과하지도 않고 시기적절하다는 의견도 많아서 하반기 개정 여부는 좀 더 지켜봐야 할 것 같습니다.

경제성장의 기초체력이 되는 절박한 인구문제

인구감소와 구조 변화는 사회 여러 분야의 구조적 문제와 일자리 변화 등 여러 문제를 동반하고 있습니다. 오늘 '어쨌든 경제'에서는 경제성장의 기초체력이 되는 인구문제를 좀 짚어보겠습니다.

MC 1 저출산으로 지방이 소멸한다는 얘기들을 너무 많이, 너무 자주 듣다 보니 심각성을 느끼는 것도 좀 무뎌지는 것 같습니다. 우리나라의 출산율 얼마나 줄어들었나요?

우리나라의 출산율은 정말 많이 줄었어요. 1971년 태어난 출생아 수는 102만 명이었어요. 10년 단위로 보면 1981년부터 2021년까지 태어난 출생아는 86만 명, 70만 명, 55만 명, 47만 명으로 줄어들었지요. 2021년에는 10년 전보다 거의 절반 감소한 26만 명이 태어났습니다. 100만 명에서 50만 명 다시 26만 명으로 출생아 수 감소가 세계 최고 수준으로 심각 단계에 와있는 현실입니다.

MC 2 인구감소를 숫자로 얘기하면 머릿속으로는 많이 줄었구나 생각을 하는데 실제 체감은 잘 안 되기도 합니다.

우리나라 인구는 2019년 5,184만 명을 정점으로 이후 감소하게 됩니다. 최근 2년간 출생아 수보다 사망자 수가 증가하여 인구 자연감소자

278

가 9만 명 됩니다. 경북의 2개 군 정도의 인구가 사라졌다고 보시면 됩니다.

인구가 감소하는 최악의 상황을 놓고 보면, 앞으로 매년 17만 명씩 감소하여 2070년에는 3,153만 명으로 1969년 수준에 이르게 된다고 합니다. 결국, 신생아 수는 감소하고 사망자 수는 증가하는 현 체계대로 간다면, 대한민국은 지방소멸은 물론 세계지도에서 사라질 수 있다는 경고까지 받고 있습니다.

MC 3   인구가 1969년 수준으로 줄어든다고 예상하는데 그때는 아이를 서넛 정도는 낳던 시대였기에 단순 숫자로만 비교할 수는 없다는 생각이 듭니다.

물론입니다. 그 시절에는 0-14세까지의 유소년 인구가 전체 인구의 42.5%이며 65세 이상 고령 인구는 전체 인구의 3%였습니다.

하지만, 2030년 유소년 인구는 8.5%로 줄어들고 고령 인구는 25%가 됩니다. 더 충격적인 내용은 2070년이 되면 65세 이상 고령 인구가 전체의 46%를 차지하게 되는데요. 그만큼 젊은 세대의 사회적 비용부담이 증가하게 됩니다. 총인구가 50년 전과 50년 후 같아지는 것이지만 내용 면에서는 완전히 다른 상황이 되는 것입니다.

MC 4   의료기술이 발달하고 건강하게 오래 살기 위해 다들 노력하고 있는데 사람들의 기대수명은 어떻게 될까요?

통계가 시작된 1970년, 한국인의 기대수명은 62세였습니다. 70세가 된 것은 1987년 민주화와 경제부흥기를 이끌던 시기였어요. 2020년 기대수명은 83.5세이고 2070년에는 91세까지 높아지게 될 전망입니다.

의료기술의 발달과 건강을 생각하는 문화로 기대수명은 높아지고 고령층은 그만큼 증가하게 될 것입니다. 의료보험 재정적자가 예상되는데 우리의 미래세대는 현재보다 비싼 비용을 지급하게 되겠지요. 노인 인구가 46%가 되는데 과연 누가 의료보험을 부담하게 될까요.

MC 5 앞으로는 의료보험뿐만 아니라 국민연금도 고갈된다는 이야기가 이런 연유로 나오는 것이겠지요?

요즘은 결혼해도 다자녀를 둔 가정을 보기 힘들지요. 1971년 가족형태를 보면 형제자매가 보통 4~5남매가 되었고, 당시 출산율은 4.5명이었어요. 그런데 2021년 출산율은 0.8명입니다. 결혼해서 아이를 낳아도 1명이거나 자녀를 낳지 않는 가정과 비혼족이 그만큼 증가하고 있다는 얘기입니다. 30년 후 대한민국의 미래는 현재에 이미 정해져 있습니다. 2021년 태어난 26만 명이 30년 뒤 결혼을 얼마나 할까요? 결혼한다면 아이는 낳을까요? 출산율이 증가하지 않는다면 대한민국은 소멸국가가 될 것입니다.

MC 6 20대에 결혼하고 아이도 낳고 하는 게 요즘 청년들 대부분은 비현실이라고 하잖아요.

총인구의 연령별 구분에서 한가운데 있는 나이를 중위연령이라고 하는데요. 1976년 중위연령이 20세였습니다. 그때 스무 살이면 딱 중간인 겁니다. 예전 독립운동하신 분들을 보면 그 어린 나이에 어떻게 큰일을 하셨는가? 생각해보게 됩니다.

유관순 열사는 열아홉의 나이에 독립운동을 했고 윤봉길 의사도 25세 나이에 독립을 위해 싸웠어요. 1960년 4·19혁명은 10대 고등학생들이 앞장선 학생운동이었죠.

1987년 6·29선언을 이끈 민주화운동도 20대 대학생이 중심이었어요. 그 시절에 이들은 중위연령 이상으로, 시대의 소명을 다한 그 사회의 어른이었던 것입니다.

MC 7 현재 지금은 중위연령은 어떻게 달라졌습니까?

중위연령이 20세에 도달한 시점은 1976년입니다. 1997년, 중위연령은 30세가 되는데 이 무렵 김광석의 '서른 즈음'에 노래가 유행했어요. 노래 가사는 이렇습니다.

또 하루 멀어져 간다/ 내뿜은 담배 연기처럼/ 작기만 한 내 기억 속엔/ 무얼 채워 살고 있는지/ 점점 더 멀어져 간다/ 머물러 있는 청춘인 줄 알았는데/ 비어가는 내 가슴속엔/ 더 아무것도 찾을 수 없네….

1994년에 이 노래가 발표됐으니까, 그 무렵 서른을 앞둔 사람들이 느꼈을 법한 '어른이 된다는 데 대한 삶의 무게와 고뇌'가 노래 가사에 고스란히 담겨 있죠.

2014년 중위연령은 40세에 이르고, 2023년 현재 중위연령은 45세입니다. 2031년에는 50세, 2056년에는 중위연령이 60세가 될 것으로 예상합니다. 중위연령이 높아진다는 것은 그만큼 사회가 노화되는 것이고, 청년세대에게 기회가 줄어드는 것이라고 볼 수 있습니다.

MC 8 40대가 청년이 된다는 이야기가 현실이네요. 대구·경북 지역도 인구감소, 낮은 출산율이 걱정인데, 지역 실태는 어떤가요?

대구는 1981년 대구·경북을 분리하면서 대구직할시가 되었습니다. 1981년 통계를 보면, 대구의 출생아 수는 3만 7,200명인데요. 2021년 출생아 수는 1만 700명으로 줄었습니다. 경북은 더 심각한데요. 1981년 7만 명 출생했는데 2021년에는 1만 2천 명이 출생해 83% 감소했습니다. 경북지역은 아이의 울음소리가 끊어진 지역이 속출하고 있고, 산부인과마저 문을 닫는 지경에 이르렀습니다. 대구의 혼인 건수는 1996년 2만 1,500쌍에서 2021년에는 7,200쌍으로 줄었고, 경북은 1981년 3만 7,500건에서 2021년 8,100건으로 약 80% 줄었어요. 문제는 앞으로 혼인 감소추세가 더욱 가팔라질 전망이라는 것입니다.

MC 9 저출산 문제를 해결하려고 지난 십수 년간 380조의 예산을 투입했다고 합니다. 그런데도 출산율은 증가하지 않았습니다. 무엇이 문제일까요?

우리나라가 못살아서 그런 거는 아닙니다. 그렇다고 우리나라가 잘살아서 출산율이 감소하는 것도 아닐 겁니다. 선진국 중에 인구가 증가하는 나라도 있거든요. 대표적인 인구증가 나라는 미국, 영국, 캐나다, 호주, 벨기에, 스페인 등이 있어요.

우리나라 저출산의 원인은 한둘이 아닐 겁니다. 우리 청년세대들에게 미래가 있습니까? 그들은 오늘을 살아가기에도 벅찹니다. 단란하고 행복한 가정을 꿈꾸는 시간이 있을까요? 그들은 사치라고 생각하지 않겠습니까?

좋은 직장에서 승진도 하고, 대우도 받고 싶은데 결혼과 출산 육아는 지금까지 얻고자 하는 것과는 전혀 다른 상황을 만들게 됩니다. 좋은 대학도 못 가고 취업도 못 했는데 결혼이 가당키나 한가요? 비정규직이라도 취직을 해도 여전히 미래가 불확실한 상황에 결혼을 생각할 수 있을까요? 청년들이 결혼과 출산, 육아를 할 수 있는 사회시스템이 붕괴했다고 봅니다.

MC 10 청년들이 미래를 설계할 수 있는 사회 환경이 뒷받침되지 않는 점이 지금의 문제점인가요?

서울 수도권은 좋은 일자리가 많지만, 경쟁은 아주 치열합니다. 그리고 주거비용은 그들이 감당할 수 있는 수준을 이미 벗어나 버렸어요. 그들은 지옥철을 타고 하루에 출퇴근으로 몇 시간씩 소비하면서 도심에서의 비싼 주거비용을 지급해야만 합니다. 지금 우리 사회는 카르텔을 이룬 기득권층이 기회의 상당 부분을 차지하고 있어, 청년세대에게 돌아갈 기회가 그만큼 줄어들었다고 봐야 합니다. 연령계층에 맞게 유한한 자원을 나눠 쓰는 방법을 찾아야 합니다.

MC 11 서울 수도권과 지방도시의 격차가 점점 커지고 있어요. 대한민국 전체를 봤을 때 서울 수도권과 지방도시의 격차는 불행한 일이라고 생각됩니다.

지방의 중고등학생 중에 성적이 어느 정도만 되면 모두 서울 수도권 대학을 목표로 합니다. 한번 떠난 그들은 내려오지 않지요. 서울 수도권에 자원과 자본이 몰려있고, 좋은 일자리가 거기에 있기 때문입니다. 지방 도시는 서울에 비하면 집값도 싸고 물가도 저렴하지만 좋은 일자리는 매우 제한적이죠.

서울 수도권이나 지방도시 모두가 나름의 고충을 안고 있습니다. 누구나 대한민국 균형발전을 이야기하지만, 국가와 지자체 기업들 모두 절실하지 않은 겁니다. 정치가 이 문제를 해결해야 하는데 득표가 되는 인기영합주의에 매몰되다 보니 쓴소리하기 싫고 욕먹는 일 하기 싫은 겁니다. 제대로 된 정책이 필요하고, 구태의연한 관행을 타파해야 합니다.

MC 12 앞으로 저출산과 인구감소가 가져올 사회문제가 한둘이 아닐 듯합니다. 어떤 해법이 있을까요?

인구는 하루아침에 늘어나지 않지만, 청년들에게 희망이 있어야 합니다. 청년들이 결혼과 출산을 꿈꿀 수 있는 사회시스템을 만들어 주어야 합니다. 수도권에 좋은 직장을 가졌지만 내 집 마련하기가 얼마나 어렵습니까? 비싼 주거비, 생활비, 교통비 얼마나 아낄 수 있겠습니까? 복잡한 수도권에 왜 그렇게 모여 살아야 합니까? 대한민국을 넓게 쓰면 더 행복할 수 있는데, 대구보다 작은 면적의 서울에서 왜 그렇게 힘들게 살아야 할까요? 지방에 좋은 일자리가 있어야 합니다. 하지만 현실은 그렇지 못합니다. 대구에 이렇다 할 대기업이 없잖아요. 구미에 있던 대기업들도 떠나거나 축소되고 있고요. 우리나라 100대 기업의 생산거점을 지방으로 이전해 지방을 살려야 대한민국의 미래가 살아납니다. 청년이 살아야 대한민국이 살아납니다. 절박합니다. 지금이라도 사회의 틀을 바꾸어야 미래가 있습니다.

□ 장래인구추계를 반영한 세계와 한국의 인구현황 및 전망

[세계와 한국의 인구성장률 추이]

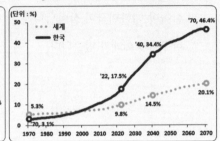

[세계와 한국의 고령인구 구성비 추이]

[세계와 한국의 인구구조]

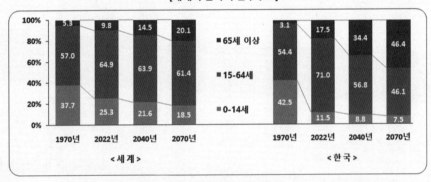

[장래 연령별 인구 구성비]

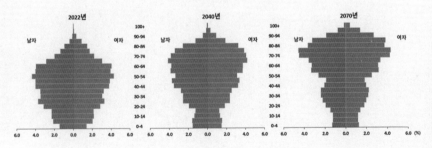

공동주택 공시가격과 세금 부담

　최근 2~3년간 아파트 가격이 오르면서 부동산 공시가격도 많이 올랐어요. 정부에서는 공시가격 상승에 따른 세금부담을 완화한다고 하였는데 지난해와 달리 올해는 어떤 변화가 있을까요?
　'어쨌든 경제'에서 오늘은 공동주택 공시가격에 대해 알아보겠습니다.

MC 1　　지난주 공동주택 공시가격이 발표되었어요. 우선 공시가격이 무엇인지 용어정리부터 부탁합니다.

　예전에는 부처마다 부동산가격을 산정해, 국토교통부에서 하면 기준지가이고 행정안전부에 하면 과세시가표준액이고 기획재정부에서 하면 감정시가가 되었죠. 그래서 부처마다 다른 가격평가로 국민의 불신이 높았고, 예산을 중복으로 집행해 낭비를 초래했습니다. 이에 정부는 1989년 4월 지가공시와 토지 등의 평가에 관한 법률을 제정하고 공시지가로 일원화했지요. 오늘날에는 '부동산가격공시에 관한 법률'로 개정돼 있습니다.

지가공시와 토지 등의 평가를 공시지가로 일원화했다는 것과 오늘 이야기를 할 공시가격과의 차이는 무엇인지 궁금합니다.

공시지가는 땅 지[地], 즉 토지의 가격이라고 이해하시면 됩니다. 공시가격은 토지와 그 토지 위에 세워진 주택의 가격을 평가하여 공시한 가격을 공동주택 공시가격, 단독주택 공시가격이라고 합니다. 그 이외에도 건물 시가표준액이 있는데요. 주택이 아닌 일반 건축물에 재산세를 부과하기 위해 행정안전부에 산출하는 건물의 시가표준액이 과세의 기준이 됩니다. 또 공정시장가액 비율은 과세표준을 정할 때 적용하는 공시가격의 비율입니다.

MC 3 실제로 우리가 생각하는 것보다는 적용비율이 낮은 편이네요. 그런데 이번 선거전에서 후보들이 공시가격을 조정해서 세금을 완화해준다고 했어요. 공시가격은 우리 생활에 어떻게 활용되나요?

공시가격이 활용되는 항목이 60여 가지가 넘습니다. 복지 분야에서는 기초연금이나 기초생활보장 대상자, 장애인연금과 지역 건강보험료 부과, 피부양자 자격인정 기준이 되고 있어요. 조세 분야에서는 재산세, 종합부동산세, 상속. 증여세, 취득세, 양도세 등의 기준이 됩니다. 부동산평가에서는 보상평가, 경매평가, 담보평가, 국공유지 매각평가, 보상에 관한 처분 평가 기준이 되기도 합니다. 이외에도 각종 부담금과 행정목적 활용에 이용되기에 공시가격은 개인의 조세와 공적 사적 평가에 모두 활용돼 국민의 큰 관심사항입니다.

공시가격 상승과 하락이 사람에 따라 유불리가 다르기도 한가요?

우선 세금을 부담하는 쪽에서는 공시가격 상승이 반가울 리 없죠. 대표적으로 재산세, 종부세, 건강보험료 등 세금이 늘어납니다. 그러나 보상과 평가를 받는 처지에 놓인다면 공시가격 상승이 유리하게 작용합니다. 또한, 기초연금, 기초생활보장 대상자는 공시가격이 상승하면 자격에서 탈락할 수도 있어요. 공시가격 상승과 하락의 유불리는 각자가 처한 환경에 따라 달라질 수 있습니다.

MC 5 '21년 공시가격이 19.5%올라 국민의 부담이 커졌다고 하였는데 '22년 공시가격은 얼마나 올랐나요?

올해 평가된 공동주택 수는 1,454만 호로, 공시가격은 전년 대비 17.2% 증가했습니다. '18년 기준으로 보면 전국의 공시가격 변동 폭은 63% 상승한 것으로 나타납니다. 특히 최근 1~2년 동안 많이 올랐는데요. '22년도 기준 가장 많이 오른 지역은 인천 29.3%, 그다음이 경기 23.2%입니다.

하락한 지역은 세종이 -4.57%를 보였는데 세종이 '21년도에 70.24% 상승한 것에 비하면 크게 하락한 것은 아니라고 보이네요. 우리 대구는 '21년 13.13%, 22년 10.17% 상승했지만, 전국평균에 비하면 크게 오른 것은 아닙니다. 지난해 대구는 상반기까지 가격이 상승했지만, 하반기부터는 하락했기 때문에 상승 폭이 둔화했습니다.

MC 6' 1주택 실수요자의 재산세 종부세 부담을 완화하는 방안은 어떻게 적용되나요?

'22년 재산세나 종부세의 과표 산정에는 '21년 공시가격을 적용하기 때문에 '22년 공시가격 상승분은 올해 재산세나 종부세에 부과하지 않는다고 합니다. 단, 1세대 1주택인 경우에 그렇습니다. 다주택자는 상승한 공시가격을 모두 반영해서 세금을 부과합니다. 물론 다주택자가 올해 6월 1일 이전에 주택을 매각해서 1세대 1주택자가 되었다면 '21년 공시가격을 기준으로 과세합니다. 다주택자는 감면이 없으니까, 보유세가 부담스럽다면 매도하라는 뜻으로 보면 됩니다.

MC 7 고령자의 경우 경제활동은 하지 않는데 집을 보유하고 있다면 종부세 부담을 완화할 경우 실제 체감은 어느 정도가 될까요?

총 급여가 7천만 원 이하이면서 세액이 1백만 원을 초과하는 60세 이상의 1세대 1주택자는 양도, 증여, 상속 시점까지 종부세 납부를 유예해줍니다. 이는 현금 흐름이 부족한 1세대 1주택 고령자의 유동성 문제를 완화하겠다는 취지인데요. 기존에도 1세대 1주택 고령자는 연령별로 20~40%까지 공제하고 있고, 장기보유자 공제도 기간별 5년에서 15년까지 20~50% 적용합니다. 고령자와 장기보유자는 최대 80%까지 공제하고 있어서 납부 유예제도 신설은 실효성이 크지 않아 보입니다.

MC 8 공시가격이 건강보험료 산정에 반영되니까 이게 또 굉장히 민감한 문제인데 어떻게 되나요?

공시가격 변동으로 건강보험료 부담이 커지는 것을 방지하기 위해서 지역가입자 건강보험료 산정에 활용되는 과표는 '21년 공시가격을 적용한다고 합니다. 대다수 복지제도 또한 '21년 공시가격 변동률을 적용하는데요. 장애인이나 노인 등 근로 능력이 없는 가구가 재산가액 상승만으로 수급자에서 탈락하게 되는 경우도 3년간 연장 지원이 가능합니다.

MC 9 대구는 최근 집값이 많이 하락하며 내린 공시가격 반영을 원하는 사람과 필요에 따라 더 올려주길 바라는 사람도 있을 겁니다. 공동주택 공시가격 공람과 이의 제기를 할 수 있다지만 반영된 사례가 얼마나 되는지 모르겠어요.

국토교통부는 공동주택 공시가격을 공개하고 4월 12일까지 소유자와 지자체 등의 의견을 듣는 절차를 진행합니다. 지난해 공시가격이 급등하면서 이의신청이 많이 접수되었는데요. 전국적으로 1만 4,200건 접수되었지만, 반영된 것은 상향 4건, 하향 95건. 전체 99건뿐입니다. 대구에서는 490건, 경북은 112건 접수됐지만, 반영된 것은 한 건도 없었습니다. 한 번 반영되면 쉽게 변화하기 어렵고, 이의신청이 반영되더라도 변동되는 공시가격은 큰 차이가 없어 이의신청을 포기하는 경우가 많습니다.

MC 10 정부의 부동산 공시가격 현실화 계획을 보면 시세반영률 목표를 90%로 정하고 있어요. 앞으로 공시가격은 계속 오를 전망인가요?

정부는 공시가격의 현실화 분포 편차가 커서 형평성 제고가 시급한 주택에 대해서 '23년까지 현실화율의 균형성을 먼저 확보하기로 했습니다. 이후 '24년부터 매년 연평균 3%씩 높여서 시세의 90%까지 공시가격을 상향하겠다는 계획인데요. 현실화율 90% 도달 시기를 살펴보면, 토지는 '28년, 공동주택은 '30년, 현재 공시가격 반영률이 58% 수준인 단독주택은 '35년입니다. 앞으로 부동산가격이 상승한다고 가정하면 오르는 시세와 공시가격 반영률까지 더해서 상승률은 더 높아질 것으로 보입니다.

대통령 당선인의 부동산정책 공약

이번 대선은 주거 불평등 문제와 부동산 조세저항이 크게 작용했다는 분석이 나오고 있습니다. '어쨌든 경제'에서 오늘은 대통령 당선인의 부동산정책 공약에 대해 알아보겠습니다.

MC 1 많은 분이 부동산 공급 확대와 규제 완화를 기대하고 있습니다. 앞으로 부동산시장에 어떤 변화가 있을까요?

우선 부동산정책 공약만 보면 나무랄 데가 없죠. 선거 이전부터 두 후보가 공통으로 공급 확대와 규제 완화를 얘기하지 않았습니까? 국민은 어쨌든 이전과는 달라질 것이라는 기대와 희망이 있습니다. 얼마나, 어떻게 변화할 것인지, 또 얼마나 조기에 실현될 수 있는지가 중요합니다. 그렇지만 현실은 녹록지가 않지요. 세법을 개정하려면 우선 국회 동의가 있어야 하고요. 또 공급을 확대하려면 가격 상승이 불가피해집니다. 부동산정책은 정부가 대책을 발표한다고 해서 그대로 시장에 받아들여지지 않습니다. 문재인 정부가 임기 내 26차례 부동산 대책을 발표했지만, 성과를 내지 못한 걸 상기해보면 부동산정책이 얼마나 어려운지 알 수 있습니다.

윤석열 당선인의 공약을 보면 주택공급을 많이 확대하겠다고 하는데 집 없는 무주택가구에는 반가운 소식입니다. 앞으로 어떻게 진행될까요?

앞으로 1년에 50만 호씩 5년간 250만 호를 공급할 계획입니다. 수도권에만 최대 150만 호 공급을 계획하고 있어요. 공급이 부족한 서울 수도권에 공급 확대 정책을 펼칠 것으로 보입니다. 故 박원순 서울시장 재임 시 도심의 뉴타운계획을 철회하고 재건축재개발 규제정책으로 돌아서면서 추가공급이 어려워졌죠. 차기 정부는 재건축아파트의 용적률을 완화하고 정밀안전진단 기준도 합리화해서 사업이 빠르게 추진될 수 있도록 지원하겠다고 합니다. 또한, 도심 역세권 복합개발을 통해 교통 좋고 살기 좋은 곳에 공급을 확대하겠다는 내용인데요. 정말 이렇게만 되면 얼마나 좋을까 싶어요. 하지만 현실은 좋을 수만은 없을 겁니다. 공급에 따르는 부작용이 반드시 수반되기 때문이죠.

MC 3 주택 공급 확대 정책에도 부작용이 따른다는 점에서 구체적으로 어떤 점이 걱정되나요?

정부는 재건축 아파트의 용적률 확대를 통해 공급을 확대할 수 있어요. 현재 재건축 아파트 1,000세대 규모에 적용되는 용적률은 150%입니다. 이를 300%로 완화한다면 동일면적 시 공급 세대수도 2배 증가하게 됩니다. 그렇게 되면 재건축 아파트값이 상승할 것이고, 재건축 아파트 투자로 돈을 번다는 인식이 확산하면서 사업도 하기 전에 가격부터 상승하게 되겠죠. 또 살기 좋은 역세권 주변에 아파트 공급을 하자면 토지 보상비가 엄청나게 많아질 것이고요. 공급을 확대하기 위해서는 단기적인 가격 상승 부담이 따르게 마련입니다.

MC 4 집이 있는 유주택자들을 위해서 세금부담을 줄여 준다는 공약이 있었습니다. 양도소득세 중과나 종부세는 낮춰준다고 하는데 시장에서는 어떻게 반응할까요?

종부세, 양도소득세 중과세 등 과다한 세금으로 인해 집을 보유한 사람들이 매매하지 않고 세금을 줄이기 위해 오히려 증여를 많이 했습니다.

양도소득세 일반세율이 6~45%인데 부동산 규제지역에서는 일반세율에 20~30% 중과세를 추가해 최대 36~75%까지 세금을 부담하게 됩니다. 그러니 양도차액이 없으면 모를까 서울 수도권처럼 많이 오른 곳에서는 팔 엄두를 못 내게 됐죠.

이번 완화 조치가 시행되면 다주택 보유자는 세금을 줄일 수 있고 시세차익도 얻을 수 있는 만큼, 일정 부분 매물로 나올 수 있다고 보이는데요. 다주택자와 법인이 보유한 주택에 대해서는 종부세 부담이 매우 높습니다. 때문에, 6월 1일 이전 매매를 고려하시는 분들도 있는데 조금 고민스러울 겁니다. 주택을 보유하고 있거나, 팔거나, 모두 세금 완화 혜택을 누릴 수 있으니까요. 어느 쪽이 더 유리할 것인지는 대통령 취임 후 나오는 구체적인 부동산정책을 보고 판단할 것으로 보입니다.

다주택자의 경우 계속 보유하면 종부세 완화, 팔면 양도세 완화 혜택을 받는다는 것인데 앞으로 계속 보유하고 있으란 건가요, 아니면 매도하라는 건가요?

조금 애매한 정책입니다. 다주택자의 매매를 돕기 위해 나온 공약이지만 조금 앞뒤가 맞지 않아요. 주택공급이 하루아침에 이뤄지는 것도 아니기에 다주택자가 보유 중인 주택이 매물로 나오는 것이 중요하죠. 중과세를 완화해주는 2년이라는 기간은 정책의 안정을 위해 너무 길다고 할 수 있습니다. 완화세율 조정이나 기간 조정이 필요한 부분이죠. 단순히 세금을 완화해주기보다는 다주택자의 매물이 시장에 나오게 유도해야 합니다.

MC 6 20·30 청년세대들을 위한 부동산 공약도 여러 가지 있었습니다. 20·30 청년세대들은 어떤 기대를 해볼 수 있을까요?

청년 원가 주택 30만 호 공급이 있습니다. 청년층에게 공공분양주택을 건설원가 수준으로 공급하고, 분양가의 20%만 내고 80%는 장기 원리금 상환하도록 했습니다.

최초 분양받은 사람이 5년 이상 거주 후 매각을 원하면 국가가 매각하고 매매차익의 70%까지 돌려받게 해서 자산형성을 지원해주는 공약이었죠. 하지만, 시세차익이 확실한 청년 원가 주택이라면 정부 재원이 많이 들어갈 텐데 계획한 공급량을 달성할 수 있을지 염려됩니다. 공급이 차질 없이 진행되면 좋겠습니다. 청년들에게 어떤 기준으로 공급할지 지켜봐야겠습니다.

MC 7 청년세대들에게는 불합리한 현재의 청약제도를 개선해서 내 집 마련의 꿈을 이루도록 하겠다는 내용도 있습니다. 어떻게 변화될까요?

'17년 8·2대책이 나온 이후부터 수도권 공공택지와 투기과열지구의 일반 공급은 85㎡ 이하의 경우 추첨 없이 100% 가점제로만 당첨자를 선정합니다. 이로 인해 가점이 낮은 청년세대들은 당첨기회가 오히려 상실되었는데요. 물론 생애 최초 특별공급이 있기는 하지만 매우 제한적이라 실효성이 낮습니다. 그래서 정부는 청약제도에 20~30대 1~2인 가구 거주에 적합한 소형주택 기준을 신설하고 추첨제를 부활시킨다는 내용입니다. 이렇게 젊은 세대의 내 집 마련 가능성을 높이고 주거 상향 이동과 자산축적 기회를 제공하겠다고 합니다. 또 3~4인 무주택가구의 전용 85㎡ 초과주택 당첨률을 높이기 위해 가점제를 확대한다고 하는데요. 노후화된 주택 한 채를 가지고 있는 1주택자도 큰 평수로 갈아타거나 새 아파트로 가려면 청약에 당첨돼야 하는데 오히려 기회가 줄어드는 양면성도 있습니다.

MC 8 '20년 임대차 3법 도입 이후 부동산가격이 폭등한 계기가 되었고, 임대인, 임차인 모두 불만이 많습니다. 임대차법 전면 재검토는 어떻게 예상하시나요?

'20년 임대차법 개정으로 계약 갱신청구권과 전월세 상한제가 시행되면서 전월세 물량이 급격히 감소하고 가격은 급등했습니다. 당연히 임대차 갱신이나 계약 기간 만료 시에 임대인과 임차인의 분쟁이 발생하게 되었죠. 이를 해결하기 위해 재검토하겠다는 것인데, 임대차 계약 시 2년 또는 4년 확정형으로 장기임대 계약 시에는 임대인에게 세금감면 혜택을 주는 방안도 있을 것입니다. 지금처럼 임차인에게만 유리하고 임대인에게는 불리한 제도로는 오래 유지되기 어렵다고 봅니다.

MC 9 대출 규제 완화를 기대하는 분들이 많이 있어요. 이런 현상을 어떻게 생각하십니까?

생애 최초로 주택을 구매하는 청년과 신혼부부에게는 주택담보대출 비율인 LTV를 최대 80%까지 확대해 주거 사다리를 복원하겠다는 계획이죠. 하지만, 현재 규제지역 15억 원 이상의 주택은 대출이 전면 금지되고 9억 원 이상의 주택도 LTV 20%에 묶여있습니다. 소득이 낮으면 아예 대출도 못 합니다. 대출 규제는 실수요자 투자자 모두 획일적인 기준으로 묶어두고 있습니다. 총부채원리금상환비율인 DSR에 대한 구체적인 언급 없이 어디까지 완화할지는 조금 더 지켜봐야 할 듯합니다.

MC 10 차기 정부가 꾸려지고 부동산정책을 시행할 경우, 첫 번째 부동산대책에는 어떤 것을 담았으면 합니까?

문재인 정부의 부동산정책은 실패했고 차기 정부가 꾸려진 만큼 잘하고 싶을 것입니다. 앞서 살펴본 바와 같이 아무리 좋은 정책도 부작용이 뒤따르게 마련입니다. 그러면 그때부터 정치가 관여해서 단기간에 성과를 내는 인기 위주의 정책을 내게 되는데요. 그렇게 추진되어서는 안 되는 겁니다. 국민은 지금이 아니라 우리의 미래세대를 걱정하고 있어요. 과거의 부동산정책 실패사례를 돌이켜보십시오. 부동산은 하루아침에 해결할 수 있는 과제가 아님에도 불구하고 한 번에 모든 것을 이루어 내려는 정치인들의 잘못된 습성에서 나온 결과물입니다. 부디 인수위원회 단계부터 주택청을 신설해서 독립된 기관으로 대한민국의 새로운 주거 패러다임을 보여줄 필요가 있어요.

청년은 미래를 준비하고, 신혼부부들은 행복한 보금자리에서 출산을 계획하고, 서민들은 내 집 마련의 꿈을 이어갈 수 있는 대한민국, 대통령 임기 내 모든 것을 이루기보다 제대로 준비하고 계획해서 더 나은 주거복지를 이루어주었으면 합니다.

청약통장 가입과 활용법은 어떻게?

주택경기가 좋으면 청약통장 가입자가 증가하고 불경기로 접어들면 해약이 이어지기도 합니다. 이렇게 분위기에 따라 달라지는 면은 있지만 이삼십 대의 사회 초년생은 내 집 마련의 첫걸음으로 청약통장 가입을 선택했습니다. '어쨌든 경제'에서 오늘은 청약통장 가입과 활용법에 대해서 한 번 살펴보겠습니다.

MC 1 언제 집을 사게 될지도 모르고 원하는 지역의 당첨은 쉽지 않은데 청약통장 가입이 지금 필요할까? 요즘은 이런 생각을 하는 청년들도 많을 것 같습니다.

당연히 그런 고민을 한 번쯤 하게 됩니다. 집을 산다는 게 돈이 한두 푼 들어가는 일이 아니고, 지금 당장 필요한 일이 아니라고 생각할 수도 있습니다. 그렇지만 우리가 살아가면서 집은 꼭 필요하고, 집값을 모두 마련해서 집을 사는 것은 어렵습니다.

누구나 대출을 이용하게 되고 열심히 살면서 대출금 갚아나가다 보면 집값이 올라 있고, 조금 더 큰 평수에 더 좋은 지역으로 이사도 할 수 있게 됩니다. 그렇게 집이 있고 없고는 확연하게 달라지는데, 그 첫 단추가 청약통장 가입이라고 얘기 드리고 싶네요.

청약통장도 종류가 여러 가지가 있는지 궁금합니다. 특히 사회 초년생이라면 어떤 청약통장에 가입해야 하나요?

청약통장의 종류는 청약저축과 청약예금, 청약부금 세 가지가 있는데요, 이 상품들은 '15년 9월부터 중단되어 신규가입은 불가능합니다. 지금은 주택청약종합저축 하나로 통일되어 있는데요. '09년 출시되던 시점에 만능통장으로 불렸습니다. 국민주택, 민영주택 상관없이 모두 청약할 수 있고 저축, 예금, 부금 3가지 기능을 모두 담았기 때문입니다.

MC 3 만능통장이라는 애칭을 가진 주택청약종합저축의 가입조건은 어떻게 되나요?

'99년까지만 하더라도 무주택가구 세대주만 청약통장 가입이 가능했지만 '99년 이후부터는 전 국민 누구나, 집이 있어도, 세대주가 아니어도, 가입이 가능하게 되었습니다. 납부금액은 매월 2만 원부터 최대 50만 원까지 가능하고요. 일시납으로 1,500만 원까지 예치 후 매월 50만 원까지 적립도 가능합니다. 이런 이유는 청약통장에 예치한 금리가 일반 시중금리보다 0.3~0.8% 더 높게 산정되기 때문입니다. 납부 기간은 가입일부터 입주자로 선정된 날까지이고, 당첨되기 전까지는 무기한 납부가 가능한 셈입니다.

MC 4 청약자격 순위가 발생하며 금리도 조금 더 높다고 하였는데 연말정산을 할 때 소득공제 혜택도 되는 건가요?

근로소득이 있는 거주자는 소득공제 혜택도 받을 수 있습니다. 총급

여액이 7천만 원 이하인 무주택 세대주가 해당 과세기간에 낸 금액(무주택확인서를 제출한 과세기간 이후에 낸 금액으로 연간 240만원 한도)의 40%에 상당하는 금액으로, 최대 96만 원까지 소득공제를 받을 수 있어요. 아파트 청약기회와 시중은행보다 조금 높은 금리에 소득공제까지, 사회초년생인 급여생활자는 일석삼조의 이익이죠.

MC 5 전 국민 누구나 주택청약종합저축을 신청할 수 있다면 미성년자도 가입이 되는 건가요?

네~. 미성년자도 청약통장 가입은 할 수 있습니다. 단 청약신청은 할 수 없어요. 미성년자의 가입 기간과 인정금액은 예외로 두고 있어요. 주로 부모님들이 자녀의 미래를 대비해서 만들어주고 있습니다.

국민주택은 성년에 이르기 전 월납입금의 납부횟수가 24회 초과하면 24회까지만 낸 것으로 인정합니다. 금액은 인정횟수 해당 금액의 합으로 월 최대 10만 원으로 합산하고요. 민영주택 청약 시 청약 가점제 가입 기간 산정은 가입일이 2년 이상이면 2년, 2년 미만이면 해당 기간을 적용합니다. 또 금리를 좀 더 많이 주는 청약우대형 청약통장도 있습니다.

MC 6 청약통장 가입 후 얼마의 기간이 지나면 청약할 수 있나요?

짧게는 1개월, 길게는 24개월이 지나야 1순위 자격으로 청약할 수 있습니다. 크게 두 가지로 분류할 수 있는데요, 첫 번째는 수도권과 지방으로 구분됩니다. 수도권은 청약통장 가입 후 12개월 지나면 1순위가 되고, 수도권 이외의 지역은 6개월이면 1순위가 됩니다. 두 번째는 규제지역과 위축지역으로 나뉩니다. 규제지역이란 투기과열지구, 조정대상지역을 말하죠. 규제지역은 24개월이 지나야 1순위 자격요건이 됩니다. 대구도 여기에 해당합니다. 부동산이 하락하는 위축지역에는 1개월만 지나도 1순위 자격이 됩니다.

MC 7 청약통장에 가입한 일정 기간만 충족했다고 1순위가 되는 것은 아닌 것으로 압니다. 일정 금액 이상이 통장에 들어있어야 하잖아요.

네~. 간혹 기간은 지났지만 납부금액이 부족해서 1순위 자격이 안 되는 예도 있습니다. 또 내다가 잊어버릴 수도 있으니까 1순위 자격을 얻으려면 납부 기간과 예치금액을 꼭 확인해야 합니다.

거주 지역별로 예치금액이 다른데요. 전용 85㎡ 이하 신청자라면 서울·부산은 300만 원, 대구를 포함한 기타 광역시는 250만 원, 나머지 지역은 200만 원입니다. 또 신청하려는 주택의 면적에 따라서 예치금액이 달라지기도 하는데요. 대구는 전용면적 85㎡ 이하 250만 원, 85㎡ 초과 ~102㎡ 이하까지는 400만 원, 102㎡~135㎡ 이하는 700만 원, 135 초과이면서 모든 면적에 청약 가능한 예치금액은 1,000만 원입니다. 민영주택 청약 시, 기간은 충족되었는데 예치금액이 부족하다면 입주자 모집공고일 당일까지 부족한 금액을 보충하면 1순위가 될 수 있습니다.

MC 8 예전보다 좀 더 쉬운 조건으로 청약 1순위가 될 수 있지만 당첨이 더 힘들게 된 부분도 있다는 말을 들었어요.

경우에 따라 당첨이 쉬울 수도, 어려울 수도 있습니다. 1순위가 되어도 모두 당첨이 되는 것은 아니지요.

우리나라 청약제도의 역사를 조금 알아볼 필요가 있습니다. 청약제도는 1977년부터 시행돼 2007년 9월까지는 가입 기간과 금액만 충족하면 모두 1순위가 되었습니다. 1순위 대상자는 가입한 은행에서 순위확인서를 발급받아 직접 견본주택을 방문해서 청약 접수를 했고, 사업자 측에서 직접 추첨을 진행했지요. 그런데 1인 가구 20대도 1순위, 부양가족이 많은 50대도 1순위가 되니, 뭔가 형평성이 맞지 않는다고 정부가 인식하고 청약제도를 합리적으로 개선하게 됩니다. 그렇게 나온것이 오늘날의 청약 가점제입니다.

MC 9 청약 가점제가 만들어진 과정을 잘 알겠습니다. 청약 가점제는 몇 가지 조건을 두고 점수를 차등해 주는 것이 맞는가요?

청약 가점제는 민영주택 1순위에서 경쟁이 발생할 경우, 무주택기간, 부양가족 수, 청약통장의 가입 기간을 기준으로 산정한 점수가 높은 순으로 당첨자를 선정하는 제도입니다. 청약 가점제의 총점은 84점인데요. 무주택기간 32점, 부양가족 수 35점, 청약통장 가입 기간이 17점이고 무주택기간 청약점수는 32점입니다. 무주택기간 점수를 잘못 기재하는 사례가 많은데요. 무주택기간은 태어나서 현재까지의 무주택기간이 아니고, 성년이 된 이후의 무주택기간도 아닙니다. 집이 있어도 안 되겠죠. 만 30세 미만인 미혼의 무주택자는 0점입니다. 가산되는 점수는 만 30세부터 1년 미만 2점, 2년 미만 4점…. 무주택기간이 15년 이상이 되면 32점이 됩니다. 만 45세 무주택자이면 최고점수인 32점이 됩니다.

MC 10 만약 만 30세 전에 결혼했다면 청약 가점제에서 점수는 어떻게 되나요?

혼인신고일로부터 무주택기간이 15년이 되면 32점이 되죠. 또 주택이 있었다면 주택을 처분한 날로부터 무주택기간을 산정하게 됩니다. 중요한 것은 청약하려면 신청자의 기준만 따지는 것이 아니라 세대원의 주택 소유 여부도 중요해요. 입주자 모집공고일 현재 청약통장 가입자와 세대원 전원이 주택을 소유하지 않아야 합니다. 여기서 세대원이란 주민등록상에 등재된 직계존비속 모두를 포함합니다. 단, 직계존속 중 만 60세 이상이 소유한 주택은 소유주택 수에서 제외하는 예외규정도 있습니다.

MC 11 청약 가점제의 무주택기간 산정하는 것만 해도 복잡한 것 같습니다. 청약 신청을 할 때 실수로 점수를 잘못 계산해 탈락하는 경우가 많다고 들었어요.

점수가 가장 높은 부양가족 청약점수는 35점입니다. 무주택 점수는 높지 않더라도 부양가족 점수만 높아도 당첨될 가능성이 있습니다. 부양가족 인정 대상자에 본인은 들어가지 않습니다. 여기서 실수를 가장 많이 하게 됩니다. 본인은 부양가족이 절대 아닙니다. 부양가족 점수는 0명이라도 기본 5점을 줍니다. 한 명씩 추가할 때마다 5점 더해서 최대 6명까지 35점입니다.

청약자의 배우자와 청약자 또는 배우자의 무주택자인 직계존속, 미혼 자녀가 있습니다. 배우자는 청약자와 주민등록 등재 여부와 상관없이 부양가족으로 인정합니다. 미혼자녀는 입주자모집 공고일 현재 청약통장 가입자 또는 배우자와 동일 주민등록표상에 등재된 경우에만 인정 하지만, 만30세 이상인 미혼자녀는 모집공고일로부터 최근 1년 이상 계속 주민등록이 되어있어야 부양가족으로 인정받을 수 있습니다. 직계 존속을 부양가족으로 인정받으려면 청약통장 가입자가 세대주로 되어 있으면서 최근 3년 이상 계속하여 주민등록에 등재되어있으면 인정합 니다. 주민등록이 분리된 배우자도 세대주로 되어있으면 장인, 장모도 부양가족이 될 수 있습니다.

MC 12 청약통장 가입 기간별 점수는 어떻게 되나요?

가입 기간별 점수는 청약통장 전환, 예치금액 변경을 한 경우에도 최초 가입일 기준으로 가입 기간을 산정합니다. 6개월 미만은 1점, 1년 미만은 2점, 그 이후부터는 매년 1점씩 산정해서 15년 이상 되면 최대 점수는 17점이 되지요. 청약 가입 기간별 점수는 인터넷 청약 시 자동으로 계산됩니다.

MC 13 지난 시간 주택 청약통장의 가입과 1순위 기준에 관해 설명해 주셨는데 청취자의 질문 중에 지금 대구는 청약 미달이 나오고 청약통장 없이도 집을 살 수 있는데 굳이 가입이 필요하냐고 했습니다. 이 질문에 대해 어떻게 생각하시나요?

주택경기가 하락하면 가입자의 청약통장 해지도 잇따르고 신규가입도 줄어들게 됩니다. 지금 당장 필요성을 못 느끼는 겁니다. 지금 가입하더라도 큰돈이 필요한 주택을 매입하기까지는 많은 시간이 필요합니다. 우리나라에서 청약통장을 제대로만 활용하면 시세보다 저렴하게 아파트를 살 기회가 있는 만큼, 예치금액 300만 원은 내 집 마련을 생각하는 분에게 아주 부담스러운 금액은 아니라고 생각됩니다. 최근 미분양아파트 증가로 청약통장이 필요 없는 듯하지만, 몇 년 뒤 청약통장이 유용하게 쓰일 수 있습니다 청약통장 해지를 고민하신다면 미래의 내 집 마련을 위한 첫걸음이다~ 생각하시고 해지하지 말고 계속 이어가기 바랍니다. 특히 청약통장이 없는 사회 초년생이라면 지금이라도 가입해서 미래를 준비하라고 권하고 싶어요

MC 14 청약제도는 무주택자에게 절대적으로 유리한 것 같아요. 그러면 1순위 청약보다 우선하는 특별공급이 있지 않습니까? 어떤 경우에 특별공급 신청이 가능한가요?

특별공급은 정책적 배려가 필요한 계층에서 무주택자의 주택마련을 지원하기 위해 일반 공급과 청약 경쟁 없이 주택을 분양받을 수 있도록 하는 제도입니다. 특별공급은 당첨횟수를 1세대 당 평생 1회로 제한하고 있어요.

특별공급 대상자는 신혼부부, 3자녀 가구, 노부모 부양 가구, 기관추천, 생애 최초주택구입, 이전기관 종사자 등 기타의 특별공급이 있습니

다. 특별공급 청약신청자도 일반 공급과 마찬가지로 청약할 주택에 해당하는 청약통장을 보유하고 있어야 합니다. 예외적으로 장애인, 철거민, 국가유공자, 이전기관 종사자는 청약통장 없이도 특별공급 신청이 가능한데요. 분양가 9억 원 초과주택은 투기과열지구에서는 특별공급에 청약할 수 없고 현재 투기과열지구인 대구 수성구에 적용되고 있습니다.

대통령 후보자들의 부동산정책 공약

　정부의 강력한 부동산가격 안정책이 효과를 나타내면서 보합세이거나 일부 지역에서는 하락세를 보이고 있습니다. 대선을 앞두고 후보들의 부동산 공약을 보며 매수자 매도자 각자 좀 더 유리한 방향을 고민하게 됩니다. '어쨌든 경제'에서 오늘은 대통령 후보자의 부동산정책 공약을 자세히 살펴보겠습니다.

MC 1　매도자 매수자 모두 대선 이후 바뀌는 부동산정책에 관심이 많을 것입니다. 우선 거래량부터 살펴보겠습니다. 여기저기서 팔려고 내놓은 아파트가 팔리지 않는다는 얘기들이 많아요. 지역의 부동산 거래량이 얼마나 줄었나요?

　대구 아파트 거래량은 '20년 대비 약 55% 감소한 것으로 나타납니다.
　'20년에 아파트 거래는 5만 1,000건 정도인데 '21년은 12월 거래량을 추정해보아도 2만 1,000여 건 수준이죠. '06년, 아파트 실거래가 신고제가 도입된 이래로 최저 거래량이 될 수도 있겠습니다.

MC 2　지금의 거래량 감소는 부동산 규제로 인한 대출제한과 공급수요의 불일치라고 지난번에 얘기하셨어요. 그래도 선거 이후에는 좀 달라지지 않을까 하고 기대해보게 됩니다. 대통령 후보들의 부동산 공약 가운데 우선 세금부터 살펴볼까요.

우선 종합부동산세부터 알아보죠. 지난 12월 종부세 납부가 시작되면서 늘어난 세금에 많은 사람들이 놀랐죠. 그래서 더불어민주당이나 국민의힘 두 당 모두 감세를 주장하고 나섰습니다.

-더불어민주당 이재명 후보의 종부세 공약입니다.

이재명 후보는 양도소득세처럼 일시적 2주택자를 1주택으로 간주하고, 상속지분 정리에 필요한 일정기간 동안 1주택으로 간주하겠다고 합니다. 또 투기목적이 아닌 종중 명의의 주택, 전통고택, 농어촌주택이나 고향 집 같은 것은 투기목적이 아니므로 중과세에서 제외하겠다고 공약합니다.

-국민의힘 윤석열 후보의 종부세 공약입니다.

윤석열 후보는 일단 큰 틀에서는 종부세를 폐지하고 지방세인 재산세와 통합하겠다는 공약입니다. 통합 전에 우선 공정시장가액 적용비율을 현 수준인 95%에 동결하고, 세 부담 상한과 1주택자의 종부세 납부 세율도 현 정부 그 이전의 수준으로 낮추겠다고 합니다.

MC 3 두 후보 모두 종부세 부담을 많이 줄여주겠다는 얘기는 공통점인 것 같습니다. 그러면 양도소득세에 대한 두 후보의 공약은 어떤가요?

두 후보 모두 양도세 중과 완화 공약을 내놨습니다. 정부는 그동안 투기를 억제하기 위해 1주택자도 2년 거주의무를 적용하고, 실수요자라도 단기매매는 세율을 인상했습니다. 규제지역의 2주택자는 20% 할증, 3주택자는 30% 할증으로 최대 65~75%의 세율을 부과했지요. 여기에 지방세 10%까지 더하면 양도 차액의 82.5%를 세금으로 납부하게 됩니다. 결과적으로, 다주택자는 집 팔아서 세금으로 다 낼 바에야 팔지 않겠다고 버티며 가격상승으로 이어졌고, 잘못된 정책에 양당 후보 모두 양도세 중과는 한시적으로 완화해주겠다고 공약하고 있습니다.

MC 4 다주택자이면서 현재 급할 게 없다면 지금 팔아서 중과세율 20~30%를 추가 납부하기보다 계속 기다려볼 것 같은데요, 그렇다면 앞으로 매물은 계속 잠기게 되나요?

다주택자는 우선 선거 이후에 매매 타이밍을 잡고 있는데요. 매수자는 오히려 선거 이후에 다주택자의 매물까지 나오면 더 낮은 가격에 살 수 있지 않을까? 하는 생각에 관망하고 있는 겁니다. 그러니까 지금은 거래 실종상태가 계속되고 있는 것이고요.

MC 5 취득세에 대한 두 대통령 후보의 공약은 어떤가요?

취득세는 현재 1주택자는 1~3%이고 다주택자는 8%부터 최대 12%입니다. 윤석열 후보는 1주택 보유자의 취득세율을 단일화하거나 세율 적용구간을 단순화하겠다고 합니다. 또 생애 최초 구매자에게는 취득세를 면제해주거나 1% 단일세율 적용을 검토하겠다고 하고, 취득세 중과세율은 완화하겠다고 공약합니다.

이재명 후보는 1주택자의 최고 3% 취득세 대상을 현행 9억 원에서 12억 원으로 상향하겠다고 합니다. 또 생애 최초 구매자의 경우 3억 원 이하는 면제하고, 6억 원 이하는 50% 감면하겠다는 공약입니다.

두 후보는 거래세인 취득세의 경우 모두 인하에 맞춰져 있으나 보유세는 다르게 공약하고 있는데요. 이 후보 측은 거래세는 인하하겠지만 보유세를 강화하겠다고 하고, 윤 후보는 전반적으로 징벌적인 거래세, 보유세 모두를 완화하겠다는 공약입니다.

MC 6 두 대통령 후보 모두 취득세를 인하하겠다고 하는군요. 그러면 재건축 재개발 분야에 대한 정책 공약은 어떤가요?

이재명 후보 측 공약 중에는 재건축아파트 용적률을 500% 상향해서 4종 주거지역을 신설하겠다는 것도 있습니다. 또 재건축 안전진단 기준을 합리적으로 개선하고 재정착이 어려운 원주민을 위한 특별대책과 노후 공동주택의 리모델링 사업 지원에 대한 공약도 있습니다.

윤석열 후보 측 또한 재건축 용적률 상향과 노후 공공임대주택의 복합 개발, 리모델링 추진을 공약으로 내걸고 있습니다. 또 재건축 과정에서 이사 수요가 한꺼번에 쏟아져 집값이 들썩이거나 주민들이 불편하지 않도록 이주 전용 단지를 만들어 순환개발 하겠다는 공약도 있습니다.

MC 7 최근 금리가 많이 오르며 대출로 집을 샀거나 집을 사려는 사람이 부담스럽게 생각합니다. 금융지원에 대한 공약은 어떻게 나와 있나요?

저도 오르는 금리에 불만이 많은 대출 이용자입니다. 예금금리는 아주 조금 오르는데 대출금리 인상폭은 더 커서 부담이 됩니다. 신규 취급 금리는 훨씬 더 높습니다.

우선 윤 후보 측 공약부터 살펴보면, 시중은행이 예금금리와 대출 금리 차이를 주기적으로 공시하도록 해서 국민들께 알리겠다고 하네요. 또 금융당국의 가산금리 산정이 적절한지, 담합요소는 없는지를 따져서 금융기관 간의 투명한 공정 경쟁을 유도해서 금융소비자를 보호하겠다고 합니다.

이 후보 측은 무주택 서민 실수요자에 대한 금융지원을 확대하겠다고 합니다. 금리인상으로 인한 부담을 덜어주기 위해 고정금리 대출로 바꿔주는 대출전환을 마련하고, 잔금대출이나 전세대출 중단으로 인한 피해가 없도록 철저히 관리하겠다고 공약합니다.

MC 8 안철수 후보나 심상정 후보의 눈에 띄는 부동산 공약도 살펴볼까요?

안 후보는 250만 호 주택공급에 토지임대부 청년안심주택을 50만 호 공급하겠다고 합니다. 흥미로운 건 전체 공급량의 40%가 토지임대부 주택이고, 주로 국공유지에 건설하겠다고 하는 겁니다. 심 후보는 보유세를 더욱 강화하고 양도세 중과는 유지하면서, 토지공개념을 확립해서 차익을 노리는 토지 소유는 금지하겠다고 합니다. 부동산을 통한 불로소득은 전면 환수한다는 공약이네요.

MC 9 대통령 후보들의 주요 부동산 공약을 살펴보니 전체적으로 세금을 완화하겠다, 서울의 재건축은 용적률을 높여서라도 공급을 확대하겠다고 합니다. 그 밖에도 민간주택 분양가 인하, 대출이나 금리부담으로 피해를 보는 일이 없도록 하겠다고 합니다. 그런데 이 많은 공약을 현실 가능성이나 추진 속도라는 기준으로 분석해보면 어떤가요?

네, 무척 어려운 질문입니다. 후보들이 국민을 대상으로 공약을 했으니 꼭 지켜야겠지요. 하지만 목표달성은 쉽지 않아 보입니다. 첫째, 모든 후보가 서울 주택공급을 확대하겠다고 하는데 주택공급을 빵처럼 찍어낼 수 없다는 것을 전 국민이 다 알고 있지 않습니까? 둘째, 부동산 세금은 현재보다는 경감될 것으로 보입니다. 취득세, 양도세, 종부세는 양당의 후보들 모두 세율 감면을 할 것으로 기대됩니다. 셋째, 개별적인 사항입니다만 공약을 이행하는 데 상충하는 부분이 보입니다. 이재명 후보의 민간 부분 분양가상한제와 분양원가 공개 확대는 분양가격을 안정시킬 수는 있겠지만 공급을 확대하는 정책에는 반하는 공약입니다. 윤석열 후보의 종부세 폐지는 전체 인구 2%에 대한 특례이지 우리 사회의 형평과 분배의 측면에서는 바람직하지 않은 공약이라고 할 수도 있습니다. 물론 당선 이후에는 모두 합리적인 절충점을 찾겠지만요.

MC 10 서울과 지방은 여러 가지 여건이 다른데 공약을 보면 거기에 지방은 없는 듯합니다. 우리 지역에 필요한 부동산 공약을 제안한다면 어떤 게 필요할까요?

우리 지역에 필요한 부동산정책 공약은 첫째, 부동산 규제지역인 조정대상지역의 해제입니다. 주거정책심의위는 지난달 금리가 여전히 낮고 시중의 유동성이 풍부해 규제 강도가 낮아지면 국지적 시장 불안이 재연될 수 있다면서 규제지역 해제를 보류했는데요. 이는 서울 수도권 시장이 그럴 수 있다는 것이지, 대구는 해당하지 않습니다. 조정대상지역이 해제돼야 대출이 완화되고 기존주택 매매에 조금이라도 숨통이 트일 듯합니다. 둘째, 앞으로 2~3년간은 공급과잉에 따른 부작용으로 부동산시장의 위축이 불가피한 상황인데요. 부동산시장의 연착륙을 위한 조치는 한계가 있겠지만 대구 미래 먹거리를 위한 비전 정책들의 조기 실현이 요구됩니다.

대구시청 이전, 서대구 역세권개발, 대구·경북통합신공항, 대구법조타운 이전, 대구산업선 신설, 대구 엑스코선, 4호선 트램 설치, 대구공항 후적지 개발 등 이러한 대구의 미래 비전이 지역 공약으로 더해져 조기 실현된다면 더 나은 대구가 될 수 있을 겁니다.

MC 11 지역 경제나 산업을 이끄는 정책들을 잘 설계하고 실행해야 한다는 점을 강조해 주셨습니다. 부동산시장에 꼭 필요한 변화에는 또 어떤 점을 살펴봐야 할까요?

부동산시장에서 꼭 필요한 변화는 '20년 8월에 도입된 부동산 임대차 3법의 수정입니다. 완전폐지는 또 다른 시장의 혼란을 가져올 수 있지만 부분적인 수정은 꼭 필요해 보입니다. 코로나19 팬데믹 상황 속에 유통구조의 혼란으로 전 세계 공급 질서가 무너지고 있고, 물가폭등으로 인해 인플레이션이 일어나고 있지 않습니까? 우리나라도 부동산 유통구조를 바꾼 이후 가격이 얼마나 폭등했습니까. 이는, 비단 우리 지역만의 문제가 아닙니다. 올바른 부동산정책이 급등 급락을 방지하고 안정을 추구할 수 있습니다. 인기 위주의 정책보다는 중장기적인 전략 수립이 필요한 시점입니다.

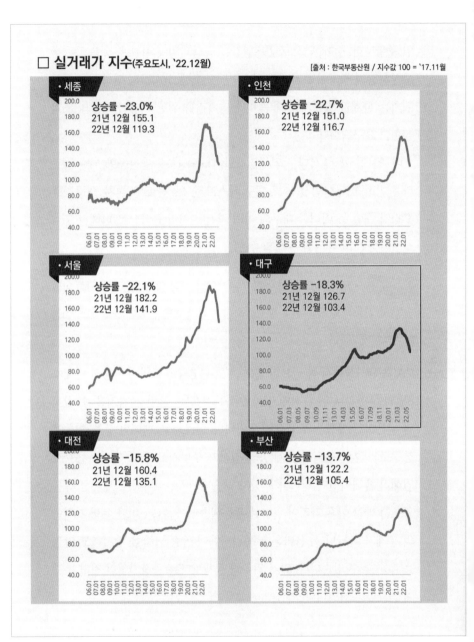

• 세종
상승률 -23.0%
21년 12월 155.1
22년 12월 119.3

• 인천
상승률 -22.7%
21년 12월 151.0
22년 12월 116.7

• 서울
상승률 -22.1%
21년 12월 182.2
22년 12월 141.9

• 대구
상승률 -18.3%
21년 12월 126.7
22년 12월 103.4

• 대전
상승률 -15.8%
21년 12월 160.4
22년 12월 135.1

• 부산
상승률 -13.7%
21년 12월 122.2
22년 12월 105.4

□ 실거래가 지수(주요도시, '22.12월)

[출처 : 한국부동산원 / 지수값 100 = '17.11월]

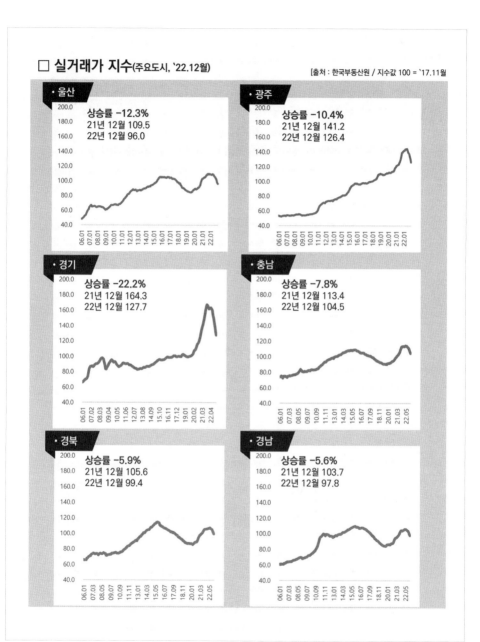

• 울산
상승률 -12.3%
21년 12월 109.5
22년 12월 96.0

• 광주
상승률 -10.4%
21년 12월 141.2
22년 12월 126.4

• 경기
상승률 -22.2%
21년 12월 164.3
22년 12월 127.7

• 충남
상승률 -7.8%
21년 12월 113.4
22년 12월 104.5

• 경북
상승률 -5.9%
21년 12월 105.6
22년 12월 99.4

• 경남
상승률 -5.6%
21년 12월 103.7
22년 12월 97.8

새해, '22년 부동산시장의 전망

새해가 되면 올해는 경제적으로 조금 더 여유가 있기를 소망해 봅니다. 새해에는 재테크도 하고 내 집 마련을 꼭 해야겠다고 다짐하는 이들이 있는가 하면 부동산을 팔지 보유할지 고민하는 이들도 있어요.
'어쨌든 경제'에서 오늘은 '22년 부동산시장의 전망에 대해서 알아보겠습니다..

MC 1 '22년 부동산시장은 어떻게 될지 이런저런 예측이 나옵니다. 부동산가격이 올랐던 지난 수년간을 돌아보더라도 항상 기회요인과 위협요인이 함께 공존했던 것 같아요. '22년 대구 주택시장 전망을 어떻게 보시는지요?

'22년은 '오를 것이다'라고 예측하는 사람보다 '내릴 것이다'라고 전망하는 사람들이 부쩍 늘어나고 있습니다. 첫째, 수요와 공급시장의 균형이 무너지고 있어요. 지난 3~4년간 공급했던 물량이 대거 입주를 앞두고 있습니다.

지금 대구 전역이 공사 중입니다. 대구 시내 어디를 가더라도 타워크레인과 공사판 천지죠. 결국 지나친 공급이 입주 부담으로 작용해 시장의 혼란이 초래될 수 있습니다. 입주 물량이 많은 데다 신규 공급까지 계속되는 상황이죠. 수년 동안 준비해온 재건축 재개발단지에 상업지역 용적률 제한으로 일시에 쏟아지는 신규 공급 물량까지 더해져서 당분간은 공급이 지속할 것으로 예상합니다. 이는 미분양이 증가할 수밖에 없다는 것을 의미하기도 합니다.

MC 2 지금 상황에서 금리 인상까지 더해지면 충격은 더 커질 것으로 예상되지요?

네, 맞습니다. 그간 부동산 대세 상승을 이끈 주요인이 저금리를 바탕으로 한 유동성 자금이었어요. 금리가 인상되면 부동산가격 상승에 제동이 걸리고 부동산으로 쏠렸던 유동성 자금은 다른 대체수단을 찾아서 이동하게 될 것입니다. 부동산시장의 거품이 빠질 수 있다는 경고가 되는 셈이죠. 또 한층 강화된 대출규제와 DSR 2단계 적용으로 거래 시장이 위축되면서 수요 감소세가 두드러지고 있습니다. 실수요자, 투자자 모두 대출 규제로 인한 거래절벽이 예상되는데요. 원하는 시기에 거래가 되지 않으면 매도자는 우선 가격을 낮추죠. 결국, 부동산가격 하락은 피할 수 없는 상황이 됩니다.

MC 3 '22년 부동산시장은 위협요인이 크고도 강한 것 같습니다. 그런데 이런 흐름에도 불구하고 기회요인이 있을 거란 전망은 어떻게 나오는 건지 궁금합니다.

부동산시장의 기회요인은 곧 있을 대통령 선거와 6월 지방선거로 부동산시장의 정책 완화를 기대할 수 있다는 겁니다. 대통령 후보들의 부동산 공약을 살펴보면 현 정부의 부동산정책은 실패했다고 규정하고 있어요. 그리고 여야 후보 할 것 없이 규제정책 완화를 들고 나옵니다. 종부세 부담을 줄여 주겠다, 다주택자의 양도소득세 중과를 한시적으로 유예하겠다, 생애 최초 주택 구매자에게 취득세를 감면해주겠다 등 종합선물 세트 같은 부동산 공약들입니다. 원래 선거라는 게 표를 의식해서 선심성 정책을 남발하기도 하지만, 국민은 그래도 과거에 경험했던 부동산정책 변화를 기대하는 듯합니다.

MC 4 서울과 지방의 부동산시장이 좀 다른 측면은 있지만 위협적인 부분을 보면 떨어질 것 같고 기회요인을 보면 오를 것 같아서 전망이 쉽지 않은 것 같아요. 많은 사람들이 여전히 대구는 지금 사도 괜찮은지 아니면 지금은 팔아야 하는지 고민을 하고 계실 것 같아요.

부동산시장은 지금이 기회라는 사람과 앞으로 잠재된 위험이 너무 크다는 두 가지 의견이 공존합니다. 시장에 따라 다른 것도 있지만 처해있는 상황에 따라 달라질 수도 있는 게 부동산입니다.

최근 대구 주택시장의 거래는 매우 한산합니다. 파는 사람과 사고자 하는 사람의 가격 괴리가 커서 거래가 줄어들고 있습니다. 파는 사람은 이 정도 가격은 받아야겠다는 것이고 사는 사람은 아니야, 앞으로 가격이 낮아질 수 있을 거야, 급한 게 아니니까 조금 더 기다려보겠다고 합니다. 결국 시장은 현재 매도자와 매수자 간의 힘겨루기를 하고 있는데 매도 의향자는 많고 매수 의향자는 감소해 시장은 현재 매수자 우위 시장이 되고 있어요. 앞으로 잠재된 위험이 더 크다고 보는 시각이 우세한 것 같습니다.

MC 5 매수자 우위면 주택의 가격이 더 내려가기를 기다릴 것 같아요. 매도자들은 마음이 좀 급해질 것 같아요.

1주택자가 조금 아껴보겠다고 파는 것 또한 상당한 리스크입니다. 새로운 곳으로 이사 가면 우선 비용이 발생하게 됩니다. 또 매매나 전세에 따른 두 차례의 중개수수료도 발생합니다. 새집에 정착하기 위한 정서적인 비용도 생각해볼 수 있어요. 또 이후에 전월세 살던 곳에서 다시 내 집을 사려면 언제 사야 하는가? 하는 문제도 발생합니다.

항상 최저점에서 사려고 기다리다가 놓쳐버리고 후회하는 경우가 많습니다.

'08년 금융위기 이후 대구가 침체의 늪에 빠졌을 때도 주택가격은 더 이상 상승하지 않을 것이라고 믿고 전세 들어갔다가 낭패를 당한 사람들을 생각하면 1주택자는 살던 집에 그대로 사는 것도 하나의 방법이라 생각됩니다.

하지만 다주택자가 종부세 때문에 주택을 매매하려고 한다면 차기 정부가 구성되고 부동산정책을 살펴본 이후에 고려해 볼 필요가 있는데요. 지금은 다주택자의 징벌적인 양도세가 무시할 수 없는 수준입니다. 물론 양도차액이 미미하다면 지금 파는 것도 방법이 될 것입니다.

MC 6 지금 주택을 사려는 사람으로서는 조금 더 기다려 보는 것도 나쁘지 않겠네요?

미룰 수 있다면 괜찮겠지만 대부분 결심이 섰다면 미루기도 쉽지가 않을 겁니다.

결혼을 앞두고 주택을 알아보고 있다면 미룰 수 있는 상황이 아니겠죠. 또 전세 만기 4년 끝나는 시점에 내 집을 마련하고자 계획하고 있는데 다시 전월세 들어가면 최소 2년은 또 어렵게 됩니다. 실수요자가 전월세 사는 주거비용까지 생각하면 지금 집을 사는 것도 그렇게 손해는 아닐 것입니다. 실수요자라면, 발품을 많이 팔아 좋은 입지에 합리적인 가격으로 구매한다면 회복기에 쉽게 반등할 수 있습니다.

'21년 부동산시장의 종합 결산

'21년 12월 한 해 동안 부동산시장에도 많은 변화가 있었습니다. 가파르게 오르던 부동산가격도 한풀 꺾였고 부동산 제도도 많이 바뀌었어요.
오늘은 2021 부동산시장 종합 결산을 해보겠습니다.

MC 1 부동산정책 변화가 대구 부동산시장에도 영향을 많이 끼친 해였습니다. 특히 대출 규제가 강해지면서 어려움을 겪는 분들이 많았지요?

바뀐 정책부터 살펴보면, '20년 12월부터 대구 전역이 조정대상지역으로 지정되었습니다. 조정대상지역은 여러 규제 가운데 대출을 억제하는 강력한 규제로 다주택자에게는 신규주택 구입자금 대출을 전면 금지합니다. 무주택자는 구매 후 6개월 내 전입해야 하고 1주택자는 기존주택을 6개월 내 처분하고 전입해야 합니다. 1주택자는 대출은 가능하지만 실입주하라는 뜻이죠. LTV 비율도 조정대상지역 9억 원 이하는 50%, 9억 원 초과는 30%만 적용됩니다.

MC 2 이제 소득이 없으면 대출이 안 된다고 들었습니다. 이런 대출 규제의 영향이 시장에는 어떻게 나타날까요?

가계대출 증가의 주된 요인이 주택 구입자금 대출입니다. 그래서 주택에 대한 대출을 중단하거나 규제하는 것입니다. 10.26 가계부채 방안을 보면 '22년 1월부터는 총 대출 2억 원, 7월부터는 1억 원 초과 대출에는 DSR을 적용하게 됩니다.

대출을 억제하게 되면 가수요를 차단할 수는 있겠지만 돈 많은 현금 부자까지 막을 수는 없습니다. 소득이 없거나 낮다면 집을 살 수 없게 되는 문제점도 있지만 아무래도 수요자가 줄어드는 정책적 효과는 있겠습니다.

MC 3 대구가 조정대상지역으로 지정되면서 세법도 바뀌는 게 많았던 것 같아요.

조정대상지역에서는 1세대 1주택이라도 2년 거주해야 양도소득세 비과세 혜택을 받을 수 있습니다. 또한 일시적 2주택자의 경우 과거에는 3년 내 기존주택을 처분하면 됐지만 조정 지역 지정 이후에는 1년 안에 기존주택을 처분해야 비과세 혜택을 받을 수 있게 되었죠. 1월 1일부터 분양권도 주택 수에 포함됐죠. 그래서 취득세, 양도세 중과 대상이 훨씬 복잡해지게 되었습니다.

MC 4 청약신청도 예전하곤 달라서 1순위 통장을 가지고 있어도 청약하지 못하는 경우가 생길까요?

지금은 대구지역에서 청약 1순위를 신청하려면 가입기간 2년이 지나야 하고 세대주만 청약이 가능합니다. 또 세대원 전원이 5년 내 당첨 사실이 전혀 없어야 하는데요. 본인이 청약한 것도 5년까지 기억하기 쉽지 않은데 배우자나 자녀까지 모두 포함해서 살펴봐야 합니다. '20년과 비교해 청약경쟁률이 많이 떨어진 이유이기도 합니다.

MC 5 과도한 양도세에 고가주택 기준도 올리게 되었고 최근에는 다주택자에게 한시적으로 양도세를 완화한다고 밝혔다가 철회하였습니다. 양도세 기준도 많이 바뀌었나요?

6월 1일부터 양도소득세 부과율이 높아졌습니다. 보유기간이 1년 미만이면 차액과 관계없이 단일세율 70%를 적용하고, 2년 미만이면 단일세율 60%, 분양권은 2년 지나더라도 등기 전까지는 단일세율 60%가 부과됩니다.

또한, 조정대상지역에서 2주택 3주택자는 양도소득세 기본세율에 20~30% 추가 과세 됩니다. 실수요 위주의 정책전환을 하면서 단기매매를 하는 투자자나 다주택자에게는 징벌적인 과세정책을 펴고 있지요. 매도자는 수익 대부분을 양도세로 내고 싶지 않으니까 우선 보유하면서 기다려보겠다는 사람과 증여를 통해서 분산하고자 하는 사람으로 나뉘는 중입니다. 올해 증여가 많이 늘어난 이유죠.

MC 6 올해 한국은행에서 기준금리를 두 차례나 올렸습니다. 세계적인 흐름을 봐도 이제 저금리 시대가 저무는 것 같은데 부동산시장에는 어떤 영향이 있을까요?

부동산정책의 큰 변화 가운데 하나가 금리입니다. 오늘날 부동산가격이 급등한 요인 중 1순위를 꼽으라면 저금리라고 할 수 있겠어요. 기준금리 0.5%에 예금금리 1% 안팎이었으니 자연스럽게 돈이 부동산에 몰리고 가격이 급등하며 사회적인 문제가 되었습니다. 늘어나는 가계대출과 인플레이션 압박에 이어 부동산가격을 안정화하기 위해 한국은행은 8월과 11월 두 차례 0.25%의 금리인상을 단행했고 현재는 기준금리가 1%가 되었죠.

앞으로 금리가 계속 상승하면 대출금 부담으로 부동산시장 전반에 영향을 끼치게 될 것입니다. 주택가격은 안정되고 하락하는 지역도 나타날 것으로 보입니다.

MC 7 내년 대선을 앞두고 민주당은 공시지가 제도의 전면개편도 얘기하고 있습니다. 부동산 민심을 가라앉히려는 움직임으로 봐도 될까요?

'21년 종합부동산세 대상과 금액이 많이 늘어난 것도 주요 뉴스입니다. 계획대로라면 '22년 공시가격은 10~20% 오릅니다. 또 종합부동산세의 공정시장가액 비율이 95%에서 100%로 바뀌어 적용되죠. 그러니까 종부세 부담은 더욱 커질 겁니다. 23일 내년도 표준 단독주택 공시가격 발표를 시작으로 내년 3월 공개되는 공동주택 공시가격이 큰 폭으로 상승한다면 서민과 중산층의 재산세, 건강보험료 등도 부담이 커질 것으로 예상합니다. 여당에서 대책 마련 카드를 발표했지만 어떻게 결정될지는 조금 더 지켜봐야겠습니다.

MC 8 대구는 아파트 공급이 많아서인지 아니면 부동산정책 영향 때문인지 아파트 미분양이 많이 증가한 상태입니다. 이미 아파트의 가격 내림세도 보인다고 하는데 대구의 아파트 미분양에 대한 분위기는 어떤가요?

초기 미분양은 도시 외곽단지에 특정되어 발생했다면 지금은 미분양이 도시 중심부로 점점 들어오고 있어 우려가 커지고 있습니다.

청약이 저조하고 미분양이 발생하는 주요 단지들의 특성을 보면 위치가 다소 불리하거나 분양가격이 주변 시세보다 높거나 비슷하다 보니 시세차익을 노릴 수 있는 확실한 보장이 없습니다. 이런 와중에 수요자가 급감해 미분양이 늘어나는 추세입니다.

'22년은 미분양이 올해보다는 더 증가할 것으로 보이는데요. 도심 외곽의 비 선호지역에서 시작된 집값 하락이 도시 중심부로 옮겨오게 되면 앞으로 미분양은 걷잡을 수 없이 급증할 수 있습니다.

MC 9 최근에는 새집으로 이사를 해야 하는데 기존 집이 팔리지 않는다고 들었어요. 내년 미분양이 더 많아지면 상황은 더 힘들어질 수 있겠네요?

대구에 공급되는 분양물량이 최근 4년 동안 급증했습니다. '21년에도 2만 5,000세대 공급이 예상되는데요, 지난 4년 동안 약 11만 세대의 신규 분양이 이어져왔습니다. '21년 입주물량이 1만 7천여 세대로 그렇게 많지 않지만 '22년부터 입주물량 부담이 커질 수밖에 없어 부동산시장은 조정 장세를 보일 듯합니다.

MC 10 21년 한 해를 돌아보니 대구의 부동산시장은 정책적인 변화와 함께 미분양 증가에 공급과잉이라는 문제를 안고 있습니다. 이를 통해 '22년

시장은 어떨지 전망해 보면 어떤가요?

'21년 대구 부동산시장은 조정대상지역 지정과 전매제한 3년으로 가수요가 줄고 청약률이 저조한 가운데에도 성공적인 분양을 이어왔다고 할 수 있습니다. 하지만 가계대출 규제와 징벌적인 세금으로 부동산 거래 시장이 꽁꽁 얼어붙었고, 매도와 매수 모두 대출 규제로 매매거래는 대폭 감소하고 있습니다.

또 입주 물량 증가로 기존 아파트 처분 물량이 쌓이고 일부 지역은 가격 하락도 예상되는 만큼, 이사를 앞둔 가구는 기존 집 처분 계획을 면밀하게 세워보라고 말씀드리고 싶습니다.

2021.12.07.

 종합부동산세

최근 '21년도 종합부동산세 납부 대상자들에게 고지서가 발부돼 이달 15일까지 납부해야 합니다. 세금폭탄이라며 위헌소송을 준비한다는 사람들도 있지만 정부에서는 전 국민의 2% 수준이며 1주택자의 세액 비중은 얼마 되지도 않는다고 합니다.

'어쨌든 경제'에서 오늘은 종합부동산세에 대해 알아봅니다.

MC 1 최근 '세금폭탄이다, 아니다!' 말들이 많은데 종합부동산세는 언제부터 도입됐는지 이것부터 좀 짚어보고 싶습니다.

참여정부 때 부동산값 폭등에 대응하기 위해 만들어졌습니다. 재산세는 지방세, 종부세는 국세인데요. 당시 참여정부가 재산세 강화를 시도했는데 집값 폭등의 근원지였던 강남구 등이 재산세를 깎아주는 방식으로 무력화시켰어요. 그러니까 정부가 지방세인 재산세 대신 지자체가 손댈 수 없는 국세인 종부세를 신설한 거죠.

이후로 개인별 합산, 세대별 합산 등 부과 방식에 대한 논란이 계속되다가 '09년에 세대별 합산에서 인별 합산으로 바뀌었습니다. 1주택자 대상 공시가격 기준도 6억 원에서 9억 원으로 다시 상향돼 부담은 많이 줄었습니다.

현재 종부세 부과는 1주택자 공시가격 11억 원, 다주택자는 6억 원 초과에 공정시장가액 비율 95%를 적용하고 있습니다.

MC 2 주택자의 종합부동산세 부담은 많이 완화된 것 같습니다. 종부세는 주택 따로 토지 따로 부과되는 것인가요?

종합부동산세는 주택 공시가격을 인별로 합산한 금액이 6억 원을 초과하는 소유자에게 부과합니다. 1세대 1주택자라면 공시금액 11억 원까지는 부과하지 않습니다. 공시가격이 시세의 약 69% 수준이니까 시세로는 약 16~17억 원 정도 하겠죠. 토지분 재산세는 과세대상 토지의 공시가격을 합한 금액이 5억 원을 초과하는 소유자에게 부과됩니다. 별도합산과세대상인 경우는 80억 원을 초과하면 납부대상자가 되겠어요.

토지의 종합합산과 별도합산은요, 업무용 토지는 80억 원, 비업무용 토지는 5억 원으로 합산하게 되는데, 시민들의 관심은 주로 주택 종부세죠.

MC 3 종합부동산세는 그간 여러 차례 논란을 겪었다 하셨는데 올해 유독 더 시끄러운 것 같아요.

현 정부 들어서 부동산가격이 비정상적으로 급등했잖아요. 정부는 부동산가격 안정을 위해서 다주택자에게 보유 중인 주택을 팔라고 했죠. 팔지 않고 버티는 사람에게는 양도세 못지않은 종부세를 중과하면서요. 이것이 논란의 시작이죠. 다주택자는 전년도와 비교해서 세액이 2.5

배~3배 올랐어요. 종부세 대상자는 세금이 많이 나왔다고 항변하고 정책 담당자는 팔 기회를 주었는데 팔지 않은 사람에게 책임이 있다고 합니다. 이렇게 정부와 납세 대상자의 처지가 다릅니다.

MC 4 종부세 공식이 좀 복잡해 보입니다. 일반세율과 규제지역의 세율이 다른 듯합니다.

비규제지역 2주택 이하 종부세율이 0.6%~3%인데 조정대상지역인 대구의 2주택자는 1.2%~6% 세율입니다. 특히 지난해보다 공시가격이 19% 상승했어요. 지난해 대구의 2주택자이면서 과세표준 6~12억 원 구간의 세율이 1%였다면 '21년은 조정대상지역 지정으로 세율이 상향돼서 2.2% 부담해야 합니다.

정부는 조정지역 2주택자의 세 부담 상한을 300%로 두고 있는데요. 전년도보다 3배 넘으면 더는 안 받겠다고 할 정도니까 납세대상자들은 인상된 세 부담에 한숨을 쉬고 있는 거죠.

조정대상지역 법인사업자는 기본 공제금 없이 공정시장가액에 단일세율 6%를 부담하게 됩니다.

MC 5 법인사업자가 보유한 주택이라 하더라도 종부세 6%는 부담이 매우 높겠어요.

법인사업자가 직원의 사원용 숙소가 아니라, 투자용이라면 매도하라는 엄청난 압박인 거죠. '22년부터 공시가격 100%를 적용하니까 법인은 매년 공시가격 대비 6%, 시세 대비 4.2% 정도의 세금을 부담해야 합니다. 엄청난 세금이죠. 집값이 계속 오르지 않는다면 대출 내서 투자한 경우 10년이 지나면 세금으로 집값을 모두 납부하는 셈이 됩니다. 직원의 사원용 숙소 조건이 면적과 가격에 있어 비합리적인 부분도 있는데 무조건 획일적으로 중과하는 것도 분명 큰 문제가 있습니다.

MC 6 정부에서는 1주택자의 종부세 부담은 크지 않고, 대신 법인이나 다주택자의 부담이 증가했다고 합니다, 우리 지역은 종부세 대상자가 얼마나 되나요?

대구는 공시가격 11억 원을 넘는 주택이 그렇게 많지는 않습니다. 전국의 주택 수는 1,834만 가구인데 이중 공시가격 11억 원 이상이 34만 호 입니다. 수도권이 전체의 96.8%를 차지하고 있고요, 대구는 총 주택수 80만 호 중 3,200호로 전체 주택의 0.4% 정도입니다. 전국기준으로는 부과대상자의 0.9%죠.

경북은 110만 호 중 50호가 종부세 과세대상에 해당합니다. 그러나 위 내용은 1주택 기준이고 다주택자나 법인 보유까지 더하면 대구의 종부세 대상자는 2만 8천 명, 부과금액은 1,470억 원입니다. 이 가운데 다주택자와 법인의 부과대상자는 2만 2천 명이고요, 1,410억 원을 부담합니다. 1주택자가 부담하는 세액은 60억 원으로 대구 종부세 부과금액의 4% 수준으로 부담이 크지 않다고 할 수 있겠죠.

정부가 주장한 대로 납부 인원과 세 부담 증가는 높아졌지만 1세대 1주택자의 세 부담은 높지 않은 게 사실인데요. 그 반대인 다주택자와 법인의 부담은 매우 높아졌습니다.

MC 7 대구에도 은퇴 후에 소득은 없지만 고가의 1주택자가 있을 텐데요. 세 부담을 줄여주는 요건은 어떻게 되나요?

정부는 공시가격에 공정시장가액 비율 상승분이 세율증가에 더해지는 부담을 줄여주기 위해 연령별 공제율을 적용합니다. 60세 이상은 20~40%까지 공제를 확대했고요, 보유기간별로는 5년, 10년, 15년으로 20%~50%까지 공제해줍니다. 연령과 보유기간을 합산해 최대 80%까지 공제한도를 적용하니까 1주택자의 세 부담은 높지 않은 것으로 보입니다.

MC 8 다주택자나 법인의 종부세 부담이 높아져 있는데 앞으로 매년 세금을 내야 합니다. 보유 중인 주택을 매도하지 않을까요?

매도하고 싶은 분들도 많으실 겁니다. 그런데 매도하면 또 다른 세금이 기다리고 있지요. 집을 팔게 되면 양도소득세를 납부해야 하는데요, 집값이 올랐다 하면 보통 억대는 올랐습니다. 많이 올랐기 때문에 양도소득세를 50~70%까지 부담하려니 억울해서 못 파는 겁니다. 차익만큼 세금을 내야 하는데, 대출로 구매한 경우 납부한 대출이자는 필요경비에 공제해주지도 않습니다. 그러니까 우선 버티고 보는 거죠.

팔아서 단번에 세금 50~70% 납부하느냐 아니면 매년 시세의 약 4.2%를 부담하느냐의 차이입니다. 시세가 많이 올랐거나 더 오를 기미가 없는 투자용 부동산이라면 과세기준일인 내년 6월 1일 전에 처분할지, 보유할지, 다시 선택의 기회가 주어집니다. 어떤 결정을 내릴지는 종부세 납부 대상자의 선택이 될 것입니다.

MC 9   종부세가 부당하다고 생각하는 이런저런 사례들이 나오고 있어요. 고가의 1주택은 혜택을 주며 실거주 여부는 따지지도 않는데 과연 보유한 주택 개수로만 많은 세금을 부과하는 게 합당한가에 대한 논란은 계속될 것 같은데 앞으로 시장에 어떤 영향을 미칠까요?

주택 수에 따라 내야 할 세금이 수십 배 차이 날 정도라면 사회적 공감대를 얻을 수 있을지 좀 더 지켜봐야 할 듯합니다. 그렇다고 부동산가격이 많이 올랐고 투기를 억제해야 하는데 다주택자의 세금을 모두 깎아주기도 힘든 상황입니다.

종부세 부담 증가에도 불구하고 양도세 부담으로 다주택자들이 관망세를 이어간다면 현재와 같은 거래 부진 상황은 계속될 것으로 보입니다. 종부세 부담에 따라 증여가 계속 늘어나고 있는데 이 부분도 정책 운용에 눈여겨봐야 할 대목입니다.

□ 연도별 증여 거래량

[출처 : 한국부동산원 R-ONE]

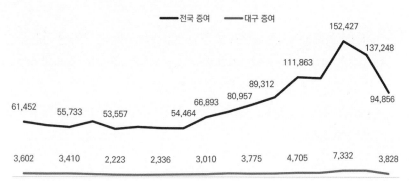

전국 증여   대구 증여

152,427
137,248
111,863
89,312
80,957
66,893
61,452 55,733 53,557 54,464 94,856

3,602 3,410 2,223 2,336 3,010 3,775 4,705 7,332 3,828

2006년2007년2008년2009년2010년2011년2012년2013년2014년2015년2016년2017년2018년2019년2020년2021년2022년

□ 매매건수 대비 증여 비중

[출처 : 한국부동산원 R-ONE]

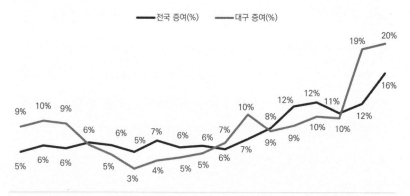

전국 증여(%)   대구 증여(%)

19% 20%
16%
9% 10% 9% 12% 12% 11%
6% 6% 10% 10% 12%
5% 7% 6% 6% 7% 8% 9%
5% 6% 6% 5% 7% 9%
3% 4% 5% 5% 6%

2006년2007년2008년2009년2010년2011년2012년2013년2014년2015년2016년2017년2018년2019년2020년2021년2022년

주택의 소유 형태와 가구별 주택 소유현황

지난주 통계청이 개인의 가구별 주택 소유현황을 파악한 '20년 기준 주택 소유 통계를 발표했어요. 우리나라 부동산시장을 파악하는 동시에 주택 관련 정책 수립에 필요한 중요한 기초자료라고 합니다.

'어쨌든 경제'에서 오늘은 주택의 소유형태와 가구별 주택 소유현황에 대해 알아봅니다.

MC 1   주택 소유 통계는 어떤 내용이 담겼습니까?

개인이나 가구가 주택을 소유한 현황을 파악해보면 무주택인지 유주택인지 알 수 있습니다. 지역별 무주택 가구의 규모를 알면 필요한 정책을 고민하고 수립하는 기초자료로 활용할 수 있겠지요. 다가구주택을 보유한 가구와 연령별 주택 소유현황도 알 수 있습니다. 최근 신규로 주택을 취득하는 연령대는 어떻게 되는지도 알 수 있는데요. 발표한 통계는 개인이 소유한 주택에 대해서만 집계를 하고 법인과 외국인 그리고 국가나 지자체에서 소유한 주택은 제외하고 있어서 조금 아쉬운 부분도 있습니다.

현재 종부세 부과는 1주택자 공시가격 11억 원, 다주택자는 6억 원 초과에 공정시장가액 비율 95%를 적용하고 있습니다.

이번에 나온 통계가 '20년을 기준으로 했는데 자세한 내용을 좀 살펴보면 좋겠습니다. 매년 주택공급이 증가하면서 주택을 소유한 가구도 늘어나고 있겠지요?

우리나라의 총 주택은 1천850만 호인데요, 개인이 소유한 주택 수는 1천590만 호입니다. '20년 인구는 5천184만 명이고 주택을 소유한 개인은 1천470만 명으로 전년도보다 36만 명 증가했어요. 전년도보다 36만 명 증가해 많다고 생각하실 수도 있지만 무주택자가 많은 것도 현실입니다.

가구통계를 보면 우리나라에는 2천92만 가구가 있습니다. 이중 주택을 소유한 가구는 1천173만 가구, 무주택 가구가 92만 가구입니다. 주택을 소유한 가구가 56%, 무주택 가구도 44%나 되는 거죠. 무주택자 처지에서 보면 집 가진 사람이 저렇게 많은데 내 집은 왜 하나 없는 걸까… 싶고, 또 집을 가진 사람 처지에서 보면 아직도 집 없는 사람이 이렇게 많은가… 생각하게 됩니다.

MC 3 집을 가진 가구가 더 많은데 대구만 따로 떼서 보면 어떤가요?

대구의 자가 주택 보유율은 58%, 무주택 가구는 42%로 전국평균에 비하면 집을 가진 가구 비율이 조금 더 높습니다. 지역별로 자가 보유율이 높은 곳은 수성구 63%, 달성군 61%인데 부자 동네 수성구는 자기 집을 가진 비율이 높고, 달성군은 읍면지역을 포함해서 높게 보입니다. 무주택 가구 비율이 높은 지역은 남구 55%, 중구 51%인데 집 있는 가구보다 집 없는 가구가 더 많은 지역입니다. 남구, 중구는 1인 가구가 많이 거주하고 있고 다가구 주택인 원룸이 많이 분포하기 때문에 무주택 가구 비율이 높은 것으로 해석됩니다.

정부는 다주택을 보유한 개인에게 집을 팔게 하려고 세금을 올리고 여러 가지 규제를 가했는데 다주택자의 비율 좀 줄어들었나요?

좀 애매합니다. 다주택을 보유한 개인은 증가했는데 총 주택 수 대비 보유 가구 수 비율은 조금 감소했습니다. 주택 2건 이상을 소유한 사람이 1건 소유로 변경된 사람은 30만 2천 명인 데 반해 1건 소유에서 2건 이상으로 주택 소유가 증가한 사람은 33만 7천 명입니다. 수치만 보면 다주택을 보유한 가구가 3만 5천 명 증가했어요.

주택을 소유한 개인에서 가구별로 살펴볼 필요가 있습니다. 가구는 배우자나 자녀 또는 부모님을 포함하기도 합니다. 부부는 개인으로 소유하고 있으면 1인 1주택이지만, 가구별로 보면 1가구 2주택이 됩니다. 주택을 소유한 1,173만 가구 중 주택을 1건만 소유한 가구는 73%이고, 2건을 소유한 가구는 20%, 3건 이상 소유한 가구도 7%나 됩니다.

주택을 소유한 전체 가구에서 2건 이상의 주택을 소유한 가구가 27%, 그러니까 4가구 중 1가구는 다주택을 보유한 가구인 거죠. '20년 주택 소유통계 대비 다주택 보유 인구는 더 증가했다고 볼 수 있어요. 사실, 매년 다주택자의 주택비율은 높아지고 있습니다.

4가구 중 1가구가 다주택자면 상당히 많습니다. 다른 지역의 다주택 가구는 어떻게 되는지도 궁금합니다.

2건 이상 주택 소유 비중이 높은 지역은 제주도와 세종시로 나타납니다. 제주의 경우는 주택 소유가구의 3가구 중 1가구가 다주택 가구입니다. 제주, 세종은 직장 등의 이유로 외지에서 건너가 정착하는 인구가 많은 도시인데요. 기존 거주하던 곳의 주택을 팔지 않고 현 주거지에 주택을 새로 장만한 경우라고 보입니다. 대구의 2건 이상 주택 소유비율은 25%로 전국평균에 비하면 2% 낮은 수치입니다. 부자 동네 수성구가 자가 보유율도 가장 높고 다주택 보유율 또한 31%로 가장 높게 나타났습니다. 서구가 20%로 낮은 편이고, 기타지역은 평균적입니다.

MC 6 부동산 투자를 한다고 외지 투자자들이 우리 지역에 많이 들어왔어요. 또 반대로 우리 지역에 있는 분들도 타지에 투자할 텐데 소유자의 거주지별 현황도 알 수 있을까요?

지역에 주소를 두지 않고 주택을 소유한 사람이 얼마나 되는지 알 수 있는데요. 전국적으로 보면 다른 지역 거주자가 주택을 소유한 비중은 13.5% 나타납니다.

대구는 지역민 주택 소유비율은 약 90%, 외지인 비율은 10%로 전국평균에 비하면 지역에 거주하는 시민들의 주택 소유비율이 높습니다. 대구의 외지인 소유주택의 거주지 현황을 보면 경산시 거주자가 가장 많고요. 다음이 구미시와 성주군 거주자가 대구의 주택을 많이 소유하고 있네요.

경북의 외지인 거주지 1순위는 대구 수성구이고 그다음이 달서구, 북구 순입니다. 따지고 보면 대구·경북의 외지인은 인근 시도에 있다고 볼 수 있겠습니다.

MC 7 몇 년 전부터 젊은 20·30세대가 대출을 받아서 어떻게든 주택을 매수하려는 움직임이 많았는데 '20년의 연령별 주택 소유현황은 어떤가요?

'19년 대비 '20년 주택 소유는 140만 명 늘었습니다. 1건 증가는 95%이고 2건 이상 증가도 7만 명 정도 됩니다. 연령별 분포를 보면 30세 미만은 7.6%, 30~50대가 101만 호로 전체 연령의 72%를 차지합니다. 반면 주택 소유 건수가 감소한 사람은 97만 명인데요, 30세 미만은 2.9% 감소했고 60대 이상은 31만 6천 호로 32% 감소했어요. 매도자 중에서는 60대 이상이 많은 것으로 보이지만 여전히 감소보다는 소유 건수 증가가 더 많은 것도 사실입니다. 그만큼 60대 이상 연령층에서 많이 팔고 많이 샀다고 볼 수 있겠네요.

MC 8 아무래도 경제력 있고 인구가 많은 연령대의 소유비율이 높은 것 같습니다.

신규주택을 취득하는 연령에서는 30~50대가 별 차이가 없었지만 주택소유자의 전체 연령별 현황을 보면 30대가 11%, 40대에서 60대까지 20~25%, 70대 이상이 18%입니다. 40~60대는 인구가 많고 경제력이 뒷받침되고 있으니까 연령별 주택 소유비율이 높게 나타난 것으로 보입니다.

MC 9 요즘 부동산 계약할 때 보면 부부간 공동명의나 부인 명의로 하는 경우도 많다고 하던데 이런 경우의 통계도 나오나요?

주택 소유자 중 남성은 55%이고 여성은 45%입니다. 여성 소유 비중이 매년 증가하고 있어요. 10년 전에 6대4 정도였는데 앞으로 얼마 지나지 않으면 같아지거나 아니면 여성의 소유비율이 더 높아질 수도 있을 겁니다. 최근 젊은 계층에서는 공동명의를 많이 하는 추세인데요, 머지않아 남녀 주택 소유비율은 50대50이 될 것으로 보이네요.

MC 10 '21년 주택 공시가격이 많이 상승해 재산세와 종부세 납부액도 커졌다고 합니다. 주택을 소유한 가구의 자산가액은 어떻게 되는지 궁금합니다.

공시가격 기준으로 가구당 주택자산 가액별 현황을 보면 전국의 주택 중 3억 원 이하인 가구가 67%입니다. 공시가격은 시세의 70% 정도이니까 시세는 약 4억 3천만 원 정도로 예상할 수 있겠습니다.

기획재정부 발표에 따르면 올해 주택분 종부세 고지 인원은 지난해보다 28만 명 늘어난 94만 7,000명으로 전 국민의 2% 수준이라고 밝혔어요. 이 가운데 1가구 1주택자는 13만 2,000명인데요. 이들에게는 전체 종부세액의 3.5% 수준인 2,000억 원이 부과되었습니다.

주택을 소유한 가구의 평균 주택자산 가액은 3억 2천4백만 원, 평균 소유주택 수는 1.36호, 평균면적은 86.5㎡, 평균 가구주 연령은 56.1세, 평균 가구원 수는 2.69명입니다.

통계를 해석해보면 아직도 전국에 무주택 가구가 44%에 이르고 있는 가운데 집을 가진 부자들은 누가 집값 올려 달라고 한 것도 아니라며 지나친 세 부담에 하소연을 하고 있네요. 정부는 매년 집을 공급하고 있지만 폭등하는 집값에 내 집 마련의 꿈이 막막한 무주택자에게는 첫째도 둘째도 집값 안정일 것입니다.

안전한 상품일까요. 오피스텔 투자?

최근 아파트에 관한 규제가 심해지면서 오피스텔에 투자하는 경우가 늘어나고 있어요. 불확실성이 높아지는 가운데 안전한 상품인지 한번 짚어보겠습니다. '어쨌든 경제'에서 오늘은 오피스텔에 대해 알아보겠습니다.

MC 1 아파트 시장에서 미분양이 발생하고 거래도 많이 감소한 것에 반해 최근 오피스텔에 투자자들이 몰리고 있다고 하는데 대구의 오피스텔 시장은 어떠한가요?

최근 수도권에 분양한 오피스텔 청약에 12~13만 명이 몰리기도 하고 청약경쟁률 1,000대1을 넘겼다는 얘기가 종종 들립니다. 우리 지역에서도 지난 9월 분양한 북구의 한 오피스텔 80가구 청약에 5만 6천 건이 몰려 청약경쟁률 691대1을 기록했어요. 또 지난주 분양한 서구의 한 오피스텔에서도 86호 모집에 청약이 5만 8천 건 몰려 청약경쟁률 680대1을 기록했죠. 게다가 당첨되자마자 프리미엄이 500~2,000만 원에 거래되며 일부에서는 우려를 나타내고 있습니다.

MC 2 예전부터 오피스텔은 미분양이 발생하고 비인기 상품으로 알고 있었는데 이렇게 투자자들이 몰리고 프리미엄까지 형성하게 된 특별한 이유가 있을까요?

　지금 오피스텔은 아파트 규제의 틈새상품이라고 수요자들이 보고 있어요. 아파트가 전매 제한 3년으로 묶이기 전만 하더라도 오피스텔은 프리미엄을 기대하기도 힘들고 미분양을 걱정해야 하는 조금 찬밥 신세였죠. 현재 아파트 규제가 심해지면서 투자자들이 오피스텔로 관심을 돌렸기 때문입니다.

　오피스텔은 전체물량의 10%만 지역에 우선 공급하고 나머지 90%는 전국의 19세 이상 누구라도 신청할 수 있어요. 게다가 100실 미만은 분양권 전매가 허용되고 있어서 투자자들이 몰리고 있죠.

　세금 규제도 주택에 비하면 상대적으로 느슨하다고 할 수 있습니다. 특히 양도소득세에서 주택분양권은 1년 미만 70% 세율을 부담하지만 오피스텔은 50%로 낮아요.

　취득세도 청약 과열지역은 2주택자 12%를 납부해야 하지만 오피스텔은 4.6%만 납부하면 됩니다. 무엇보다 아파트와 달리 오피스텔은 대출건수에 포함되지 않아서 틈새 투자 상품으로 보고 있습니다.

MC 3　전국에서 투자자들이 지역의 오피스텔로 몰리고 있는데 지금은 묻지마 투자처럼 보이는데 오피스텔 분양 시 주의해야 할 점은 무엇일까요?

　요즘 공급되는 것은 원룸형의 수익성 오피스텔이 아니라 전용 85㎡ 아파트로 보시면 됩니다. 그런데 오피스텔은 서비스 면적 즉 발코니를 법적으로 설치할 수 없기 때문에 일반 아파트 25평과 비슷한 면적입니다. 서비스 면적이 있고 없고 차이로 실사용 면적에서 차이가 발생합니다.

오피스텔은 실제로 거주하고자 하는 분도 있겠지만 투자로 하는 분들이 더 많습니다. 최근 들어 전체 계약자의 절반 이상이 외지인이거나 연령층 또한 젊은 계층이 다수를 차지하고 있어 중간에 팔고 나갈 사람이 많은 것도 문제점으로 지적됩니다.

단지 유형에서 오피스텔 단독형이 있겠지만 아파트와 결합한 오피스텔일수록 투자 안정성도 높고 환금성이 높다고 할 수 있겠어요.

분양가격이 무엇보다 중요합니다. 시세보다 비싸다면 수익성이 떨어지고 매매차익도 낮아지고 매매거래도 어렵게 됩니다. 오피스텔의 묻지마 투자를 경계하고 반드시 아파트보다 더 나은 장점이 무엇인지 살펴보고 투자하시기 바랍니다.

MC 4 과거 많이 공급된 원룸형 오피스텔과 최근의 주거형 오피스텔과는 어떤 관점에서 봐야 할까요?

몇 년 전까지 전용 10평 내외의 원룸형 오피스텔 공급이 주를 이루었어요. 당시 실주거용이라기보다는 수익형 부동산 상품이었지요. 1억 원 내외의 소액 투자로 월 30~50만 원 이익을 얻을 수 있었고 저금리 시대에 노후가 불안해지며 은퇴를 앞둔 40~50대 계층에서 투자를 많이 했죠.

지금은 준공 후 오피스텔을 주거용으로 사용한다면 양도 시 주택 수에 포함하기 때문에 오피스텔로 인해 2주택이 돼서 양도소득세 중과 대상이 될 수도 있습니다.

오피스텔이 주거용인지를 판단하는 기준으로는 국세청에서 제시하는 몇 가지의 지침이 있습니다. 먼저 오피스텔에 주민등록이 옮겨져 전입신고가 된 경우 주거용으로 봅니다. 두 번째는 취학아동 등 미성년 자녀와 함께 거주해도 주거용으로 봅니다. 공과금도 가정용으로 부과되면 역시 주거용입니다. 구독 잡지나 신문 등이 사업자등록증에 표시된 업종과 관련이 없는 경우도 주거용으로 판단합니다. 이외에 오피스텔 소유주의 계좌, 의료보험 기록을 통해 거주 여부를 파악해서 주거용 여부를 판단하기도 합니다.

MC 5 우리 지역에도 오피스텔 공급이 많아지고 있어요. 아파트를 공급하면 될 텐데 구태여 오피스텔을 짓는 이유가 있습니까?

상업지역에 건설하는 주상복합 아파트 들어보셨을 겁니다. 상업지역에 아파트를 공급하는 경우 10% 이상 주거 외 시설인 근린생활시설이나 업무용 시설을 공급해야 합니다. 10%에 해당하는 부분을 상가로 다 채운다고 하면 포화상태가 될 것입니다. 그래서 일정 부분 업무시설인 오피스텔로 공급하는 것입니다. 도심 곳곳에 공급되는 주상복합 아파트에는 오피스텔이 필수적으로 들어갈 수밖에 없는 상황이 된 거죠. 최근 25평 아파트는 수익성이 떨어진다고 신규 공급이 줄어들고 있는데 전용 84㎡ 오피스텔이 그 대체상품으로 투자자들의 구매 조건에 부합했다고 볼 수 있겠습니다.

상업지역에 부지가 협소해서 아파트를 공급하기 어려운 경우, 단독형 오피스텔이 공급되기도 합니다.

MC 6 앞서 오피스텔 양도 시 세금에 대한 설명을 해주셨는데, 조금 이해하기 어려운 부분이 있습니다. 분양권 상태와 준공 이후의 양도세가 달라지는 것에 대한 설명을 부탁합니다.

아파트 분양권을 양도할 경우 1년 미만은 양도차익의 70%, 1년 이상부터 입주 전까지는 60%를 양도소득세로 납부하게 됩니다. 오피스텔 분양권은 비 주택 업무시설로 분류되어 1년 미만은 양도차익의 50%, 1년 이상 2년까지는 40%, 2년 이상은 일반세율을 적용하여 구간별 6~42%가 부과됩니다. 따라서 오피스텔이 주택보다 상대적으로 세금부담이 낮습니다. 하지만 오피스텔도 등기 이후에 실제 주거용으로 사용한다면 세법상 주택으로 분류되어 주택과 같은 양도소득세가 부과되는 점을 유의하셔야 합니다.

MC 7 주변에 오피스텔을 보유하면 사업자를 낸다고 들었습니다. 오피스텔을 보유하면 꼭 사업자가 필요한가요?

일반상가나 오피스 건물을 보유하고 있다면 대부분 일반 사업자등록을 필수로 하게 됩니다. 우선 사업자등록을 하면 건물분 부가세 환급을 받을 수 있고요, 준공 이후에는 매장 이용객들이 대부분 카드결제를 하고, 세액공제를 받기 위해서 월세에 대해 세금계산서 발행을 하게 되니까 사업자등록증이 필요합니다.

오피스텔을 분양받아서 사업자등록 시 일반임대사업자와 주택임대사업자인 2가지 형태가 있는데요, 일반임대사업자를 내게 되면 부가세를 환급받을 수 있는 이점이 가장 큽니다. 최근 공급한 오피스텔은 주거용으로 인식하고 있어서 일반사업자 가입은 저조한 상황입니다. 일반사업자등록을 하게 되면 주거용이 아니어서 임차인의 주소 이전이 불가한 경우도 발생합니다.

두 번째는 주택임대사업자로 등록 시 취득세 감면이 있는데요. 현재 60㎡ 초과 85㎡ 이하 오피스텔 20호 이상 취득할 경우 취득세를 50% 감면해주고 있습니다. 이는 20호 이상 취득할 경우에만 감면해 주기 때문에 일반인이 이 혜택을 받기는 쉽지 않습니다.

MC 8 오피스텔은 주택에 비하면 재산세가 많이 나온다고 하던데 오피스텔 재산세는 어느 정도 나오게 되나요?

동일한 오피스텔을 주택임대사업자를 등록한 경우와 아닌 경우를 비교해보면 재산세가 약 2~3배 차이가 납니다. 주거용으로 사용 시 관할 지자체에 주거용으로 전환하면 재산세를 주거용으로 감면받을 수 있는데요. 물론 재산세 과세 대장상 주택으로 등재하면 취득세와 양도소득세 부과 시 주택 수에 포함되는 부분은 고민해 봐야겠죠.

'21년부터 아파트는 분양권이어도 주택 수에 포함되지만 오피스텔은 분양권 상태에서는 주택 수에 포함되지 않습니다. 또한 공시지가 1억 원 이하는 제외하고 있다는 점도 참조하셔야 합니다.

증가하고 있는 가계부채

오늘 금융위원회의 가계부채 대책발표가 있을 예정입니다. 지난 8월 일부 시중은행들이 주택담보대출과 전세자금 대출을 전면 중단하자, 대출 규제는 은행권 전반으로 확산하고 이용자들의 불안 심리가 커지고 있어요. '어쨌든 경제'에서 오늘은 증가하고 있는 가계부채에 대해 알아보겠습니다.

MC 1 '21년 10월 26일 오늘 오전에 발표된 가계부채 대책은 어떤 내용을 담고 있나요?

총부채상환비율 DSR은 차주의 모든 대출 중 연간 원리금 상환액이 대출자의 상환능력에 맞게 대출 한도를 제한하는 규제입니다. 초미의 관심사였던 전세자금 대출은 DSR에서 제외한다고 합니다. 돈 많고 내 집 있으면 전세 살겠습니까. 물론 집이 있으면서 전세로 거주하는 분들도 있지만 이는 극소수이고 내 집 마련을 못 해서 전세 사는 사람이 대다수입니다.

전세 거주자는 부동산시장에서 약자인 셈인데 소득이 낮으면 대출도 안 해주겠다는 것은 또 다른 사회 불평등입니다. DSR에서 전세금을 제외하는 것은 그나마 다행으로 보입니다.

MC 2 증가하고 있는 가계부채 대책에 대한 설명을 부탁합니다.

7월 1일부터 DSR 2단계가 시행 중입니다. 지금은 투기 과열지역 조정대상지역의 6억 원 초과 주택과, 1억 원 초과의 신용대출을 받을 때 DSR 40%를 적용하고 있는데요. 앞으로는 2억 원 이상 주택담보대출을 받는다면 주택 금액과 관계없이 DSR을 적용합니다. 현재 1금융권은 DSR 40%, 2금융권 60% 적용되고 있지만, 2금융권의 비율도 강화하기로 했습니다.

MC 3 최근 농협은행과 인터넷 은행에서 중단되었던 전세자금 대출을 재개했다고 합니다. 그렇다면 지금은 예전처럼 대출을 받을 수 있습니까?

농협은행은 지난 8월 말부터 은행권에서 처음으로 전세자금 대출과 주택 담보대출 취급을 중단했습니다. 금융당국이 제시한 올해 대출 증가율 6%를 넘어서자 총량 관리에 들어갔기 때문인데요. 이후 대출절벽 우려가 커지면서 다른 시중은행으로 대출 수요가 옮겨가는 풍선효과가 발생하자 대부분의 시중은행이 지점별로 총량을 정해서 주택 담보대출이나 신용대출의 신규 판매를 조절하고 있습니다.

MC 4 전세대출은 그나마 숨통을 틔웠는데, 대출을 받을 때 이전과 달라진 점이 있나요?

은행권 자체적으로 대출 한도를 '전셋값 증액분'으로 묶었어요. 이전보다 제한을 크게 두고 있는 거죠. 명심할 것은요, 은행권 합의에 따라 전월세 보증금의 신규대출은 반드시 잔금일 이전에만 신청 가능합니다. 잔금일 이후에는 전세대출을 해주지 않아요.

또 계약 갱신 시 임차보증금 증액 범위 내에서만 대출할 수 있다는 것도 참고하셔야 합니다.

MC 5 최근 입주를 앞둔 일부 아파트단지에서 예상했던 것만큼 대출이 나오지 않는다는 이야기를 들었어요. 지역에도 입주 예정인 단지가 많은데 대출에 문제는 없습니까?

금융당국과 은행권이 입주 예정 아파트단지의 잔금대출은 중단하지 않기로 했지만 깐깐한 대출심사를 예고했습니다. 엄격한 심사로 종전보다 대출 문이 좁아지고 대출금액도 줄어들 수 있을 텐데요. '꼼꼼한 여신 심사' 방안으로 '분양가 기준 잔금대출'이 우선 거론됩니다.

일반적으로 대출한도를 산출할 때 중도금 대출까지는 '분양가격' 기준이지만 입주가 임박한 잔금대출에는 'KB시세'를 적용하기 때문에 집 값이 오를 경우 대출 가능금액이 증가하는데요. 지난달 금융당국의 강력한 가계대출 관리 기조 속에 국민은행은 잔금대출의 한도 기준을 시세보다 낮은 분양가격으로 변경했습니다.

예를 들면, 분양가가 7억 원인데 입주 시 시세가 10억 원이라면 예전에는 10억 원 기준에 LTV 50%로 5억 원이 대출 가능했지만, 이제는 분양가격 기준 5억 원에 LTV 50%를 적용해 대출금액이 줄어드는 거죠. 특히 집단대출은 가계대출 총량 관리에 포함되기 때문에 은행이 깐깐하게 심사할 수밖에 없을 것으로 보입니다.

가계대출이 얼마나 많이 증가하였기에 정부와 은행에서 이런 강력한 대출 규제를 가하는지 궁금합니다.

가계대출은 일반가계가 금융기관에서 직접 빌린 돈과 신용판매회사 등을 통해 외상으로 구입한 금액을 합한 금액입니다. 한마디로 사채를 제외한 일반가계의 모든 빚을 말하는데요. 금융기관은 은행을 포함해 보험사, 증권사, 카드사 등에서 빌린 돈이며 '판매신용'은 신용카드사나 할부 금융회사를 통해 신용카드나 할부로 구매한 물품 액수를 말합니다.

지금 우리 국민이 빌린 돈은 자그마치 1,805조 원이고, 가계대출 증가하는 속도가 아주 빠르다는 것입니다. 통계가 시작된 '02년 4월 464조였던 것이 '11년 말에는 877조 원, '21년 6월 말 1,805조 원이 되었어요.

문재인 정부의 저금리 기조 속에 부동산가격 폭등이 이어지면서 4년 만에 가계대출이 400조 이상 증가하고 있어 대출 억제 정책을 쓰고 있습니다.

MC 7 가계대출이 이렇게 많이 증가하면 결국 가계에 부담이 될 수밖에 없겠죠?

대출이 조금 증가하면 별문제는 없습니다. 우리나라는 국내총생산 대비 가계부채 비율과 가처분소득 대비 부채비율이 OECD 국가 가운데도 아주 상위권입니다.

증가한 가계대출은 금리상승에 따라 가계의 상환 부담이 늘고 소비위축과 가계부실로 이어지게 되는데요. 물가상승과 추가 금리인상까지 이어지면 가계부실 우려가 커질 수 있습니다.

지금도 대출을 받을 때 담보를 제공하고 각종 규제를 하고 있어요. '08년 서브프라임 모기지로 전 세계가 금융위기에 빠졌었는데 설마 다시 오는 것은 아니겠지요?

'08년 세계금융위기는 금융이 선진화되었다는 미국에서 발생했습니다. 초기는 적정한 대출로 문제없었지만 집값이 계속 올라가니까 금융권에서 오른 집값에 연계해서 대출을 더 해줄 테니까 소비하라고 부추겼어요. 상환능력이 없는 취약계층에게도 집값이 오른 것만 따져 대출을 해주죠. 결국 주택담보대출 부실로 이어지고 금융쇼크로 인해 집값은 폭락하고 대출로 산 집이 경매로 넘어가면서 가계파탄이 일어났습니다. 그리고 가계파탄은 국가 경제위기를 넘어 세계 경제를 휘청하게 했지요.

지금 우리 정부는 과거보다 첨단 금융시스템으로 부실을 관리하고 주택담보대출비율을 조정하는 LTV를 적용하고 있고, 소득 범위 내에서 대출을 취급하는 DSR을 적용 중입니다. 이러한 정책들이 예기치 못할 금융 리스크를 관리하는 하나의 방안이 되고 있습니다.

MC 9 신용이 낮은 사람들은 은행권 대출이 어려워 고금리 시장으로 내몰리게 되는데 이런 점 때문에 가계에는 더 큰 부담을 주게 되는 것 같습니다.

당연히 신용이 낮은 사람에게는 은행권 대출이 불리합니다. 1금융권에서 돈을 못 구하면 2금융권으로 이동하게 되고 또 고금리를 부담하더라도 사채시장을 이용하게 되죠.

정부에서는 무주택자의 주택구매 시 연 소득 9천만 원 이하의 가구는 주택담보대출 비율을 40~50%에서 20% 더 늘려주고 있습니다. 하지만 소득이 받쳐주지 않으면 DSR 적용 시 상환능력 부족으로 대출금이 줄어들 수밖에 없는데, 이 부분이 정책적 딜레마입니다. 가계대출 리스크 관리라고 하면서 리스크가 큰 저신용자에게 더 많은 돈을 빌려주고 혜택을 준다는 건 이율배반적이죠. 정책적 고민은 계속될 것 같습니다.

소득이 높지 않은 신혼부부라면 주택도시기금에서는 전세자금 대출금리를 1.2~2.1% 저렴하게 이용할 수 있겠지요. 대구시는 신혼부부 7년 차 이내라면 전세금 대출이자의 0.5~07%의 금융 지원비 제도를 활용해 볼 것을 추천해 드립니다.

MC 10 경제는 돈이 돌아야 하는데 이렇게 대출을 규제하면 부동산 안정화에는 기여하겠지만, 국가 경제 활동성은 떨어지는 것 아닌가요?

국내 민간부채가 경제위기의 뇌관이 되지 않게 관리해야 하는 금융당국은 가계부채 총량 관리를 내년 이후까지 확장하고 효과가 나타날 때까지 강도 높은 조치를 시행하겠다고 합니다. 과도한 저신용자 배려는 도덕적 해이로 이어져 부실채권 발생 위험이 커질 수 있고, 대출 금액이 많다는 이유로 구매할 수 있는 능력 있는 수요자만 옥죄면 집값 상승을 잡을 수 있다는 규제 편의적 발상은 아닌지 되짚어봐야겠죠.

지금의 가계부채관리는 금융이 갑이 되어 대출자인 을에게 일방적으로 억압하는 대출 규제정책입니다. 가계부채 증가 억제와 '돈맥경화' 예방 사이에서 적절한 균형이 필요해 보입니다.

대구 분양시장 리스크와 주택 매매 시점은 언제?

> 국토교통부가 지난 1일 발표한 8월 주택통계에 따르면 대구의 미분양 아파트는 전국에서 가장 많이 증가하였다고 합니다. 과거처럼 미분양 무덤이 재현되는 것 아닌가 하는 우려도 커지고 있어요.
> '어쨌든 경제'에서 오늘은 대구 분양시장 리스크와 주택 매매 시점에 대해 알아보겠습니다.

MC 1 현실적으로 집을 아무리 사고 싶어도 살 수 없는 분들도 있는 것에 대해 말씀해 주세요.

집을 구매하고 싶어도 형편이 넉넉하지 않은 분들이나 어린 자녀를 키우고 있는 신혼부부들은 현실적으로 주택을 사기가 어려워요. 현재의 소비를 줄이지 않고 좋은 차를 타며 즐기고 살 것인가? 아니면 내 집 마련 때문에 대출로 허리띠 졸라매고 살 것인가의 선택은 현재 가치와 미래 가치 어느 한쪽을 희생해서 얻게 되는 기회비용입니다. 어느 쪽을 선택할지는 본인들의 몫이라고 생각합니다.

MC 2 경제적으로 지나치게 무리해서 집을 사는 것도 지금은 좀 위험한 선택이 아닐까 싶은데 어떻게 보세요?

요즘 신조어로 영끌이라는 말을 들어보셨을 겁니다. 영혼까지 끌어와 투자한다는 영끌족입니다. 계약금도 없어서 마이너스 대출 내고 이자 비용은 카드 대출로 돌려막으면서 집값이 오르는 시장에서 어쩌다 보니 이익이 생겼을 수는 있겠지만 투기의 전형적인 유형입니다.

무리하게 대출을 내게 되면 경제의 불확실성에 대처할 힘도 약해지고 실제 위기가 닥쳤을 경우 대처가 어려워집니다. 환금성이 취약한 부동산은 안 팔리면 경매로 넘어가게 되고 가계 파산으로 이어질 수 있어요. 집은 투기나 투자가 아닌 실거주의 관점에서 바라봤으면 합니다.

MC 3 무주택자는 내 집 하나 마련하기 힘든데 미분양이 조금 생겨도 불안하고 금리 올리고 대출 억제하니까 또 불안해서 집 사기를 주저합니다. 정부에서는 다주택자는 집을 팔라고 규제를 다 하고 있는 상황입니다. 그런데도 다주택자는 안 팔고 있으니 답이 없는 것같이 느껴집니다.

정부에서도 고민이 많을 겁니다. 정부는 집값 안정을 위해 단기간에 공급을 늘릴 수는 없으니 다주택자들을 겨냥한 것입니다. 다주택으로 분류된 주택이 전국에 300만 호가 넘는데 20%만 매도물량으로 나와도 60만 호가 새로운 소유주에게 이전되는 효과가 있으니까요. 추가 공급 없이도 집값이 안정될 것으로 생각한 겁니다.

주택을 소유한 가구 중 4집 중 1집은 다주택 가구이고 잘사는 지역은 소유가구의 30% 이상이 다주택 가구입니다. 이렇게 많은 다주택 가구가 있는가 하면 내 집 하나 마련하기도 벅찬 가구도 많다는 게 우리 시대의 고민이지요.

MC 4 다주택자들의 종부세 부담이 높아져서 매물로 내놓으면 주택가격이 안정되거나 조금 떨어질 수 있지 않을까요?

정부에서는 다주택자들이 보유 중인 주택을 매도하라며 세금부과 등 강경책을 쓰고 있지만 역설적으로 다주택 가구는 매년 증가하고 있습니다.

우리 지역 대구는 입주 예정 물량이 상당수 대기하고 있고 새 아파트에 입주하려면 기존주택을 처분하여야 하는 상황인데요. 대구지역 무주택자라면 다주택자의 매물을 기다리기보다 입주 시점에 기존주택이나 입주아파트의 분양권 구입을 고려해보는 것도 좋은 전략이라고 생각합니다.

쓸모있는 에필로그

25년 동안 이어온
그 작은 점들이
오늘의 **대영레데코** 입니다.

[시쓰는 경제인] 대영레데코 송원배대표 '시공간'동인지 '톡하십네요' 발간

오늘경제_김경엽 기자

대구경북부동산분석학회 송원배 이사

**시는 사람의 마음을 읽는 작업,
인문학적 감성은 모든 마케팅의 기초**

송원배 대구·경북 부동산 분석학회 상임이사는 최근 '시공간' 동인지를 발간했다. 현재 동인시장 '톡 하십네요'를 발간했다. 현재 경제인으로 통하는 송원배 대표는 "마케팅은 결국 사람의 마음을 움직이는 일이며, 나에게 시는 사람의 마음을 읽는 작업이다"라고 말했다.

2021년 문장을 통해 등단한 송 대표는 "어려운 부동산경기와 반복 업무 속에 시는 '또 하나의 일'이 아닌 '숨 쉬는 구멍'이라며, "인문학적 감성은 세상 모든 마케팅의 기초 "라고 덧붙였다.

대구·경북지역 문학단체 '시공간'(회장 박용인)은 지난 14일 대구 동구 대영레데코 세미나실에서 '톡하십네요' 출판기념회를 가졌다. 출판기념회에는 장호병 한국수필가 협회 명예 이사장, 손진은 동리목월 문예 창작대학장, 심강우 시인 등이 동인지 출간을 축하하기 위해 참석했다.

시공간 4집에는 박용인 시인의 시 '사람을 꽃으로 보는 방법'을 비롯해 김종태 모현숙 박상봉 박소연 시인들의 작품 등 8명의 작품 72편이 시공간 동인지 '톡하십네요'에 실렸다. 송원배대표들 '레디오 희망곡'을 비롯해 '우상한제가방' 등 9편을 실었다.

시공간 동인들은 2018년 3월 7일에 발족해 매월 정기모임을 가지면서 회원들의 작품을 합평하며 시의 길을 걸어왔다. 2019년 8월 30일 동인지 첫번째 '바람 길을 열다'를 발간한 이후 동인지 2집 '가을 저녁의 춤추다' 3집 '스타다방'에 이어 그동안 갈고 닦은 소중한 작품을 모아 한 권의 책으로 엮어 시공간 네번째 동인지 '톡, 하십네요' 가 출간됐다.

> URL : http://www.startuptoday.co.kr/news/articleView.html?idxno=112377

송원배 분양마케팅 전문가 '문장' 신인문학상 시 부문 당선

'도시의 비틀기' 그대라는 봄' 등 4편

송원배 대구경북부동산분석학회 이사(대영레데 대표, 매일신문 경제칼럼리스트)가 계간 전문 문학잡지 "文章(문장)"이 공모하는 제56회 신인문학상에 〈도시의 비틀기〉 등 시 4편이 당선되어 시인으로 등단했다.

출품작이 대부분은 분양마케팅 전문가로 살아가면서 만나게 되는 도시의 아픈 모습들을 녹여내고 있다. 도시로 도시로 나아갈 수밖에 없는 현대사회, 그러나 만만치 않은 도시의 삶, 최근 코로나19 장기화된 도시인의 겪는 아픔들이 구절구절 스며있다.

〈도시의 비틀기〉는 같을 좋다가 도시를 만난 비틀기를 통해 우리의 삶을 대변하고 있다. 박태진 심사위원은 〈목장갑 피다〉을 수작으로 평가했다. 심사평에서 그는 시골집 화양목에 뻗어낸 걸어온 목장갑을 보면서 화양목에 찾아 하얗게 핀 것으로 표현하고 반듯을 지키는 목장갑이 봄 계단 마실 나간 엄마를 기다리는 그 마음이 너무나 선명한 이미지로 그려져 당선자로 선정함에 망설임이 없었다고 했다. 그 외에도 〈도시 탐구생활—임대〉, 〈새봄 방앗방〉, (그대라는 봄〉에서 아픈 세상도 따뜻한 시선으로 바라보는 작가의 정서가 오묘이 문어난다.

작가는 어린시절, 유안진 씨의 수필을 읽으면서 "현대인이라면 시 다섯 편은 외워야 한다"는 한 문장에 꽂혀 교과서에 나오는 시 다섯 편을 외웠다. 이런 시를 소리 내어 낭독해 보니 그 느낌이 너무 좋아서 국어 교과서에 나오는 시를 읊을 외웠다. 버스를 기다리면서, 고향가는 길에서 별을 보며 시를 읊었다. 그냥 그 순간이, 그 느낌이 참 좋았다.

사회생활을 하면서 노래 한 곡 할 자리가 있으면 그는 노래 대신 시를한 수 낭독한다. 부동산권련 강의를 할 때도 언제나 강의의 마무리는 '시' 낭독이다.

시를 밥처럼, 커피처럼 생활 속에 데리고 다니다가 시를 쓰는 사람들과 만났다. 이렇게 행복한 시를 직접 써면 어떤 느낌일까? 궁금한 마음에 시를 쓰는 사람들과 함께하면서 습작을 하게 됐고 등단까지 하게됐다. 어쩌다 시인이 된 작가는 "시인이 되는 것이 꿈도 목표도 아니었지만, 시는 앞으로의 삶에 힘입이 되고 또한 큰 힘이 될 것"이라고 말했다. 현재 시인으로 활동하고 있다.

한편, 일제의 수립이 민족문화 말살정책이 극으로 치닫던 1939년 이태준에 의해 창간되(문장)은 일제강점기 전 문인들을 망라하는 대표적인 순수 문학지 중 하나다. 순수 문학을 지향하면서 청치편만 아니라 '한중로' 등의 민족문화을 발굴하면서 새로운 문예사조를 소개했으며, 시인 박목월, 박두진, 조지훈 등, 시조시인 김상옥 이호우 등을 배출했다.

1941년 일제 당국이 '일본어와 조선어를 반반 수록하라 황도정신 앙양에 적극 협력하라는 네 통의 지시 끝에 통권 26호를 마지막으로 자진 폐간됐다. 이를 안타깝게 여기던 정지용 선생이 대한민국 정부수립 직후인 1948년 10월 속간을 도모하였으나 한 호를 내고 다시 맥을 내렸다. 제44차 신인혁명시대를 살아가는 문학의 꽃을 피우고자 2007년 계간 전문 문학잡지로 재탄생하여 지금까지이어오고 있다.

이통원 기자

▶ URL : https://news.imaeil.com/page/view/2021081815554104278

신축년 아침을 빛낼 칼럼들, 통찰력을 바탕으로 한 비판과 따뜻한 시각 제공

신축년 새해 매일신문 오피니언 필진이 새롭게 바뀝니다.

신축년(辛丑年) 새해 매일신문의 칼럼 필진이 여러분의 아침을 찾아갑니다. 통찰력 있는 기존 필진은 물론, 새로운 필진 역시 깊고 다양한 시각으로 시대의 흐름을 짚어 독자와 깊이 소통합니다. 코로나19 시국에도 깨어있는 지성으로 현재의 우리를 돌아봅니다.

경제칼럼(수)

대구경북동신문석학회 송원배 이사

매주 수요일 '경제칼럼'에는 대구경북 경제 흐름을 명확히 짚어주는 전문가 4명이 독자와 호흡합니다. 송원배 대구경북동신문석학회 이사가 풍부한 현장 경험을 바탕으로 부동산 시장과 정책을 진단하고 해법을 제안합니다. 김현덕 경북대 전자공학부 교수는 정보통신기술 첨단 기술을 활용한 기업 혁신 전략과 지역 산업 육성 정책 등에 새로운 대안을 제시합니다. 이재일 대구창조경제혁신센터장은 스타트업 활성화를 위해 사내창업의 대표적인 C램 운영 경험을 바탕으로 다양한 아이디어를 공유합니다. 김윤현 대구경북연구원 빅데이터센터장은 4차 산업혁명시대의 지역 경제와 일자리 창출을 짚어보고 대안을 보여줍니다.

每日新聞

임인년 아침을 밝힐 칼럼들, 통찰력 바탕으로 날카로운 비판과 따뜻한 시각 선사

임인년 새해 매일신문 오피니언 필진이 새롭게 바뀝니다.
임인년(壬寅年) 새해 매일신문의 칼럼 필진이 여러분의 아침을 엽니다. 기존 필진의 통찰력 있는 글과 함께 새로운 필진이 다양하고 깊이있는 시각을 만나보실 수 있습니다. 이들은 깨어있는 지성으로 우리 시대 흐름을 제대로 전해드릴 겁니다.

대구경북동신문석학회 송원배 이사

수요일 아침(수)

'수요일아침'에는 대구경북 행정과 경제 흐름을 명확히 짚어주는 4명이 필진이 독자와 호흡합니다. 송원배 대구경북동신문석학회 이사가 지난해에 이어 올해도 부동산 시장과 정책을 진단하고 해법을 제언합니다. 또한 세 필진이 대거 보강됐습니다. 전상목 경상북도경제진흥원장이 지역 경제와 지방분권 등에 대해 깊이 보고 마인을 제시합니다. 김원기 대구가톨릭대 기획협력부총장(행정학과 교수·전 경상북도 행정부지사)과 양진영 대구경북첨단의료산업진흥재단 이사장이 현장에서의 풍부한 경험을 바탕으로 지방 혁신과 산업 등에 대해 분석하고 나아갈 길을 전해드립니다.

■ 대한민국 대표 강사의 다양한 정보와 노하우 제공

정치, 사회, 경제, 문화예술 분야 등을 망라해

검증된 최고의 강사진이 다양한 정보와 오랜 기간

축적된 노하우를 제공하여 다변화하는 글로벌 사회에서

미래를 대비할 수 있는 새로운 리더상을 제시합니다.

송인배

대구경북부동산신문석학회 이사

〈2021 하반기 대표 강사진〉

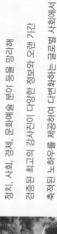

알립니다

매일 탑 리더스 아카데미 17기 회원모집

매일신문이 세상을 이끌 리더의 산실인 '매일 탑 리더스 아카데미' 제17기 회원을 모집합니다.

매일신문이 자랑 운영하는 '매일 탑 리더스 아카데미'에서 시대의 흐름을 읽고 미래를 앞서가는 진정한 리더로 성장하십시오

매일 탑 리더스 아카데미 회원의 다양한 특전

① 대한민국 대표 강사의 다양한 정보와 노하우 제공

정치, 사회, 경제, 문화예술 분야 등을 망라해 검증된 최고의 강사진이 다양한 정보와 오랜 기간 축적된 노하우를 제공하여 다변화하는 글로벌 사회에서 미래를 대비할 수 있는 새로운 리더상을 제시합니다.

② 전문가들과 폭 넓은 인적 네트워크 구축

③ 한 번 등록으로 매일신문 평생 기록

④ 언론 홍보 및 대외협력 지원

@每日新聞

범어도서관, 시니어를 위한, 달 라이프 카라프, 이카데미' 운영

(재)수성문화재단 범어도서관은 다음 달 3일부터 4월말까지 시니어를 위한 '느리브 마이 라이프 아카데미'를 운영한다.

'느리브 마이 라이프 아카데미'는 인생 100세 시대를 맞이해 은퇴 후 행복한 노후 생활을 위한 유용하고 실질적인 정보를 제공하기 위해 마련했다. 상·하반기로 나눠 운영하며 상반기에는 범죄예방·부동산·노후건강 등 다양한 분야의 9회차 강의가 마련된다.

강의는 매주 금요일 오후 2시에 범어도서관 지하1층 김민웅·박수녕홀에서 열린다.

3월 3일 첫 강의는 박동균 대구군 대구자치경찰위원회 사무국장이 강사로 나서 시민안전과 범죄예방'을 주제로 시민들을 만난다. 이후 △성진스님의 '내 감정 어디서 왔을까?'(3월 10일)

△송원배 대구·경북부동산분석학회 이사의 '어쨌든 경제, 어쨌든 부동산'(3월 17일)

△김석중 키퍼스코리아 대표의 '성공적인 인생 마무리를 위한 생전의 유품정리'(3월 24일) △정희원 서울아산병원 노년 내과 교수의 '노년의 삶을 결정하는 네 가지 기둥'(3월 31일) 등의 강의가 이어진다.

4월에는 △최종임 작가의 노인에게 길을 묻다'(4월 7일) △윤홍균 작가의 '어른들의 자존감 수업'(4월 13일) △김복준 한국범죄연구소 연구위원의 '법은 왜 잃어야 하는가?'(4월 21일) △정성근 여행작가 대표의 '시니어 여행 트렌드와 인 사이트'(4월 28일)가 이어진다.

강의별 청약 가능 인원은 최대 140명이며 3월에 운영되는 1~5회차는 2월 21일부터, 4월에 운영되는 6~9회차는 3월 21일부터 범어도서관 홈페이지에서 선착순으로 모집한다. 자세한 내용은 범어도서관(053-668-1621)으로 문의하면 된다.

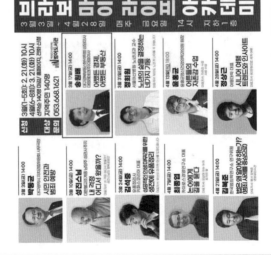

https://m.yeongnam.com/view.php?2key=20230212010001567 백승운 기자